魔王さんのガチペット

CHARACTER
MEGURU KAIRO
PRESENTS
ILLUST. BY
ANJI SEINA
魔王
強大な力を持ち、魔族を統べる存在。
名前はなく、ライトには
「魔王さん」と呼ばれる。
ペットを心から愛している。
大長谷《おおはせ》ライト
異世界に召喚された元ホスト。
愛されることが大好きで、
愛してくれる人が大好き。

森の王
エルフの国の王。
魔族とは距離を
置いていたが……？
イルズ
森の王の寵愛を受ける人間。
王に愛されるための
努力を怠らない。
ローズウェル
魔王の城の執事長。
魔王を深く尊敬している。
リリリ
魔王の城のメイド。
かわいいものが大好き。
ウォルタ
魔王の城の騎士団長。
真面目すぎて、
たまに融通が利かない。

目次

魔王さんのガチペット　7
番外編　飼い主の幸せ　371

魔王さんのガチペット

第一章　ペットの個性の話

お城の最上階。クラシックホテルのスイートルームのような俺の部屋のドアが開き、やたらごてごてした金の装飾がついた黒い詰襟《つめえり》風の服の上に、赤黒いマントを羽織《はお》った大男が入ってくる。

「おかえり。今日もお仕事お疲れ様」

「……ん」

美形ではあるけど眼力が鋭《するど》くて威圧感のある大男は、部屋に入って早々、ソファに座った俺に近づいてきた。

身長は一七九センチの俺より三〇センチくらい高いし、艶《つや》やかな黒髪には少しねじれて節のあるヤギのような硬く尖《とが》った角が上向きについているし、表情は険《けわ》しいし、ガタイはいいし、正直「怖っ」と思うけど……

「ライト……」

「ん～？」

大男は俺の名前を呼びながら目の前で立ち止まる。

俺はソファに座ったまま、視線は手元の新聞から上げない。

「疲れた。吸わせてくれ」

「いいよ。どうぞ」

ここでやっと顔を上げて微笑《ほほえ》むと、大男は俺に抱きついて首筋辺りに顔を埋める。

「はぁぁぁぁぁぁぁぁぁぁぁぁぁ」

見た目とのギャップがある気の抜けた声が部屋に響いた。しばらくそこに顔を埋めたまま、俺の体を抱きしめたり、わしゃわしゃと髪を撫《な》でたり、俺の体を堪能《たんのう》している。

「癒《いや》される……かわいい……ライト……かわいい……」

「うん。ありがと」

自分では「かわいい」ではなく「かっこいい」だと思っているし、ここに来るまではずっとそう言われてきたんだけど……この大男がずっと「かわいい」ばかり言うので、すっかり俺も「かわいい」と言われることに慣れてしまった。

「あぁ、かわいい……今日もかわいくてえらいなぁ」

あー新聞がぐしゃぐしゃ。まぁいいか。ほとんど読んだし。

「ライト……こんなにかわいいなんて天才だ……俺のライト……」

その後も大男は俺の体を好き勝手撫《な》でて、抱きしめて、「かわいいなぁ」「かわいいの集合体」「奇跡の存在」なんて楽しそうに言い続ける。険しかった表情も、もうデレデレの笑顔だ。

この大男と俺は、まるで溺愛《できあい》してくる彼氏とその恋人のような関係に見えるだろうけど、違う。

彼は魔族の王様……つまり魔王で、俺は人間。

この世界で人間は魔族のペットになる。

つまり俺は、魔王のペットだ。使用人でも恋人でも奴隷《どれい》でもなく、ただのペット。犬や猫と思ってもらっていい。

「ライト……」

大人しく撫《な》でられていると、魔王はまた見かけに似合わない情けない声を上げた。

今日は重症だな。

「今日、そんなに疲れた？　おっぱいも吸う？」

「……！　吸う！」

まぁ、ちょっとエッチなこともするペットだけど。

◆

お城に住んで「魔族」とか「魔王」とか言って馴染《なじ》んでいるけど、俺は元々この世界で生まれたわけではない。魔族なんかはファンタジーな存在と思っている世界の、日本という国の首都に住む二六歳の一般的な男だった。

特別なところがあるとすれば……

「ライトって結構キラキラネームなのに、名前負けしてないよね」

男にも、女にも、小学生の頃から何度言われたかわからない。

物心ついた頃から俺は「美少年」で、「天使」とか「少女漫画のキャラ」なんて言われていた。

もう少し大きくなると、「アイドル」とか「イケメン」「かっこいい」と言われ出して、二〇歳を超えた頃からは「美形」や「美人」「美しい」と言われることが多くなった。

韓流ドラマの主人公に似ているとか、アジア系パリコレモデルに似ているとか。実際、アジアンビューティー系の、整《ととの》ってクールにも見えるのに、目力が強くて華やかな凄味《すごみ》のある美形だ。

派手なベージュ系ブロンドヘアに染めても、肩につくかつかないかの長さまで伸ばしてハーフアップにしても、顔がいいから似合ってしまうし、一七九センチの長身で指や脚が長いモデル体型なのも顔に合っていると思う。

……なんていうと、「自惚《うぬぼ》れ」「ナルシスト」と言われそうだけど、事実なので仕方がない。

とにかく俺は見た目がいい。

逆に言えば、見た目がいい以外になんのとりえもない。

だったら「美形」を売りにして働くのが一番だと思ったんだ。

◆

俺が高校卒業後、最初に選んだ職業は「ホスト」だった。

モデルやアイドル、俳優なんかは、ウォーキングや歌、演技を人並み以上にできる気がしなくて目指さなかったし、普通の接客業だと儲《もう》けられる額が知れているし、会社勤めは面倒が多い。

そこで、ホストだ。

ホストだって成功するためには、色々な努力が必要だとは思うけど……

「ライトって源氏名じゃないの？」

だいたいどの女の子も、俺の顔を一目見て嬉しそうな顔をしてくれるし、俺が横に座るだけで喜んでくれる。

「本名だよ。ライトって顔しているでしょ？」

「してる～！　名前も顔もキラキラしてる！」

「だからさ、飲み物もキラキラしたのが好きなんだよね」

「もう……仕方ないな。シャンパン入れたげる！」

容姿に自信があるお陰で、人とコミュニケーションをとるのは得意。

生まれてからずっと人に好かれてちやほやされてきたから、好かれ方も甘え方もよくわかっている。

なによりも、両親がいない施設育ちの俺は、高校卒業と同時に就職することは決まっていたし、正直「人に愛されること」に飢えていた。それに、金銭的に余裕のある生活じゃなかったから、「お金」はいくらでも欲しかった。

そういう意味で「ホスト」は天職。その証拠に、はじめて半年も経たないうちに……

「今月の同伴数、指名数、売り上げ……ライトの三冠だ！」

大箱のホストクラブでナンバーワンまで駆け上がり、二年間トップの成績を維持《いじ》して、弟二人の大学の学費を余裕で稼ぐことができた。マンションも一部屋買った。

モテる方法、愛される方法はいくらでもわかる。お金を使ってもらう分、満足してもらえる自信はある。でも……

「ごめん、向こうでシャンパン入ったから一瞬だけ抜けるね？」

人気がありすぎて、一人一人の席につける時間は短くなっていった。

「アフターはもう約束が……うん、同伴ももう埋まって……」

せっかくのお誘いを何度も何度も断るしかなかった。

「俺の腕は左右しかないのに腕時計がこんなにあっても……」

みんながくれたものを公平に身につけるのも難しかった。

せっかく愛情を向けてくれているのに、全員にしっかり愛を返せない。

愛を返せないと、愛情をもらえないんじゃないか……？

あまりにもどかしくて、怖くなって、ホストは三年ちょっとでやめた。この時の俺はまだ二一歳。

そうして転職したのが……「ヒモ」だった。

◆

ヒモはホスト以上の天職だった。

ホスト時代の太客を中心に、パトロンを五人に絞って面倒を見てもらっていたけど……人によって「愛人」「セフレ」「契約彼氏」「ペット」など呼び方は様々だった。

ただ、どのパトロンも俺を存分に可愛がってくれて、愛情もお金も惜《お》しみなく与えてくれた。

「え？　ライト！　今日も来てくれたの？」

「なんか昨日物足りなさそうだったからハグだけしに来た」

「え、えぇ!?　なんでわかるの？　嬉しい！」

人数を絞ったお陰で、俺からも一人一人に向き合えて、五人ともどんどん俺を好きになってくれた。

ちなみに、四人は女性で一人は男性。

俺は「俺のことが好き」なら老若男女を問わず誰でも好きなので、俺への愛情の大きさと、これは一応仕事なのでお金をたくさんくれる人……と思って選んだ五人だった。

「ライトくん。いいの？　抱かれるほうで」

「いいよ。俺、可愛がってもらうの好き」

女性に求められて抱くのも好きだったけど、男性に求められて抱かれるのも好きだった。

気持ちよさとしてはどっちも好きだけど、愛されている実感というか、より「求められている」感じがするのは男性相手のネコの時だった。

あとは……まぁ、楽だよね。

タチの人がリードしてくれるし、寝転んでかわいくあんあん言っているだけでいいし。

俺、ネコのほうが性に合っているな。

そうやって順調なヒモ生活五年の間に、向こうの事情で入れ替えもあって、パトロンは女性二人、男性三人になっていた。将来的には全員男性でもいいかな……こんな生活を一生続けられるとは思わないけど、パトロンはみんな気持ちよくお金を出してくれるし、俺は毎日楽しいし、しばらくはこれで楽しく稼がせてもらおうと思っていた。

「俺ってヒモとか愛人とかペットが世界一上手《うま》いのかも」

正直、調子に乗っていたある日。

パトロンのおじ様に宛がってもらっているマンションで寝て起きたら異世界にいた。

突然すぎるけど、本当に突然。

よくある「交通事故に遭って」とか、「魔導書を開いて」とか、「呪いのアイテムを身につけて」とかなにもなく。

なんの前触れもなく。

ただただ急に、異世界に飛ばされていた。

◆

目が覚めて、辺りを見渡すと知らない場所だった。

中世ヨーロッパの田舎町みたいな、木やレンガのこぢんまりとした建物に囲まれた街の広場みたいなところに立っていて、服装は寝る時に着ていたシルクの白いパジャマで、足はなぜか濡《ぬ》れている……あぁ、噴水の池の中に立っているのか、俺。

「おぉ！　金髪、透き通った肌、整《ととの》った顔……」

「若さ、身長……完璧だ！」

俺の周りには五〇人……もっとかな？　囲まれていてわかりにくいけどたくさんの人がいて、老若男女、あらゆる人がいるけど……どうやら全員が俺の外見を褒《ほ》めているらしい。

「美しい……」

「申し分ない美形だわ」

「ママ！　あのお兄ちゃん、きれいねぇ」

褒《ほ》めてくれるのは嬉しいし、褒《ほ》められることには慣れている。でも、俺の感覚で言えば、褒《ほ》めてくれる男性もおばあちゃんも幼い女の子もみんな、一人残さずみんな、美形に見えた。

服装が昔のヨーロッパっぽいからか、海外映画の俳優とか女優とか、そんな感じのゴージャスな外見。服自体はどちらかと言うと質素《しっそ》だけど。

「あの、俺……なんでここに？」

褒《ほ》めてもらえるのはありがたいけど、さすがにこの状況は謎すぎる。

日本じゃなさそうな場所で、日本人じゃなさそうな人の集団に囲まれて、寝ていたはずなのに噴水の中にいるとか……ドッキリにしては大仕掛けすぎる。

なにかがおかしい。

俺が首を傾《かし》げると、正面に立っていた神父さん？　牧師さん？　そんな感じの格好の白髪のおじいさんが深々と頭を下げた。

「私はこの村の村長をしております。私が、貴方様を元の世界からこちらに呼び出しました！　申し訳ございません！」

「え？」

急な謝罪に、俺はますます混乱する。

元の世界？　呼び出す？　は？

俺がさらに首を傾《かし》げると、集まっていた他の人たちも一斉に頭を下げた。

「申し訳ございません！」

「ごめんなさい！」

「ありがとうございます！」

「どうぞお願いします！」

「私たちを救ってください！」

「助けてください！」

これは、まさか……異世界転生とか異世界転移とか異世界召喚とかそういうやつ？

漫画やアニメには詳しくないけど、ＳＮＳでよく出てくる漫画の広告とか、漫画好きのパトロンのお姉さんに聞いた話とか、多少は知識がある。

こういうのってだいたい世界を救うために魔王と戦ってほしい、みたいな？　勇者とか聖女とか？

俺が？

そんなの絶対無理。

俺、「美形」以外に特技なんてない。戦えないし、なにか特殊能力をもらえたとしても怖いし面倒だし無理。世界とか人間とかを救う責任なんて負《お》いたくない！

やばいな……どうやって断るか……

取り繕《つくろ》うこともせず困った顔をしていると、おじいさんが深々と頭を下げたまま話しはじめる。

「どうか我々人間の村を救うために、魔王様の……」

あぁ、ほら。魔王を倒せってやつだ。無理無理無理。絶対無理。


「魔王様のペットになってください！」


「え？」

あれ？　思ったのとちょっと違うな……？

「ペット？　愛玩動物って意味であっている？」

「はい！　貴方様の世界ではおそらく、人間がペットを飼う立場なのだと思いますが……この世界の人間は、『魔法が使えないか弱い下等種族』にあたりますので……」

「……なるほど」

人間より上位の種族がいるってことか。魔王様ってことは、魔族？

「本来ならば、我々のような弱い種族はすぐに滅ぼされてしまうところですが、弱くて、見た目が愛らしいということで、魔族の間でペットとして可愛がられています」

「あぁ……」

守ってあげたい的な？

犬猫が弱いとか下等とは思わないけど……そういう扱いってことか？

「この村も、魔族が人間を見たり触れ合ったりするための村です」

よく見ると、そばの建物の看板には「ふれあい」とか「鑑賞」「レンタル」なんて文字が書いてある。

なんで日本語……まぁいいか。つまりここは猫カフェか動物園みたいなものか。

「魔族の家で飼われることもありますが、私たちにも人権はあるので、奴隷《どれい》のように囲われるのではなく、お互いの同意のもとペットになります。その辺りは細かい法律があるのでおいおい……」

奴隷《どれい》とペットは違うのか……うーん。本当に愛玩動物なんだな。

「ペットというとひどい扱いに思われるかもしれませんが、昔は迫害がひどく、人権もなかったので、その頃に比べれば人間らしくみんな幸せに暮らしています」

「へぇ。よかったね」

素直にうなずくと、おそるおそる顔を上げた白髪のおじいさんが少しほっとしたように表情を緩《ゆる》めた。

「この暮らしは、三〇〇年ほど前に王になられた人間好きの魔王様のお陰なんです」

人間好き……猫好きとか犬好きみたいなことか。

「なので、私たちの安全な暮らしのお礼として、魔王様の城には、常に人間のペットを献上《けんじょう》しています。しかし……」

あぁ、ここでさっきの話か。

「新しいペットを献上《けんじょう》する時期なのですが、魔王様が好む容姿や年頃の人間がちょうどいなくて」

周りの人間、みんな美形だと思うけど……言われてみれば、俺みたいな顔の系統の男はいないか。

「以前にもこういうことがあった時、魔族の宰相《さいしょう》から異世界の同族を呼ぶように儀式とこの噴水を与えられたのです。そして、この度……貴方様をその儀式で呼び寄せさせていただきました」

え、怖っ。

自分たちの村と魔族の都合だけで、無関係の俺を巻き込むの？　人権は守られているとか言いながら、異世界って倫理観ぶっ壊れてるな。

でも……

「俺が選ばれたってこと？」

「はい。魔王様のペットにふさわしい条件でふるいをかけて、魔王様が一番喜ぶ美しい容姿の人間を呼び寄せさせていただきました」

「そうか……」

そう言われたら、仕方ないな。

俺、美形だから。

昔から美形で得することが多かったけど、美形であることのリスクも少なくはなかった。

メリットが大きい分、デメリットがあるのは仕方がないと物心ついた頃から受け入れていた。

「うーん……」

それにしても、ペットねぇ……戦うとか生贄《いけにえ》とは違うみたいだけど。

一生魔王に飼われるってどうなんだろう？

「もちろんタダでとは言いません！　三年の任期が終われば、村の蓄《たくわ》えから一生の生活費を……」

ん？　ちょっと待って。

「え？　三年？　たった三年？」

「はい。三年です。魔王様はペットの人権に敏感《びんかん》な方なので、一人につき、自由を奪《うば》うのは三年までと決めていらっしゃいます。もちろん、三年間ペットとして過ごした分の報酬《ほうしゅう》も支払われます」

「報酬《ほうしゅう》？」

「歴代のペットは、城を出た後に住む新しい家や店などを建ててもらうことが多かったですね」

三年間の報酬《ほうしゅう》として家は……アリなんじゃ……？

「それに加えて、異世界からわざわざ来ていただいた貴方様には、その後の暮らしに困らないだけの援助をさせていただきます！」

「俺、元の世界には帰れない感じ？」

「すみません、それは……呼び寄せるだけの一方通行の魔法です」

「うーん」

ここで俺がゴネても元の世界に帰れないなら、この世界で楽しく生きる方法を模索《もさく》するのがベストだな。

そうなると、三年ペットやったらその後一生遊んで暮らせるっていうのは魅力的じゃない？

俺、この世界でも「美形」みたいだから、ペットの後も色々やりようがありそうだし。

「ペットって痛いことされたり、まともにご飯食べられなかったりはしない？」

「大丈夫です！　ペットの人権は守られています。ペットは魔王様に可愛がられるだけです」

なら、元の世界でやっていた「ヒモ」と変わらないな。

相手が一人の分、楽かも？

「あ、しかし……その……」

「ん？」

白髪のおじいさんは辺りを気にしてから、俺に近づいてそっと耳打ちした。

「魔王様に、性的に可愛がられることも……」

「あぁ」

そういうのも含むのか。犬猫とはちょっと違うな。

でも、まぁ……

「魔王様ってエッチ上手？」

「え？　そ、それは、私はなんとも……！」

そこまではわからないか。できれば上手なほうがいいけど……

「まぁいいや。下手だったら俺が教えればいいし……いいよ。ペットしてくる」

「お……おぉ！　よろしいのですか⁉」

驚かれたし、後ろのほうで「異世界の方は嫌がると聞いていたのに……美しい上になんてお優しい！」とか「天使のようだ」なんて聞こえる。

「報酬《ほうしゅう》弾《はず》んでね？　あと、魔王様のところに行く前に、歴代のペットやっていた人に会える？　事前に話を聞いておきたい」

「それは、もちろん！　歴代のペットもすぐに手配します！」

「うん。よろしくね。……とりあえず俺、ここから出たいんだけど、拭《ふ》くものと靴、くれない？」

噴水の縁《ふち》に足をかけると、少し離れたところで「足先までお美しい」なんて言う声が聞こえた。

自惚《うぬぼ》れが強い俺だけど……さすがに足先は別に普通だと思うよ。

◆

異世界にやってきて三日目。

魔王の城へ行くことになった俺は、絵本に出てくるようなかわいい馬車に揺《ゆ》られていた。

今日までに、この世界のことを簡単に聞いたり、歴代の「ペット」から魔王のことを聞いたりしたけど……ペットの先輩たちはみんな「大人しくしていればなにもされない」「あなたの容姿なら確実に気に入ってもらえる」と真剣な顔で言ってくれた。

それに、全員俺と同じ系統の金髪で黒い瞳、スッキリ整《ととの》っているのに凄味《すごみ》のある美形で、でも……俺がその中で一番美形だった。

だから、なんとなく大丈夫そうだなと思って深く考えるのはやめた。

「ライト様、もうすぐお城です。タイを結んでください」

窓がないから俺にはよくわからないけど、一緒に馬車に揺《ゆ》られている村長さんに言われて、首元のリボンタイを結ぶ。

この世界の正装なのか、スタンドカラーのシャツに襟《えり》のないスーツみたいな服で、シャツもスーツも革靴も全部白色。ペットというより結婚式の新郎っぽい。

まぁ、ホストの時にも白スーツはイベントで何度か着ていたから似合うんだけど。

——ガタン
馬車が大きく揺《ゆ》れて、停まる。

自分でドアを開けようとしたけど、それよりも早く外側からドアが開いた。

「どうぞ」

ドアを開けたのは、ヨーロッパの観光地にいるような、兵隊らしい服装だけど装飾が派手な男の人だった。

「ありがとう」

俺が笑顔でお礼を言いながら降りると、兵隊さんは少し驚いた顔をして一歩下がった。

馬車を降りてから気づいたけど、この兵隊さん、でかい。

一七九センチの俺よりも二〇～三〇センチ以上は背が高いな。

「あ……こちらへ」

兵隊さんの後ろには同じ格好で同じくらい背の高い男の人が五人。

見た目は人間と変わらないけど、帽子の両横から人によって違う形の角が出ていて、髪色が青とか緑とか人間っぽくない色。これが「魔族」らしい。

そして……

「でかいな……」

身長がでかいと建物もでかいのか。

ヨーロッパ……ドイツとかにありそうないわゆる「お城」らしい「お城」。全体的に色が茶色っぽくて、飾りが少ないとは思うけど、大きくて立派なお城だ。

「この先です」

ここだけで舞踏会《ぶとうかい》でも開けそうな玄関ホールを抜けて、階段を上がって、赤い絨毯《じゅうたん》が敷《し》かれた廊下を通って、中庭を横目に見て……自分がどう進んでいるか把握《はあく》するのをあきらめた頃、一際立派な装飾がついた扉の前で兵隊さんが足を止めた。

「こちらが魔王様の謁見《えっけん》の間です……準備はよろしいですか？」

「準備？」

「その……心の準備など」

「うーん……ねぇ兵隊さん。俺、美形？」

「え？　あ、あ……はい、とてもお美しいです」

他の兵隊さんに視線を向けると、全員帽子がズレそうなほど激しくうなずいてくれた。

「じゃあ大丈夫」

みんなの反応のお陰で、多少はしていた緊張も消えて、俺らしい自信のある笑顔になれたと思う。

これでダメなら仕方がないし。

「では……魔王様、新しいペット様をお連れしました」

兵隊さんの声掛けの後、重そうな扉が勝手に開いた。

……おぉ。さすがにこの中は豪華だ。

どこかの大聖堂で、こんなのなかったかな？　天井が高くてステンドグラスがハマっていて、凝《こ》った彫刻《ちょうこく》の柱が両脇に並び、柱の間にはドレスとかローブとか軍服とかを着た魔族がたくさん立っている。

いかにもファンタジーだな……そしてなにより、俺が今進んでいる中央の赤い絨毯《じゅうたん》の先、階段が五段ほどあって、その上には立派な椅子に座った大柄な男の人がいた。

彼が魔王様か。

三〇〇年前に魔王になったって聞いたから、おじいちゃんかと思っていたけど、見た目は……俺の感覚ではせいぜい三〇代半《なか》ば？　真ん中で分けた黒髪の両横から立派なヤギのような太い黒い角が上向きにねじれながら生《は》えていて、瞳も黒。金色の装飾がたくさんついた黒っぽい詰襟《つめえり》のような服にブーツも黒。マントは赤黒い。

肩幅広いし、がっしり系？　座っているからわかりにくいけど身長も高そうだな。

顔は……うん。かっこいい。男らしくて彫《ほ》りが深くて、ちょっと睨《にら》むような表情だから怖く感じるけど、整《ととの》った顔だと思う。

それで……すっごく俺のこと見ているな。

うーん。ここで……いや、もう少し近づいてからにするか。

「止まれ！」

階段のすぐ下まで進んだところで、魔王様の横に立っている魔族が声を上げた。黒い兜《かぶと》を脇に抱えた甲冑《かっちゅう》姿で、水色の髪を後ろに流した気の強そうな顔の男の人だ。この人もガタイいいなぁ……なんて眺めているうちに、俺の両横の兵隊さん、村長さんが止まるだけでなく跪《ひざまず》いた。俺も跪《ひざまず》いておくか。

「……魔王様、新しいペットをお連れしました。この度は異世界の人間になります。この国の常識は簡単にしか伝えておりませんので、どうぞ、ご理解を」

「……あぁ、わかった」

村長さんの言葉に対して、魔王様が低い声で返事をする。

声はあんまり嬉しそうじゃないように感じるけど……俺が顔を上げて少し微笑《ほほえ》んだ瞬間、魔王様の表情がピクッと強張《こわば》ったのを見逃さなかった。

これは……いけそうだな。よし。

村長さんも兵隊さんも跪《ひざまず》く中、俺だけ立ち上がった。

「あなたが魔王様？」

「え……？」

「おい、ペット！　失礼だぞ！」

甲冑《かっちゅう》の魔族が声を荒らげるけど、それを制したのは魔王様だった。

「構わない。……あぁ、そうだ。俺が魔王だ」

「でっかくてカッコイイね。よかった、三年間楽しく過ごせそう」

「あ……あぁ」

にっこり笑った俺を、魔王様は驚いた顔で見下ろし、甲冑《かっちゅう》の魔族は顔を引きつらせる。

「っ……お、お前が楽しんでどうするんだ⁉　魔王様を楽しませて差し上げろ！」

「魔王様がちゃんと楽しいなら、俺も楽しんでも別に迷惑じゃないよね？」

「なっ……」

甲冑《かっちゅう》の魔族が言葉に詰まっている横で、ずっと驚いた顔をしていた魔王様がふっと楽しそうに表情を緩《ゆる》めた。

「あぁ、もちろんだ」

その楽しそうな声で確信した。……俺、好かれている。

「俺は大長谷《おおはせ》ライト。ライトって呼んで」

「名前は……いや、そうだな。わかった。ライトと呼ぼう」

「魔王様！　よろしいのですか⁉」

「気になれば、すぐにいつものようにする。最初はこれでいい」

　俺はすっとぼけて笑顔でいるけど、実は聞いてきたんだ。魔王様のペットはみんな「ニマ」と呼ばれると。

　たぶんこの世界のペットらしい名前……「タマ」とか「ポチ」みたいな感じ？　歴代のペットは城に入るとそう呼ばれていたらしい。

　でも、面白くないよね？

　せっかくペットになるなら、俺は他のペットよりも可愛がられたい。

「魔王様は名前ないの？」

「魔王に名前はない」

「そっか。みんな魔王様って呼んでいるみたいだけど、せっかくペットになるなら俺は違う呼び方にしたい」

「違う呼び方？」

「ご主人様、旦那様、魔王ちゃん、魔王くん、魔王っち、まおまお……」

「……！」

　また魔王様が驚いた顔をして、甲冑《かっちゅう》の魔族が顔を引きつらせる。

「おい、ご主人様や旦那様はともかく……魔王様に対してそんな、不敬だぞ！」

「そうなんだ？　だめ？　魔王さん」

「さ、さん……！」

甲冑《かっちゅう》の魔族はもう呆《あき》れて言葉が出ないようだけど、魔王様は驚いた顔をだんだんほころばせて、とうとう口角が上がった。

「……ははっ！　面白いじゃないか。好きにしろ。俺が認めたんだ、ライトが俺をどう呼んでも口出しはするなよ」

魔王さんの言葉に、甲冑《かっちゅう》の魔族や、部屋の両脇に並んでいた魔族たちが「はっ！」と声を上げる。

うん。なかなかいい滑《すべ》り出しだ。

「俺は執務に戻る。執事長、ライトのことは頼んだぞ」

「承知致しました」

俺の斜《なな》め後ろ辺りで男の人の声が聞こえた後、魔王さんは王座から立ち上がって後ろの……どこかに繋がる扉へ消えていった。

へぇ。ペットってずっと連れ歩かれるかと思ったけど違うんだ？

さて、俺はこれから執事長さんとかいう人とどこか行くのかな……？

後ろを向こうとした瞬間、ガチャンガチャンと派手な音をさせて、甲冑《かっちゅう》の魔族が階段を下りてきた。

あ、やばい？

「なんて生意気なペットなんだ……！　魔王様がお優しいからと調子に乗って！」

「あー……」

これはフォローがいるか。とりあえず大人しく、近づいてくる甲冑《かっちゅう》の魔族に笑顔を向けていると、両横からローブを着た赤髪のオカッパでサンタクロースみたいな髭《ひげ》のおじいちゃん魔族と、黒くてごてごてした装飾のドレスを着た紫のお団子ヘアのおばあちゃん魔族が間に入ってくれた。

「まぁまぁ騎士団長。か弱い人間が魔王様に怯《おび》えずに懐《なつ》くなんて微笑《ほほえ》ましいじゃないですか」

「そうですわ。あの魔王様の楽しそうなお顔。いい子が来ましたわね」

「なにより、とても美形だし！」

「ねぇ、美形ですわよね！」

おじいちゃんとおばあちゃんが盛り上がっているのを見て、甲冑《かっちゅう》の魔族が複雑そうな顔をする。

「確かに、今までのペットより美形だが、しかし……」

この魔族も俺のことを美形とは思ってくれているんだ？

で、三人の会話的にこの水色の髪の甲冑《かっちゅう》魔族は「騎士団長」か。

偉《えら》い人ではあるけど、なんとなく他の人より若そう。頑固《がんこ》そう。こういう人は……

「騎士団長さん。魔王さんのこと、すごく考えているんだね」

「え……？」

俺の言葉に、騎士団長さんが怪訝《けげん》そうな顔をする。

「俺なりに魔王さんを楽しませるつもりだけど、失敗した時には、俺よりも魔王さんのことをしっかり考えている騎士団長さんに相談するから。その時はアドバイスよろしく」

「え……？　あ、あぁ……」

「あらあら～！　ほら、いい子じゃないですか」

俺の言葉にひるんだ騎士団長さんに、おばあちゃん魔族がニコニコと声をかける。

「まずは好きにさせてみましょう？　魔王様もたまには違う感じのペットを楽しんだほうがいいと思いますし」

「そうですよ。いつまでもニマにこだわっていては……」

「それも……そうだな。見た目は申し分ないし……少しでも魔王様のご機嫌《きげん》を損なうことがあれば、俺が言うように振る舞ってもらうからな！　それと、執事長や城の者に迷惑をかけるなよ！」

「わかった」

俺が笑顔でうなずくと、騎士団長さんは怒っているとも言い切れない微妙《びみょう》な顔で部屋から出ていった。

まぁ、成功かな？

こういうの、最初が肝心だからね。

「ふふっ、本当にきれいで楽しい子が来てくれて嬉しいわ。私はドーラル。このお城のことを仕切っている世話係みたいなものだから、なにかあれば遠慮《えんりょ》なく相談してくださいね」

「ドーラルさんね、よろしく」

「私はこの国の政治のほうを仕切っております、ファイです。どうぞ、魔王様を楽しませてくださいね」

「ファイさんもよろしく」

周囲をうかがうと、おおむね「よさそうな子じゃないか」「今までで一番美しい」「魔王様の楽しそうなお顔……よかった」なんて反応のようだ。

「皆さん、今日から三年間よろしくね」

俺が全方向に笑顔を振りまくと、ほぼ全員が「よろしくお願いします」「ライト様、よろしく！」と拍手までしてくれた。

……俺の計算通りではあるけど、あまりにチョロすぎてちょっと怖いな。

◆

村長さんとは謁見《えっけん》の間を出たところで別れて、執事長さんと廊下を進む。この執事長さんは黒いフロックコートを着て、やせ形で長身、七三にした銀髪からは魔王さんと似た少し短めの角が生《は》えている。目は切れ長でちょっとアジア系の顔立ちに見えた。

この世界の美の基準で俺が美形なら、この人も結構美形なんじゃないかな？

そんなことを考えているうちに廊下を進み、階段を上って、謁見《えっけん》の間ほどではないけど凝《こ》った装飾のドアの前で立ち止まった。

「こちらがライト様のお部屋です」

「へ～……お、広い！」

入ってすぐのところは四人掛けサイズのソファが二つと、その間にソファに見合う大きなセンターテーブルが置かれたリビングスペースで、奥に半分仕切られたベッドルームが見える。

いいホテルのスイートルームって感じだな。

花とか絵画とかも飾ってあるし、窓枠や家具には彫刻《ちょうこく》とか無駄に凝《こ》った装飾が施されているし、敷物《しきもの》とかカーテンは質がよさそう。

このカーテンや敷物《しきもの》、その他の布物は全部、紺《こん》や青などの寒色で統一されていて……俺は暖色のほうが好きだけど、オシャレだからまぁいいか。

出窓からはサッカーコートくらいの広さの中庭が見下ろせる。

ここ、かなり高い場所だな。開放感があっていいけど、窓に近づきすぎるとちょっと眩暈《めまい》がする。

「お手洗い、洗面所、シャワールームはあちらです。お召し物は……」

「失礼致します」

「あぁ、ちょうどメイドが来ましたね」

入り口のドアがノックされて、ふわふわ茶髪のボブに羊っぽい巻き角が生《は》えた、メイドらしい格好の女の子が両手に大きなかごをぶら下げて入ってきた。

若くてかわいらしい感じの子だけど、俺より少し身長が高い。魔族は全体的に高身長なのか。

「こちら、ライト様に合わせたお召し物です。奥のウォークインクローゼットに入れておきますので、ご自由にお使いください。洗濯物はこのかごに。毎日朝食の時に回収します」

「わかった。ありがとう」

俺が素直にお礼を言うと、執事長さんもメイドさんも一瞬意外そうな顔をする。

魔族ってお礼言う習慣がないとか？

……俺が美形すぎる？

「……お食事は午前七時、正午、午後七時にお部屋に運びます。食べられないものなどありますか？」

「ないよ。でも、この世界の食事に慣れていないから食べてみて相談するかも」

「承知致しました。他に必要なものがあれば、気兼《きが》ねなくお申しつけください。ドアの横のベルについた紐《ひも》を引くと、使用人が来ます」

「使用人ってお兄さんとお姉さん？」

目の前の二人に視線を向けると、二人は恭《うやうや》しく頭を下げた。

「他の者がうかがうこともありますが、主にお世話をさせていただきます、執事長のローズウェルです」

「メイドのリリリです」

元の世界のヨーロッパっぽいようなそうでもないような名前だな……ホストをしていたくらいだから顔と名前を覚えるのは得意だけど、そろそろメモしたい。

でも、しっかりしていて話しやすそうな人たちでよかった。

「頼りになりそうな人たちでよかった！　俺、このお城どころかこの世界に慣れていないからいっぱい聞いたり相談したりすると思うけどよろしくね、ローズウェルさん、リリリさん」

俺が少し気を抜いた「ほっとした」笑顔を向けると、二人が一瞬だけ固まった。

「……はい」

「は、はい！」

二人とも微《かす》かに表情が緩《ゆる》んだな。いい反応だ。

魔王さん以外にも俺の笑顔、効きそう。

「……それでは、環境にご納得いただけたということで書類にサインをお願い致します。これにサインをすれば、ライト様は三年間、魔王様のペットになります。魔王様の許可なくこの部屋から出ることはできませんし、魔王様に危害を加えることはできません。逆に、この契約が有効である限り何人《なんぴと》もライト様に危害を加えることができません」

「部屋、魔王さんの許可があれば出ていいの？」

「許可があれば可能です。今までのペット様も、お城のパーティーなどに同席したことがあります」

「へぇ。パーティーとか楽しそう。でも、こんなに素敵なお城なのに自由に見て回れないのは残念だな……魔王さんに相談してみるよ。あ！　でも、もし火事になったりしたら俺逃げられないの？」

「ライト様に危害を加えることができないので、ライト様が危険と認識すれば炎も近づけません」

「え、なにそれ。便利……いや、安心？　いい契約だね！」

「え……？」

「リリリさん！」

俺の反応にリリリさんが思わず不思議そうな声を漏《も》らし、ローズウェルさんにたしなめられる。

まぁ、職業ヒモの俺の感覚はズレてるだろうからなぁ……

「失礼致しました。他に質問がなければ契約を」

「ん……大・長・谷・ラ・イ・ト……はい。これでいい？」

「結構です。これでもう、この部屋からは出られません」

「試していい？」

「……どうぞ」

二人に見守られながらドアを開けて……

「へぇ、こんな感じか。空気が重くて押し返されるみたいな……すごい！　なにもないところなのに凭《もた》れられる！」

不思議だし、いかにも異世界らしい。

せっかく来たんだから、元の世界で味わえないことを体験したいよね。

「……この部屋の中は、なんでもご自由にお使いください。それでは、他になにもなければ、私たちはこれで……」

もう行っちゃうのか。

仕事中に引き留めるのは申し訳ないけど……はじめのうちに仲良くなっておきたいんだよね。

「一つだけ聞いていい？」

「はい、どうぞ」

ドアから離れ、ソファに腰を下ろしながら二人を見上げる。

「なんで二人とも俺に敬語なの？」

「え？」

「ライト様が魔王様の所有物だからです」

リリリさんは驚いた声を上げるけど、ローズウェルさんは冷静に返事をした。

「俺自身は敬語を使ってもらうような存在じゃないんだけどなぁ……タメ口でいいよ？」

「え、え……？」

「それでは他の者にしめしがつきませんし、私たちは魔王様を敬愛しておりますので」

リリリさんはさらに戸惑うけど、ローズウェルさんは相変わらず冷静に返事をしてくれる。

「それとこれとは話が違うと思うけど……そっか。魔王さんってそんなに尊敬されている人なんだ？　ゆっくり話すのが楽しみだな」

「……楽しみ、ですか？」

「うん。だって素敵な人なんだよね？」

今度はローズウェルさんも驚いた顔で固まってしまって、先に口を開いたのはリリリさんだった。

「は、はい！　それはもう、歴代のどの魔王様よりも尊敬できる素晴らしい魔王様です！」

「ほら。だったら楽しみでしかなくない？　魔王さん、お仕事終わったらこの部屋に来るんだよね？」

「はい！　おそらく……この廊下側のドアとは別に、魔王様の私室に繋がるドアがベッドルームにあります。どちらかからいらっしゃいます。えっと、プライベートな時間は、ここか私室でお過ごしになるので……」

リリリさんは少し混乱しながらも懸命《けんめい》に返事をしてくれる。

俺、そんなにおかしいこと言ったかな？　まぁいいや。

「へぇ。ドア二つか。どっちから来るんだろう……わかっていたらドアの前で待ち構えて、ビックリさせるんだけどな」

あぁいう偉《えら》い人ってサプライズされ慣れていないから喜ばれそうなんだけど……まぁそれはおいおい考えよう。

「あ……」

「っ……」

「ん？　なに？」

二人がなにか言いたそうな顔で戸惑った視線を俺に向けるので、促《うなが》すように首を傾《かし》げた。

「あ、あの……」

おそるおそる口を開いたのは、黙ってしまっていたローズウェルさんだった。

「ライト様は、なぜそんなに楽しそうにされているのですか？」

「ん？」

「魔族が怖くないのですか？」

「怖がる要素、どこにある？　あ、大きいから？」

大きいから力で敵《かな》わなさそうとか、角が硬そうだから刺さったら痛そう……くらいは思うけど。

「ライト様は異なる世界から来られたのですよね？　魔族の正体をご存じないから……」

「正体？」

「……えっと……その」

ローズウェルさんが口ごもる。

魔族ってなに？　怖いの？　目の前のローズウェルさんは俺に怖いことをするようには見えないけど。

「なんかわかんないけど、このお城の魔族さんはみんないい人に見えるよ？　さっきの騎士団長さんも、魔王さん思いのいい人だなって思ったし、フォローを入れてくれた人たちもとっさに他人をかばえるなんて、えらいよね。みんな、実は意地悪なの？」

「そういうわけでは……」

「俺のこと、殺したり食べたりするの？」

「そんなことは絶対にしません！」

「じゃあ、怖くないけどなぁ……怖がらないとダメ？」

「いえ、そんなことは……ただ、その……歴代のペットの方は、いつも魔王様にも魔族にも怯《おび》える方ばかりで……」

なるほど？

詳しく言いたくなさそうだし、正体というのはわからないけど、この世界の人間は魔王さんに感謝をしながらも魔族が怖いんだ？　怖いのは困るけど……

「ローズウェルさんの言う通り、異世界から来たから無知なだけかもね。でも、どんな状況でも楽しんだほうが楽しいし。それに……」

足を組みなおして、ひじ掛けに腕を置き、おそらく俺がよりかっこよく見える角度で二人を見上げる。

「俺、俺のことが好きな人が好きだから」

「……好き？」

ローズウェルさんがこぼした言葉に深くうなずく。

「うん。魔王さん、たぶん俺のこともう大好きだと思うんだよね。だから大丈夫。怖くないよ」

子供の頃からモテまくったプロのヒモの勘《かん》だけど、コレ、結構当たるんだ。

◆

――コンコン

夜の九時ごろ。廊下側のドアからノックの音がした。

「はーい」

ノックの後、ちゃんと俺が返事をするのを待ってからドアを開いたのは、昼間と同じ金の装飾がたくさんついた黒い詰襟《つめえり》っぽい服で、マントは外した魔王さんだった。

俺、ゆったりしたスタンドカラーのシャツに緩《ゆる》いズボンってラフな格好なんだけどいいかな……

いいか。

立ち上がって出迎えてもいいんだけど、今日は様子見。

ソファに座ったまま、読んでいた新聞をテーブルに置いた。

「ライト……今、大丈夫か？」

「うん、大丈夫。お仕事、今終わったの？　遅くまでするんだね」

「え……あ、あぁ。今日は会食の予定もあったから遅くなった」

ソファに近づいてきた魔王さんは、二人分くらいの間隔《かんかく》を空けて隣に座った。

「じゃあ、明日からはもっと早く来るの？」

「あぁ……そうだな」

「そっか。じゃあさ、晩ご飯の時間は魔王さんと一緒がいいな。一人でご飯食べるの、好きじゃないんだよね」

「……え？」

驚きすぎじゃない？

せっかくかっこいい顔なのに、顎《あご》が外れそうなほど口開けちゃって……

「ペットと一緒に食事は嫌？」

たとえば犬や猫と同じテーブルにつくのがアリかナシか、人によるしなぁ……この世界の感覚がわかっていないから、呆《あき》れられたかな？　それとも……

「いや、そんなことはない。むしろ……いいのか？　一人でゆっくり食べていいんだぞ？」

「え～？　さっきも言ったけど、一人で食べるの好きじゃないんだって。もしかして、魔王さんは一人派？」

「別に、こだわりはないが……」

遠慮《えんりょ》せず笑顔で言葉を続けると、魔王さんは驚いた顔から、だんだん泣くのを我慢《がまん》しているような顔になる。

悪い反応ではないけど、思ったより……まぁいいか。

「じゃあ、明日の晩ご飯は一緒ね？　メイドさんに言っておいて？」

「……わかった」

「朝も一緒に食べられたらいいんだけど、俺、朝弱いからなぁ～。ま、生活リズムができてきたら相談しよう？」

「ライト……ライト！」

「わっ!?」

魔王さんが二人分くらい空いていた距離を一気に詰めて、俺の体を強く抱きしめる。

好かれることを言ったつもりではあるけど、ここまでとは思わなかったな。

「ライト、なんでお前はそんなに……そんなにかわいいんだ？」

「かわいい？」

色々な褒《ほ》め言葉を言われ慣れているけど「かわいい」は珍しい。

でも、デカい魔族からしたら俺はかわいいのか。

「かわいい。すごくかわいい。今までのペットも皆かわいかったが、お前のような……その……懐《なつ》いてくれるペットはほとんどいなかった」

「そうなんだ？　せっかく可愛がってもらえるんだから、みんな素直に可愛がってもらったらいいのにね？」

確かに村で話を聞いた歴代のペットさんたちも、「大事にはされたけど、畏《おそ》れ多くて」「可愛がってくれているのはわかったけど、怖くて」「あんな立派な方を相手になにもできないですよ。従順に大人しくしていました」なんて言っていた。

みんなわかってないなぁ。

そんなの、楽しくないだけなのにね？

「魔王さん、俺ね、可愛がられるのが好き」

「あ、あぁ……いくらでも可愛がってやる。そのためのペットだ」

「うん。魔王さんはきっと可愛がってくれる人だと思った。だから俺……」

「……っ！」

俺からも魔王さんの大きな体に抱きつく。

別にエッチな感じでもないし、力を込めてもいないのに、大げさなほど魔王さんの体が跳《は》ねた。

抱きしめられることに慣れていないんだな。

「魔王さんに可愛がってもらえるように頑張るね」

「……っ！」

「いっぱい可愛がってね、魔王さん」

「あ、あ……あぁ！」

魔王さんが俺を抱きしめる腕の力が強くなる。

自分より大きな体にすっぽり包まれるなんて初めてで、俺も少し浮かれてきたかもしれない。

異世界だからって少し身構えていたけど……早速、余裕で愛されちゃっているな。

この調子で、元の世界のヒモ生活みたいに上手にやっていこう。


「では、あとは好きに過ごしてくれ」


「……え？」

しばらくの間、嬉しそうに俺を抱きしめていた腕がほどかれて、魔王さんは俺とやはり人二人分くらい空けて座りなおす。

「どうした？」

楽しそうな笑顔でただ俺を見ているけど……今の流れだと、この後イチャイチャするか、健全だとしてもおしゃべりするとか……じゃないの？

「えっと、好きに……？」

「読書でも運動でも、好きなように過ごしてくれたらいい。俺は見ているから」

見ているだけ？　俺を見るのが、この人の楽しみってこと？

理解しにくいけど……うーん……まぁ、そう……か？

ペットだから？

自分でペットを飼った経験はないけど、パトロンのお姉さんのところにいた猫と飼い主の接し方を見ると、猫が自由気ままに過ごしているのを飼い主が楽しそうに眺《なが》めたり、時々撫《な》でたり……そんな感じだったな。

俺も猫は好きなほうだから、寝ているのを眺《なが》めるだけでも、キャットタワーで遊んでいるのを見るだけでも、「かわいいな」「癒《いや》されるな」とは思った。

あの感覚か。

本当にそれでいいのかな？　……じゃあ。

「……」

「……」

リリリさんに夕食と一緒に持ってきてもらった、この世界の一般的な新聞を読む。

日本の新聞の半分くらいの大きさで、ページ数は多め。政治的なことから美味《おい》しいお店の情報まで幅広く載っている、新聞と地域情報雑誌の中間のような冊子だ。

「……」

「……」

俺が読んでいる間、本当に魔王さんはにこにこと俺を見つめるだけだった。

これ、俺からの接触待ちだったりする？

「ねぇ魔王さん、俺、なんでこの世界の文字が読めるんだろう？」

「あぁ、それは召喚される時に言語翻訳《ほんやく》の魔法がかけられたのだろう。俺にはライトの話す言葉が流暢《りゅうちょう》な魔族語に聞こえているしな」

「へぇ。魔法って便利」

俺の言葉に「あぁ」と短く魔王さんがうなずいて会話は終了。

別に会話を続けたいわけでもないらしい。

「……」

「……」

この容姿だから、見られることには慣れているけど、なぁ。

「魔王さん、見ているだけってつまらなくない？」

「まったく。ライトのかわいい姿はいくら見ても飽《あ》きない」

「あぁ、そう……」

その後も、俺が新聞を読んでいるのを本当にただただ楽しそうに眺《なが》めて、一時間ほど経った頃、魔王さんが立ち上がった。

「そろそろ部屋に戻ろう。楽しかった。ありがとう、ライト」

楽しかった？　ありがとう？　たったこれだけで？

「……？　うん。また明日ね」

「あ、あぁ！　また明日！」

ソファに座ったまま返事をしただけなのに、大好きな子に告白をＯＫされたんじゃないかってレベルの嬉しそうな顔をしながら、魔王さんは軽い足取りで廊下へ出ていった。

いいんだけど。

すごくいいんだけど。

ペット、たったこれだけでいいの？

えー……？

楽でいいなという気持ちと、申し訳ないなのか、物足りないなのか、なんとも言えないモヤモヤというか、混乱というか……

「明日から、どうしよう……」

自称、世界一のヒモで、相手を喜ばせて愛される方法は誰よりも詳しいと思っていたのに……手ごたえがありすぎて手ごたえがない。

◆

「おはようございます、ライト様」

「ん……おはよう、ローズウェルさん」

朝七時、朝食を運んできたローズウェルさんが扉をノックする音で目が覚めた。

元々やや夜型ではあるけど、まだ体がリズムを作れていない感じがする。……時差かな？

とりあえず、食べる前に着替えるか……でもなぁ……

「着替えてくるね」

「はい、ごゆっくりどうぞ」

俺の感覚では女の子用っぽい、半袖《はんそで》Tシャツの裾《すそ》をふくらはぎまで長くしたロングワンピース風のパジャマのままベッドから下り、寝室の奥のウォークインクローゼットに向かう。

この中にはパーティー用っぽい服から、普段着、パジャマ、下着まで色々揃《そろ》えてくれているけど……だいたい白か淡い水色。

白はいいけど、水色ってあんまり似合わないんだよね。それに……

「ねぇ、もうちょっと楽な服ってない？」

「楽な服、ですか？」

一応、昨日着ていたものと同じ形のクリーム色に近い白の大きめシャツと緩《ゆる》いズボンに着替えたけど。シルエットが緩《ゆる》いわりに、首がなぁ。

「寝る時用のパジャマ以外、全部スタンドカラーのシャツだよね？　これはこれでかっこいいけど……俺、もっと首がゆったりした楽な服が好きなんだよね」

パジャマがこれなら、そういうのもあるんじゃない？

人間の村の人は、元の世界で言うTシャツみたいな服も着ていたし。

「サイズを大きくするとか、ボタンを開けて着ていただくことは可能ですが……ペットの方にはこのタイプのシャツと決まっています」

「理由ある？　偉《えら》い人の正装とか？」

「それも多少ありますが……魔王様の好みといいますか……」

俺がソファに座ると、ローズウェルさんは歯切れの悪い返事をしながら、牛乳の比率が高そうなミルクティーをカップに注ぐ。この世界、コーヒーがないのか、飲み物がずっと紅茶だな……いや、今はそれよりも。

「好み？　魔王さん、こういうシャツを着ている子が好きってこと？」

「はい。白いシャツの似合う人間を好まれます」

白シャツフェチか。

俺も別に似合わないわけではないんだけど。

「じゃあ、魔王さんが来る時間は白シャツで、それ以外の時間はパジャマでも怒られない？」

「正直に申し上げますと『だらしないな』と思いますが、ダメではありません」

どうしようかな。

首元が緩《ゆる》い服のほうがリラックスできるし、個人的な着心地の好みでもある。

そして……俺の顔立ちや自慢《じまん》の鎖骨《さこつ》から首にかけてのラインをより美しく見せるなら、襟《えり》ぐりの広い服のほうがいいんだよね。

まだそんな距離感ではないけど、ちょっと色気を出したい時とか……

「なるほどね。とりあえずシャツを着ておくけど、ちょっと考える」

魔王さんの白シャツフェチもどれほどのフェチかわからないし。なかなか難しいな。

まぁ、こういうことを考えるのは、すごく楽しいんだけど。

◆

お城に来て二日目の午前中はのんびりストレッチや筋トレをして過ごし、一二時ちょうどにはリリさんが昼食を運んできてくれた。

太くて短いパスタ風のものに、肉がゴロゴロ入ったソースをかけた一皿料理で、普通に美味《おい》しい。

今のところ、口に合わない料理は出てきていないな。肉率が高いし、なんの肉かよくわからないけど。

「そうだリリさん、魔王さんって日中は来ないの？」

「はい。魔王様は日中、お仕事をなさっています。ペットの方と遊ぶのはプライベートな夜の時間だけです」

「じゃあ俺、自由時間めちゃくちゃ多いんだ」

「はい。魔王様がいらっしゃらない間は、ご自由にお過ごしください」

魔王さんがいても好きに過ごせって言われたけど。

「なにしようかな……歴代のペットってなにしてた？」

「そうですね……本を読む方が多かったのと、体を動かすことは皆様されていました」

「あぁ、それはそうだろうね」

この狭い部屋の中で、家事や仕事をしなくていいんだから、体がなまりそう。太りそうで怖い。

「なにか書き物をしている方も多かったと思います。物語を書くとか、ご家族と文通とか……。絵を描く方も多いですね。あとは木彫《きぼ》りとか、縫《ぬ》い物をする方もいらっしゃいました」

みんな結構自由にしているんだ。

こういう時に趣味があればなぁ。

俺、愛されることが趣味だから、愛されるためのことしかしていないし、ヒモになってからはパトロンの趣味に付き合うのが趣味だったし。

「あちらのチェストに、道具のご用意もあります」

「あぁ、そういえば開けてなかった」

昼食の食器を片づけているリリリさんを横目に、リビングの端《はし》に置かれた大きなチェストの引き出しを引く。

四段ある引き出しには、文具や工具、裁縫《さいほう》道具、本もたくさん入っていた。

せっかくだからなにかするか……お？

「これはなに？」

「それはボードゲームです」

「一人で遊ぶやつ？」

「いえ、対戦式なので、二人でないと遊べません」

「じゃあ魔王さんと遊ぶ用ってこと？」

普通に考えたらそのはずなのに、リリリさんは困ったように眉を寄せてしまった。

「わかりません。ただ……その箱は魔王様の指示で数代前から入れていますが、まだ封も切られていない新品です」

「あぁ、そういえば蓋《ふた》が糊《のり》づけされている」

これは……どう考えても魔王さんの「誘われ待ち」だな。

ペットに「これで遊んで」って……犬がボール咥《くわ》えて「あそんで～！」って駆け寄ってくるような、アレを求めている気がする。

よし。ここぞという時の機嫌《きげん》とりに置いておこう。

ボードゲームはチェストの奥にそっと仕舞い込んだ。

◆

「あ、魔王さんお疲れ様～」

「あぁ……」

午後七時。魔王さんが俺の部屋にやってきた。

魔王さんは昨日と似たような服装で、後ろには執事長のローズウェルさんがついている。

「魔王さんもお昼ご飯は一二時だった？」

「そうだ」

「じゃあお腹空いたね。今日の夕飯なにかな～」

「あぁ……」

魔王さんは少し戸惑いながら俺の向かいのソファに座り、それを見たローズウェルさんが一度部屋の外に出て、廊下からワゴンを押して入ってくる。

「では、ご用意致します」

俺の目の前に、ソースのかかったステーキと、肉団子のようなものが浮いたスープ、クリーム系ソースのショートパスタ風のもの、ずっしり重いパンが並ぶ。

魔王さんの前にも同じメニューの皿が並ぶけど、量はおそらく俺の……五倍くらい？　いくら体格差があるといっても、すごい量だな。

「食後のお茶と焼き菓子は後ほどお持ち致します」

ローズウェルさんがお辞儀《じぎ》をして部屋の外に出る。

昨日もそうだったけど、このお城はコースじゃなく一気に料理を出すのがスタンダードか。

ペットに対してだけでなく、一番偉《えら》い人にもこの出し方なら、これが普通なんだろう。

ちなみに、どういう仕組みかわからないけど、皿に置いていればずっと料理があつあつだ。魔法かな？　この仕組みいいな。

「美味《おい》しそう。それじゃあ、いただきます」

「……？」

俺が手を合わせてからフォークに手を伸ばすと、魔王さんは不思議そうな顔をした。

「あぁ、食べる前になにか言わない？」

「特に言うことはない」

「そっか。俺は言うけど気にしないで。俺のいた国の風習だから」

「風習？」

魔王さんがすごく不思議そうにしながらナイフとフォークを手に取る。

今までに異世界から来たペットもいるらしいのに……日本人じゃなかったのかな？

「これはね、色々な命をいただきます、美味《おい》しくいただきます、材料も料理も作ってくれてありがとうございます……みたいな感謝の気持ちで言って、食べ終わったらごちそうさまって言うのが決まり」

「感謝……なるほど、ライトの種族は優しい種族なのだな」

「そうなのかな？」

「そのちょこんと手を合わせる姿もかわいらしいし、いい風習だと思う」

魔王さんは少し照れたような笑顔でステーキを大きく切って口に運ぶ。

ちょこんと？

かわいい？

指先までかっこよく見えるように意識はしているけど……かわいいか。この世界の基準、掴めているようで掴めていないな。

まぁ、そのうちわかるか。あ、このステーキ美味《おい》しい。

「ん……そうだ。これ、魔王さんと俺と、同じメニュー？」

「あぁ。ペットは俺と同じように丁重《ていちょう》に扱うように言っているからな。量だけは、体に合わせて調《ちょう》整《せい》しているが」

「体……確かに魔王さん大きいけど、そんなに食べるんだ？」

「魔王は魔力が人一倍必要だからな。食事からも摂取《せっしゅ》しないといけないんだ……」

楽しそうだった魔王さんが、憂鬱《ゆううつ》そうにため息をつく。

その量、魔王さん的には嫌なのかな？

「そっか。でも、ご飯が同じならよかった」

「……？」

「味の感想とか言い合いながら食べられるね」

「味……」

魔王さんが意外そうにしながらステーキを口に入れる。もう二枚目だ。

「このお城のご飯、どれも美味《おい》しいから。『これ美味《おい》しいね～』って言いながら食べたかったんだ」

「……そうか……」

「このステーキ、焼き加減が絶妙だし上にかかっているソースもトマトベース？　甘酸《あまず》っぱくて美《お》味《い》しい」

「……そう、だな……」

「魔王さん、今日の料理ならどれが好き？」

ショートパスタをスプーンですくいながら尋《たず》ねると、魔王さんはまた意外そうな顔をした後、すぐに手前の皿を指差した。

「え？　あぁ……地味かもしれないが、この丸いパンが好きだな。ライ麦を混ぜたパンにバターをたっぷりつけて食べるのが好きで、城のパン職人も腕利きを雇《やと》っているんだ」

「あ！　朝もこのパンじゃなかった？　美味《おい》しいけど……朝のほうが焼きたてで、もっと美味《おい》しかったかも」

「そうなんだ。職人の負担も考えて朝に一日分をまとめて焼かせるから、朝が一番美味《うま》い」

魔王さんの表情があからさまに緩《ゆる》んだ。

うんうん。好きなものの話をするのっていいよね。

「今も充分美味《おい》しいけどね。毎日このパン？」

「いや、日替わりだ。ただ、俺がこれが好きだから、他のパンよりもよく出てくる」

「へ～。みんな魔王さんに美味《おい》しいものを食べてもらうために考えているんだね」

俺の言葉に魔王さんの手が止まる。

「ライト……」

「なに？」

濃厚なパスタを味わいながら笑顔で首を傾《かし》げると、魔王さんは少し泣きそうな笑顔になった。

「誰かと、美味《うま》いと言い合いながら食べる食事は、一層美味《うま》く感じるんだな。それに……」

魔王さんが再び手を動かして、大きく切ったステーキを頬張《ほおば》った。

「ライトが美味《うま》そうに食べる顔を見ると、俺も食う気になる」

「そうだね。このお城のご飯、全部美味《おい》しいよね」

とぼけて笑顔を向けると、魔王さんは笑顔を深めてうなずき、残りの料理も美味《おい》しそうに食べていた。


食事の後は、三〇分ほどゆっくり紅茶と焼き菓子を楽しんでいたけど「まだ仕事が残っているんだ」と言って魔王さんは部屋を出ていってしまった。

今日はこれで終わりか……ペットの役割を果たせたかは微妙だけど、まだ二日目。

ゆっくり様子を見よう。

◆

翌朝、朝食のワゴンを押してきたリリリさんと一緒に、ローズウェルさんと、お城のお世話係と言っていたドーラルさんも入ってきた。

「「おはようございます、ライト様」」

「おはよう。今朝は人が多いね」

今朝は少し早めに起きたから、着替えもヘアセットも済んでいてよかったけど……この人数、なんだろう？

「実は、ライト様におうかがいしたいことがありまして」

俺が座るソファの横に立った黒いゴシックドレスで紫髪のドーラルさんが、一礼してから口を開く。

「ライト様……もしかして昨夜のお食事、ライト様が魔王様の分も召し上がったのですか？」

「え？　食べてないよ。自分の分で充分お腹いっぱいだったから」

「では、魔王様が全てご自身で召し上がられたのですね……！」

「うん。自分の皿の料理は全部食べていたよ」

俺の返事に、朝食をテーブルに並べていたリリさん、ポットからお茶を注いでいたローズウェルさんも手を止めて感嘆《かんたん》の声を上げた。

「あぁ……！」

「おぉ……！」

「ライト様、魔王様になにかなさったのですか!?」

「なにか？　これ美味《おい》しいね～って言いながら食べていたら、魔王さんも『美味《うま》いと言いながら食べると美味《うま》いな』とか『ライトが美味《うま》そうに食べると食欲が湧《わ》く』みたいな感じのことを言ってくれたけど……それ以外は、別に？」

「すごいです！」

「なんと！」

「やはりライト様のお陰！」

三人の声が明らかに弾《はず》んで、かしこまった顔から子供のように嬉しそうな笑顔になる。

喜んでもらえるのは嬉しいけど、この喜ばれ方は完全に想定外だな……

「いつもあんなに食べないの？　すごい量だったから、残す前提の料理なのかと思ったけど」

「えぇ、そうなんです！　でも、魔王様にはあの量が必要なんです！」

必要？

お上品なマダムだと思っていたドーラルさんが、興奮した様子で続ける。

「魔王様はお仕事で膨大《ぼうだい》な量の魔力を使われるので、召し上がっていただかないといけないのですが、魔王様は食が細くて……ねぇ⁉」

「はい！　料理長はもちろん、私たちメイドも、執事も、味つけや器、見た目……色々と工夫をしていたんですが……」

「ライト様！　これからも毎日、魔王様とお食事をとっていただけますかしら⁉」

圧がすごい……元々そのつもりだけど。

「うん。いいよ。でも、あんまり期待しないでね？　偶然かもしれないから」

「偶然でもなんでも、一度でもあの量を食べていただけたことが奇跡ですわ！」

「はぁ……よかった……本当に、よかった……」

えぇ……ローズウェルさん涙ぐんでない？

そこまで？　……なんか、逆に申し訳ないな……

「失礼致します」

「あ、料理長ですわ。彼もどうしてもお礼が言いたいと！」

「料理長さん……？」

ドアが開いて入ってきたのは白いコックスーツを着た全体的に丸っこい感じの、茶髪で茶色い口《くち》髭《ひげ》のおじさん。

白い帽子からは牛っぽい角が出ていて……えぇー……最初から泣いている。

「ありがとうございます、ライト様！　今朝の魔王様の魔力量、申し分ない量でした！　ライト様とのお食事のお陰です！　ありがとうございます！」

「なんかよくわからないけど……魔王さんの体調がいいってこと？　よかった」

「うぅ、お優しい、かわいらしい……天使様だ……」

料理長さんがどこから取り出したのか、ハンカチで涙を拭《ふ》くし、その横でローズウェルさんも涙ぐむどころか完璧に泣いていた。

「う、うぅ、魔王様……よかった……ライト様、見た目が美しいだけでなく、心まで美しい……」

ローズウェルさん、クール系だと思ったのに……号泣になっている。

……さすがに、そろそろ笑顔が引きつりそう。

「う、うぅ、私たち料理人がいくら料理を工夫してもなかなか全ての量は召し上がらなくて……料理は褒《ほ》めていただき、労《ねぎら》っていただくのですが……やっと、やっと私たちの料理が報《むく》われました！　ライト様には感謝してもしきれません！　ささやかですがお礼として、どうぞ、ライト様のお好きな食べ物や料理へのリクエストなどありましたら、なんなりとお申しつけください！」

泣きながら頭を下げられるようなことは絶対にしていないんだけど……ちょっと気になっていたことがあるし、せっかくならお願いするか。

「じゃあ、一つお願いしようかな」

◆

午後七時。昨日と同じく魔王さんが部屋にやってきた。

「お疲れ様。あれ？　今日、顔色いいね」

「あぁ。今日は魔力に余裕があるからだろう。昨夜ライトとたっぷり食事をとったお陰だな」

「そういえば昨日言ってたね。食事から魔力を摂取《せっしゅ》するって」

「そこからだけではないが、食事は大事な要素の一つだな」

ソファに向かい合って座り、今日もローズウェルさんがテーブルに食事をセッティングしてくれる。今日のメインはハンバーグか……魔王さんのハンバーグは俺のハンバーグの五倍くらい大きいけど、中までちゃんと火が通っているのかな？

「へぇ。じゃあ今日もいっぱい食べないとね」

「そうだな」

ローズウェルさんが部屋を出た後、俺が「いただきます」と手を合わせるのを眩《まぶ》しそうに眺《なが》めてから、魔王さんの手にナイフとフォークが握《にぎ》られる。

メイン以外はベーコン？　ハム？　たっぷりのトマトソースのショートパスタと、ポタージュっぽいスープ……これ、押し麦だっけ？　つぶつぶしたものが入っている。あとはパンとバター、それに……

「……それは？」

「あぁ、これは俺だけのスペシャルメニュー。料理長さんに我儘《わがまま》言っちゃった」

俺の食事は全体的に昨日より量を少なくしてもらって、代わりに一品多い。

オリーブオイルと塩のかかった、ほうれん草とトマトと玉ねぎのサラダだ。

「ライトは野菜が好きなのか？」

「味は普通かな。お肉のほうが美味《おい》しいと思う」

「では、なぜ？」

魔王さんが不思議そうに、ハンバーグを噛《か》みしめながら首を傾《かし》げた。

やっぱり、魔族は人間の生態を知らないんだな……

「美容と健康のため」

「美容と……健康？」

「そう。人間って、野菜に含まれる栄養をとらないと肌が荒れたり内臓が弱ったり……美容にも健康にもよくないから」

料理長さんと相談したけど、魔族は主に肉と穀物《こくもつ》……おそらくたんぱく質と炭水化物からエネルギーをとるみたいで、野菜や果物は「味や彩《いろど》りのため」に少し使う程度らしい。

人間の村では普通に野菜もたくさん食べていたけど、歴代のペットたちも、自分たちの食生活に野菜がどれくらい必要かは把握《はあく》していなかったのかも。

村では科学的に解明されていないけど、体が欲して食べているとかそういうことだと思う。

だから、お城ではずっと魔王さんと同じ、肉と穀物《こくもつ》中心の食事を受け入れていたみたいなんだけど……

「では、野菜を食べないと……し、死ぬのか？」

「すぐに死ぬことはないよ。でも、まったく食べていなかったら……長生きは難しいかもね」

「そう、だったのか……俺は、今までの人間に……」

「大丈夫、大丈夫、俺は人一倍美容と健康に気をつけているだけだから、若い男の人は三年くらい肉と麦ばっかり食べていてもおかしくならないよ」

……たぶん。

栄養士でもなんでもない俺のなんとなくの感覚だけど。

ソースなんかで多少はトマトとか野菜も摂取《せっしゅ》できるし。スイーツにフルーツも使うみたいだし。

「しかし……いや、そうか。俺は人間を可愛がっているつもりで……これからは気をつける。教えてくれてありがとう、ライト」

「俺のほうこそ、料理長さんに我儘《わがまま》言ってごめんね？」

実は、昼食と夕食にサラダか温野菜、野菜スープなんかをつけてほしいというのと、朝ご飯にスムージーを作ってほしいという我儘《わがまま》も言っている。冷凍技術があるらしいから、作り置きの方法も伝えたけど……快《こころよ》く引き受けてくれた料理長さんには感謝しかない。絶対に手間だからね。

「いや、他にもライトの健康のために必要なことがあれば、なんでも遠慮《えんりょ》なく言ってほしい。料理長たちにも伝えておく」

すでに料理長さんは「それくらいのこと、いくらでもお任せください！　魔王様のお食事への心配に比べればこれくらいなんてことないですし、野菜料理なんてあまり作らないから面白いです」と言ってくれている。いい人だなぁ。

それに、魔王さんのこと大好きなんだろうな。

「俺の健康も気遣ってくれてありがとう。でも、魔王さんも自分の体を気遣ってね？　ほら、お皿にまだいっぱい残ってるよ」

「あ、あぁ……」

ちょっと真面目な話をしたから食が進まないのか、特大ハンバーグはまだ三分の一も減っていない。

サラダをつけてもらった分、仕事するか。

「あー！　魔王さんのハンバーグのほうが分厚くて美味《おい》しそう！　一口ちょうだい？」

「そうか？　好きなだけ食べればいい」

無邪気に声を上げると、魔王さんは俺へお皿を向けてくれる。

遠慮《えんりょ》なく一口サイズに切って口に運び……こんなに分厚いのにちゃんと中まで火が通っていてジューシーで美味《おい》しい……元の世界よりシンプルな味のような気はするけど、普通に美味《おい》しい。よしよし。

「……んん！　うん！　やっぱり分厚いほうが美味《おい》しぃ！」

口の中に肉汁が広がった瞬間、満足感を素直に表情に出すと、魔王さんは楽しそうに俺に向ける目を細めた。

食事の手は止まってしまっているけど……

「ほら、魔王さんも食べ比べてみて？　はい、あーん」

「え？」

俺の皿のほうのハンバーグを切って、魔王さんの口元に近づける。

魔王さんは戸惑っているけど……もう一押し。

「お口、あーんって開けて？」

「あ、あーん？」

俺が口を開けてみせると、魔王さんもぎこちなく口を開けてくれた。

わ。デカいし、牙とまでいかないけど犬歯が尖《とが》っていて強そうな口。

肉料理がよく似合うな。

「これが俺のほうね？　で、次が魔王さんの分厚いほう。はい、あーん」

ハンバーグを押し込んで、咀嚼《そしゃく》している間に魔王さんの皿のハンバーグを大きめに切る。

「あーん……」

今度は魔王さんからすぐに口を開けてくれたので、そっとハンバーグを入れる。

「ね？　魔王さんのほうが美味《おい》しいよね？」

「……そう……かもな」

「えぇ、絶対にそうだよ！　ほら、もう一口！　よく味わってみて？　あーん」

「あ、あーん……」

なんだかんだ言っているうちに、俺のハンバーグの五倍はあったハンバーグが、魔王さんの胃袋に消えた。よしよし。

◆

食後は、食器を片づけに来たローズウェルさんが置いていってくれたお茶と焼き菓子。

クッキー？　ビスケット？　ガレット？　みたいなものから、マドレーヌ？　マフィン？　パウンドケーキ？　みたいなものまで八種類。昨日も似たようなお菓子を用意されて、俺は一つだけ食べた。

味はよかったんだけど……バターも砂糖もたっぷりで胃に重いし……カロリーを考えると……我慢《がまん》した。

魔王さんは四つくらい食べていたかな。

食べている時の反応からして、どうやら魔王さんは焼き菓子が好きなようなんだけど、俺が食べないから遠慮《えんりょ》しているのか食欲が湧《わ》かないのか……意外と繊細《せんさい》な人みたいだ。

だから今日は、考えがある。

「俺、お腹いっぱいだから一つだけにしておこうと思うんだよね」

「そうか……」

魔王さんが少し寂しそうに眉尻を下げる。

ほら、やっぱり俺と一緒に好物を食べたい感じ？

だったら……

「でも、八種類もあるから、すごく悩む」

「そうだろうな」

「だから、魔王さんが全種類食べて一番美味《おい》しかったのを俺に教えて？　俺、それだけ食べるから」

悪びれもせずお茶の入ったカップを持ち上げると、魔王さんは驚いた顔をした後、楽しそうに声を上げた。

「は、ははっ、便利に使われてしまうな」

「ごめんね？」

「まぁいい。これも飼い主の仕事だろう。そうだな……まずはこれから」

魔王さんは楽しそうに焼き菓子を一つずつ食べて、簡単に味を解説してくれた。

食レポは……まぁ、上手でも下手でもない。

「俺はこれが好きだ。でも、甘いほうがいいならこっちだな」

「じゃあ魔王さんオススメの……ナッツのクッキー？」

「あぁ」

「いただきまーす。ん、うん。美味《おい》しい。ナッツも美味《おい》しいけど、まず生地《きじ》がいいよね。このお城、小麦を使った料理もお菓子もよく出てくるけど全部美味《おい》しい！　でも、よかった。俺は小麦アレルギーじゃないけど弟にはあるから……弟がこの世界に来ていたら、食事困っただろうな」

「小麦……アレルギー？」

美味《おい》しいけど口の中の水分を奪《うば》っていくクッキーをのみ込み、お茶で口内を潤《うるお》していると、魔王さんが不思議そうに首をひねる。

「人間って、人によって合わない食材があるんだ。俺もお医者さんじゃないからちゃんとした説明ができないんだけど……小麦が合わないとか、卵が合わないとか、牛乳、えび、そば、りんご、大豆、はちみつ……食材以外にもホコリとか花粉とかがダメな人もいるね」

「それは、食べるとどうなるんだ？」

「体がかゆくなったり目とか口とか鼻がしんどくなったり……ひどい時は呼吸がちゃんとできなくて死んじゃう場合もあるよ」

「死……!?」

魔王さんがひどく驚いた顔をする。

そりゃあそうか。人間好きからしたら、人間が死ぬのは嫌だよね。

「人間全員によくない、わかりやすい毒とは違って、個人差があるのが厄介《やっかい》だよね。それに、子供の頃は大丈夫だったのに、大人になってからダメになる場合もあるし、逆に大丈夫になる場合もあるし……」

「人間は……そんなにも個人差があるのか」

「そうだよ。魔王さんから見たら人間はみんな等しくかわいいペットかもしれないけど、個性が色々あるんだよ。ほら、俺なんか特に他の人間より美人でしょう？」

「はは。そうだな。ライトが一番美人だ」

一瞬複雑そうな顔をした後、魔王さんはいつもの蕩《とろ》けそうな笑顔で俺を見ていた。

でも、熱っぽい視線なのに……ちょっと寂しそうな気がした。

◆

お城に来て四日目の朝。

「ライト様、今朝も魔王様の魔力量が多く、料理長はじめ、みんなとても感謝しております！」

「そう？　よかった。俺も野菜いっぱいで肌の調子も体の調子もいいよ」

リリリさんが運んでくれた今日の朝食は、パン、目玉焼き、そして俺のリクエストのグリーンスムージー。

「特にこれ、手間かけちゃったよね。料理長さんにお礼言っておいて」

「承知致しました」

スムージーは、正直に言えば美味《おい》しくはないけど、ちゃんと俺がリクエストした食材っぽい味がして、健康のためには最高の出来だった。この世界、ミキサーがないみたいで、「すり鉢《ばち》やおろし金で作ります」って言っていたから……もう、本当、感謝しかない。

「あの……ライト様。よろしければ、お食事が終わったら御髪《おぐし》を結《ゆ》いましょうか？」

「ん？　あぁ、今日は下ろしておこうかなと思っているんだけど」

いつもは俺の自慢《じまん》の顔がよく見えるように、緩《ゆる》く後ろに流したハーフアップ。

ずっとそれでもいいんだけど、毎日縛《しば》っていると毛根が……とか言わない？

だから、たまに下ろして真ん中辺りで分けたワンレンボブにすることにしている。

こっちの髪型だと、キレイな顔がチラ見えして色っぽい……とよく言われる。

「えっと……あの、ペットの方には結《ゆ》っていただく決まりで」

「そうなの？　下ろしているとマナー違反？　だらしない？」

「いえ、そうではなく……」

リリリさんが困ったように眉を寄せる……この流れ、覚えがある。

「あ、もしかして魔王さんの好みってこと？」

「そ……そんな感じ、です」

シャツに続き、魔王さんの性癖か。

ハーフアップは俺も好きだけど、うーん。そうだなぁ……

「リリリさん、魔王さんが特に好きな結《ゆ》い方ってあるの？」

俺が朝食の皿をほぼ空にして、お茶のカップを持ち上げながら首を傾《かし》げると、リリリさんはなぜか嬉しそうに声を上げた。

「はい、あります！」

「じゃあ、今日はそれをやってみてもらおうかな」

「承知致しました！　少々お待ちください」

食器を片づけたリリリさんは洗面所へ走っていき、手鏡やブラシ、青色のリボンを手に戻ってくる。

「では、魔王様が一番好まれる『ニマ風』にさせていただきます！」

「よろしく～」

ソファの後ろに回ったリリリさんは、手際よく俺の髪にブラシをあてて、慣れた手つきで編み込んだり結んだり凝《こ》った髪型にしてくれる。

魔王さんの好みなら覚えておいてもいいんだけど……思ったより面倒そうだな。

それに、ニマ風？

ニマって歴代ペットの名前だよね？　なんだろう……ニマってタマとかポチみたいな定番のペット名だと思っていたけど、違うのか……？

「できました！」

リリリさんが大きめの手鏡二枚を使って後ろ側も見せてくれた。「ニマ風」は、左側は普通に編み込みで、右側は細めの青いリボンを髪と共に編み込んだハーフアップ。まとめたところはリボンを……これどう結んでいるんだろう？　花みたいになっている。

「かわいいけど、自分ではできないやつだ。リリリさんありがとう」

「いえ！　メイドの仕事の一つですし……かわいいペット様をかわいくするのはとても楽しい……いえ、光栄なことですので！」

リリリさんがすごく楽しそうでよかったけど……あれか。犬や猫、かわいいお人形を着飾って遊びたい的な？　まぁ、楽しいなら俺も楽しいし、いいんだけど……できあがったこの髪型を見ても、先ほどの疑問は解消しない。

聞くしかないか。

「ねぇ、これってなんで『ニマ風』って言うの？」

「それは、えーっと……魔王様が『ペットといえばこれだ』と思われていて、ペットといえば、ニマ様なので……あの、普段はペット様をニマ様と呼ぶので……」

説明の歯切れが悪い。

リリリさんが説明ベタなのか、それとも……

「ニマっていうのが、魔王さんの理想のペット像って感じ？」

「えっと……そうといえば、そうですね……」

元の世界で言う、「タマ」「ポチ」みたいな、スタンダードなペットのイメージがあるのかと思ったけど、違うのか。

ということは……

「魔王さんのペット、一人目からニマって名前だったんだよね？」

「はい。そうです」

「ふーん。じゃあ、その初代ニマちゃんが素敵だったから、その後のペットにも同じようなことを求めているとか？」

テキトーな憶測《おくそく》だったけど、リリリさんがピクッと顔を引きつらせて固まってしまう。

あ。正解？

「だから、容姿や年齢の基準が厳《きび》しいんだ？　なるほどね」

「すみません。別に口止めはされていないのですが……他の人間の代わりだなんて言うのはペット様に申し訳ないと思って、その……」

リリリさんは頭を下げるけど、別にリリリさんがなにかしたわけじゃないよね？

「なんで謝るの？　むしろ教えてくれてありがとう。魔王さんの求めているものがわかるほうが、俺もやりやすいよ」

「……ライト様……」

「ねぇ、もう少しそのニマちゃんのこと教えてくれる？」

「あ……はい！」

顔を上げたリリリさんは、笑顔で初代ニマちゃんについて色々と教えてくれた。

リリリさんはきっと、俺が魔王さんに気に入られるために「ニマちゃんに近づこうとしている」と思ったんじゃないかな。

ごめんね。違う。

正直「マズイ」と思ったんだ。

これは早急に、魔王さんがペットに「ニマ像」を求めることをやめてもらわないと。

様々な人間の個性を楽しもうって思ってもらわないと。

そうじゃないと、ここから三年間、俺を愛してもらうのが難しくなってしまうかもしれない。

凝《こ》ったハーフアップにされた頭が、いや、髪が……髪の根元が、妙に重く感じた。

◆

夕食後、ソファに向かい合って座り、お茶も焼き菓子もなくなったから新聞でも読もうかなと思っていると、珍しく魔王さんから話しかけてくれた。

「その髪型、とてもかわいいな」

今日、部屋に入ってきた時から俺の髪型を気にしているのには気がついていた。

本当にコレ、お気に入りなんだな。

「魔王さんがこの髪型好きって聞いたから、リリリさんに結《ゆ》ってもらったんだ。似合ってる？」

魔王さんに髪がよく見えるように右や左を向くと、魔王さんはいつになく表情を緩《ゆる》めてうなずいた。

「いいと思う。やはり人間にはこの髪型だな」

……人間には、か。

ここで「ライトには」が出れば大丈夫だと思ったんだけど……これはちょっと、頑張らないといけないみたいだ。

「じゃあ褒《ほ》めて」

「あぁ。とても素敵だ、かわいい」

魔王さんは笑顔で言ってくれるけど、俺は首を振り、ソファから立ち上がる。

「違う。頭撫《な》でて。俺、褒《ほ》められる時には、頭撫《な》でてもらいたい」

魔王さんの座るソファに俺も座る。

俺と魔王さんの距離は、人一人分。

「あ……い、いいのか？　その、触れて」

せっかく、近づいたのに……魔王さんはなぜか座ったまま少し体を引いてしまう。

ペットのこと好きとか言いながら、なんだろうな、この距離感。まぁいいや。気にせずいこう。

「うん。撫《な》でられるのが好きなのに、触れたらダメなんて言わないよ」

「だが……怖くないのか？」

「怖いことするの？　魔王さんが触れると、痛いとか」

「いや、そんなことはない。優しく触れる！」

「だったら……して？」

俺が顔を覗《のぞ》き込むように近づき、目を閉じて魔王さんの手を待つ。

普段ならこれ、キス待ち顔なんだけどね。

「あ、あぁ……いや、ダメだ！　待ってくれ！」

「え？」

魔王さんは急に立ち上がると、洗面所へ向かって……水音？　え？　手、洗ってる？

「待たせたな。大事なライトに汚い手で触れるわけにはいかないだろう？」

しかも、ハンドクリームを塗《ぬ》り込みながらソファに戻ってきて……えー……？

なに？　その、気遣い。

大事にしてくれるのは嬉しいけど……大げさ……いや、うーん……ペットに触れる前に手を洗うのは元の世界でもないこともないような……？

「あ、うん？」

曖昧《あいまい》にうなずくと、やっと魔王さんが真剣な……少し緊張した様子で俺のほうを向き、手を伸ばしてくれた。

――ポン
魔王さんの大きな手が、俺の頭に触れる。撫《な》でるというよりは触れただけだけど、まぁいいか。

「ん……ふふっ。やった。褒《ほ》められた」

「あ……」

目を細めて満面の「嬉しい」顔をすると、魔王さんは手を俺の頭に置いたまままめちゃくちゃ驚いた顔をする。いつものちょっと怖い顔とのギャップがすごいな。

「でも、魔王さん。もっとちゃんと撫《な》でて？　これ、手、置いただけじゃない？」

「あ、あぁ……そうだな」

俺に促《うなが》されて、今度はちゃんと撫《な》でてくれた。

手つきは優しいというか……ぎこちないというか、おそるおそる？

「ふふっ。嬉しい。魔王さんに褒《ほ》めてもらった」

「ライト……お前は……」

「んー？」

魔王さんが驚いた顔から泣きそうな顔に変わって唇を震わせる。

……けど、俺はすっとぼけた笑顔で首を傾《かし》げる。

「お前は、なんてかわいいんだ！」

「そう？　じゃあ、もっと褒《ほ》めて」

自分から魔王さんの手に頭を擦り寄せると、魔王さんはさっきよりも激しく、たくさん頭を撫《な》でてくれた。

「あぁ、いくらでも……！」

「ん、ふふっ。やった」

「ライト……とてもかわいい……ライト！」

魔王さんはその後もたくさん撫《な》でてくれたけど、ちゃんと手つきは優しかった。

ただ……

「あー、ぐちゃぐちゃになっちゃった」

「あ……す、すまない」

五分くらいずっと撫《な》でていれば、いくら優しい手つきでも凝《こ》ったハーフアップはぐちゃぐちゃになる。

「なんで？　謝るのは撫《な》でてってねだった俺だよ。でも……」

頑張って結《ゆ》ってくれたリリさんには申し訳ないけど、リボンや編み込みをほどいて、手櫛《てぐし》で軽く整《ととの》える。普段のハーフアップとも違う、ただ下ろしただけの金髪を揺《ゆ》らしてまた魔王さんの顔を覗《のぞ》き込んだ。

「結《ゆ》っていないほうが頭撫《な》でやすいと思わない？」

「え？」

「結《ゆ》ってかわいくしないと、撫《な》でてもらえない？」

俺が微《かす》かに眉を寄せて悲しそうな顔をすると、魔王さんはすぐに首を横に振る。

「あ、いや……そんなことは……！」

「俺、下ろしているのも似合うと自分では思うんだけど、どう？」

顔にかかりそうになった髪を耳にかける。

耳にかけた後の指を首筋に滑《すべ》らせるの、かっこよくない？

「か、かわいいか、かわいいと思う」

かわいいか、まぁいいや。

「だよね？　じゃあ褒《ほ》めて」

魔王さんはおずおずと頭に手を置き、俺が笑みを深めると、嬉しそうにまた撫《な》でてくれた。

「ふふっ。ほら。これならいくらでも撫《な》でやすいよね？」

「そう……だな」

「もう一回聞くけど、俺、結《ゆ》わないとかわいくない？」

「そんなことはない！　ライトは、どの髪型も全部かわいい！」

「よかった」

撫《な》でてくれている魔王さんの手に、自分の手を重ねる。

「ねぇ魔王さん。魔王さんの好みにもこたえてあげたいけど、俺に似合うもの、俺と魔王さんの関係で一番いいこと、俺たちだけのルール、決めていこう？」

「っ……」

重ねた魔王さんの手を頭から俺の頬《ほお》へ下ろし、顔を擦り寄せる。

頭を撫《な》でられている時にも思ったけど、でっかい手。俺、小顔だからすっぽり包まれる。

「魔王さん、人間のペットでひとくくりにしないで。目の前にいる俺……ライトのことを見て」

俺が魔王さんの心の中の「ニマちゃん」を忘れさせてあげる、なんてことは言わない。

まずは、人間全部がニマちゃんと同じじゃない、別の魅力を持っていることを知ってもらうところからだ。

「俺も、ちゃんと目の前の魔王さんのことだけ見るから。向き合うから……ね？」

柔《やわ》らかい笑顔のまま言っているけど、実は俺、結構必死なんだよね。だって、本当……早く魔王さんを俺自身に夢中にさせないとマズイ。

このお城に来てまだ四日程度だけど……

俺のこの金髪……魔王さんの好み、つまりニマちゃんらしい黄金のような金髪は……代官山《だいかんやま》の行きつけのサロンでこの世界に来る前日に染めてもらった金髪だから。

地毛の黒髪が目立ってくるまでになんとかしないと……魔王さんの好みから外れる。

それはマズイ。

黒髪でもかわいいと思ってもらえるようにならないと。

「あ……ライト……」

魔王さんは俺の言葉に「キュン」と効果音が出そうな、呆《ほう》けた顔をしてくれている。

この調子なら、大丈夫かな……？

まぁ、髪の問題がなかったとしても、せっかく愛してもらうなら「いつものペットの一人」じゃなくて、もっともっと深く愛してほしいんだけどね。

◆

翌日。このお城に来て五日目。

今日は朝からずっと髪を下ろしてみたけど、昨日のうちに執事さんメイドさんには魔王さんから伝えてくれたようで、誰にもなにも言われなかった。

リリリさんには昨日のお礼と共に「髪型が自由になったから、時々ヘアアレンジ手伝ってね」と言うと、「自由ということは……はい！　ライト様に似合いそうな髪型やアクセサリー、研究しておきます！」と昨日よりも楽しそうな顔をされてしまった。

……なにされるんだろう。

ちょっと不安だけどまぁいいか。


そして夜。

もうすっかり馴染《なじ》んだ二人の夕食と、その後のお茶と焼き菓子タイム。

「お腹いっぱいだから一つしか食べられないんだけど……魔王さん、これとこれ、二種類食べたいから半分魔王さん食べて」

「あぁ、どちらも美味《うま》いから、ぜひそうしたらいい」

俺も楽しめて、魔王さんにたくさん食べてもらうためのテクニックを駆使《くし》しながらマフィンのようなお菓子とジャムの載ったクッキーを食べ終えた。

時間は夜の八時半。今日はもう仕事を全部終えてきたと言っていたから魔王さんもしばらくゆっくりするようで、向かいのソファに深く腰掛けて楽しそうに俺を眺《なが》めている。

ずっと仕事が忙しそうだったもんなぁ。そうだ！

「ねぇ魔王さん。魔王さんってお休みの日、ないの？」

「ない。魔王の仕事は休めない。しかし、月に五度ほど、午後に自由時間を作ることはできる」

「へぇ、大変だね。毎日お疲れ様」

「……あぁ。しかし、魔王になったからには当然のことだ。先代は自由時間もあまりとれなかったと聞いている。俺は優秀な部下に恵まれた」

魔王って、意外と忙しいんだ。

俺のいた世界でも、自国の陛下とか外国の国王様とか女王様って一見優雅《ゆうが》な生活のようで公務がいっぱいあって行事も色々あって、やることたくさん大忙しのイメージはある。

公人ってプライベートが確保しにくいのかもな。それならペットの癒《いや》しも重要だ。

まぁ、それはおいおい頑張るとして……

「ねぇ魔王さん、次の自由時間、一緒に外に出たい」

「外？」

正面の魔王さんは、声を低くして明らかに不機嫌《ふきげん》になるけどスルー。

「うん。別に遠出はしなくていいよ？　ほら、そこの中庭をお散歩するとか」

「え……？　外と言うから……たったそれだけでいいのか？」

「うん。逃げるのが心配なら首に縄とかつけてもいいし……とにかく太陽の光を浴びたいんだよね」

「太陽？」

魔王さんが怪訝《けげん》そうに首をひねる。歴代のペット、言ってこなかったんだな。

「この窓辺でも多少は光が浴びられるけど、この窓開かないし……ちょっとお日様不足なんだよね」

朝起きてすぐにカーテンを開けて太陽光を浴びたり、日中もなるべく窓辺に立つようにしたりはしているけど、ちょっと日光不足のような気がする。

ホスト時代に夜の仕事をやりすぎて、太陽の光を浴びずに三週間過ごしたら調子を崩《くず》したこともあるし。

「まさか……日光は、人間に必要なのか？」

「そうだね。日光を浴びないと体の中で……なんだっけ、カルシウム？　ビタミンなんとか？　なにか必要な物質が作られなくて体とかメンタルとかが弱っちゃうんだよね。でも、浴びすぎもよくなくて、肌の調子が悪くなったり……バランス難しいんだけど」

魔王さんが呆然《ぼうぜん》と目を見開いた後、大きな手で口元を覆《おお》う。

「それは……日光をずっと浴びないと……し、死ぬのか？」

「死にはしないと思うよ？　でも、元気はなくなるかもね」

「全ての人間が……そうなのか？」

「あまり浴びなくても大丈夫な人もいると思うけど、基本的には少し浴びたほうが調子いいと思うよ。たぶん」

医者でもなんでもないから、経験でしか言えないけど……俺はホスト時代に調子が悪くなったけど、俺以上に夜型でも平気な同業者や夜の仕事の人はいた。クリエイターとか研究職で外に出ない人もいるだろうし……死にはしない……かな？

でも、鬱《うつ》になった後に日光を意識的に浴びるようになって治ったお客さんもいたし、俺は日光を浴びるの、大切だと思うんだよね。

「し、知らなかった……光が体に作用するなんて……」

「仕方ないよ。この世界の人間も自分でわかっていないんじゃないかな？」

わかっていても言い出せなかったのかもしれないけど。

「いや、そうだとしても……元気がなくなってきた時に気づいてやらないといけなかった。俺は……目の前で弱っていくペットを見ても、まさか……気がつかなかった。先日の食べ物の話もそうだが……俺は、飼い主失格だ」

「魔王さん？」

「あいつが、外に出たいと言ったのは……そうだったのか……」

魔王さんが口元を押さえたままうなだれた。

……これは……

「ライトと出会ってから、人間に対して俺が今までどれほど無知だったのか思い知らされている。それに、人間ごとの個性も考えず、一律《いちりつ》に俺の思う『人間』を押しつけていた。可愛がっているつもりで、人間の体のことを理解せず自己満足になっていたんだ……」

「魔王さん……」

「今までのペットに、申し訳ないことをした」

しまったな。

俺の個性にも俺の健康にも気づいてほしかったけど……ここまで思いつめさせるつもりではなかった。過去に体を壊したペットがいたのかもしれないし……思ったよりも真面目で温かい人だ、魔王さん。

「魔王さん、知らなかったものは仕方がないよ。それに、ちゃんと気づいて反省できるってえらい！」

「いや、全てライトのお陰だ。感謝する」

感謝すると言いながら、表情は暗いままだ。

「……俺は、俺の居心地がよくなるように言っただけだから」

「今までのペットは言いたくても俺に遠慮《えんりょ》して言えなかったのだろう。可哀想なことをした」

「魔王さん……」

魔王さんはずっとうなだれたまま。

完全に俺が悪い。

ペットとしてダメなことをしてしまった。魔王さんの優しさを見くびっていた。

なんとか魔王さんを元気づけないと。

「魔王さん。反省はいいことだけど、魔王さんがずーっと落ち込んでいると、今のペットの俺が幸せじゃないよ」

「……ライト……」

立ち上がって魔王さんの隣に座り、そっと背中を撫《な》でると、やっと魔王さんの顔が上がった。

「気づいたら別にもうよくない？　魔王さん、悪気なかったんだし」

「ありがとう……ライトは優しいな」

俺がなにを言っても魔王さんは辛そうな顔のままで……あなたのほうが優しすぎるよ。

◆

お城に来て六日目。

「リリリさん、文通ってできるんだよね？　俺が最初にいた村の人に手紙を出したいんだけど、できる？」

朝食を持ってきてくれたリリリさんに、スムージーを飲みながら尋《たず》ねると、リリリさんはすぐにうなずいてくれた。

「住所がわかれば可能です」

「住所はわからないけど、村長さんに手紙が届けば、そこから伝言してもらえるかなと思うんだけど」

「あぁ、第一村の村長さんなら大丈夫です。お城で住所を把握《はあく》しているので」

あそこ第一村なんだ。第二とか第三もあるのかな？　まぁ、今はいいか。

「じゃあ、後で書くから……午後に出したら、いつ届く？」

「通信室が混んでいなければ一五分くらいで届きます」

「一五分？　思ったより早い……」

それ、手紙っていうか、メール？　いや、ファックス？

「えっと……文字が届けばいいんですよね？　手紙そのものを届けるとなると翌日になります」

「文字だけを送れるんだ？　文字が届くならいいよ」

「はい」

やっぱりメールかファックスだな、それ。

「紙とインクは専用のものをお使いください。このチェストの……出しておきますね」

「ありがとう。文字の大きさとか決まりある？」

「この紙にこのインクで書いてあれば、そのまま向こうに伝わります。相手が読めないくらい小さい字はダメですが……絵でも文字でも、なんでも大丈夫です」

ますますファックスっぽい。

もしくは、画像をスキャンしてメールで送るみたいな感じか……

「これ、魔法？」

「はい。魔法道具を使った、文通信《ぶんつうしん》というものです」

「ふーん……便利だね。あ！　俺の書く文字って、この世界の人に読めるのかな？」

「おそらく……先日のサインは読めましたので、大丈夫だと思います」

「翻訳《ほんやく》の魔法って書いた文字にも干渉するんだ。便利すぎない？」

「便利ですよ！　この魔法のお陰で、異種族の本も読めます」

「へぇ、しかも一般的に使われているんだ……」

色々と仕組みは気になるけど、今日はとりあえず用事を済ませるほうが先だな。

上手《うま》くいくといいんだけど。

◆

午前中で書き上げた手紙は、午後に村長さんへ送ってもらい、その日のうちに返事が来た。

しかも……村長さんは俺のお願いを全て快《こころよ》く受けてくれて、手配をしてくれるようだ。

これなら上手《うま》くいきそう。ただ……

「本日は執務が長引いており、魔王様はお一人で夕食をとるとのことです」

夕食の時間に俺の部屋にやってきたのはローズウェルさんだけだった。

本当に仕事が忙しいのか、昨日のことで気落ちしたままなのか……

大丈夫。手は打っているんだ。焦《あせ》るな、俺。

「そっか。残念だけどお仕事なら仕方ないね。魔王さんに俺がすごーく寂しがっていたって伝えてくれる？」

「え？」

「それとも、俺が応援していたって言うほうが元気出るかな？　どっちでも、ローズウェルさんのいいと思うほうで」

「……では、とても寂しがっておられて、お食事も喉《のど》を通らないご様子だったとお伝えします」

「いいね。それでお願い」

ローズウェルさんとそんな話をしながらも、用意された夕食はきちんと全部食べた。

今日は野菜のコンソメゼリー寄せ。

日に日に野菜メニューのクオリティが上がっている気がする。嬉しいな。

「あ、ローズウェルさん。明日、村長さんが俺に差し入れを持ってきてくれるんだ。申し訳ないけど、届いたらすぐに俺の部屋まで持ってきてもらえる？」

「承知致しました。門番にも伝えておきます。ただ、城への荷物は中身の検査が入りますが……」

「うん。しっかり検査して。魔王さんと楽しもうと思っているものだから」

「楽しむ……？」

「そう。中身によっては、明日の夕食後のお菓子をなしにしてもらうかも」

「食べ物ということですか……では、魔王様宛ての場合と同じ検査をしてからお届けします」

「よろしくね」

ローズウェルさんはさすが執事長だけあって話が早い。それに魔王さん、周りの人にめちゃくちゃ慕《した》われているな。これは、ペットの俺もしっかり頑張らないと。

明日、上手《うま》くいくといいな。

◆

お城に来て七日目の午後、ローズウェルさんが俺の部屋に木箱を一つ届けてくれた。

「ライト様、村長からの荷物が届きました」

村長さん自ら、急いで馬車を走らせて届けてくれたらしい。わざわざありがたいなぁ。

しかも、思ったよりも大きな箱だ。ビールのケース二つ分くらいはある。

「中身、見た？」

「はい。検査に立ち会いました。お菓子や木彫《きぼ》りの食器、アクセサリー、絵本……どれも素敵な差し入れで、おかしいところは見つかりませんでした。ライト様ご自身でも、魔王様への献上《けんじょう》でも、ご自由にどうぞ。それから、村長からの手紙は検査だけして読んではおりません」

木箱の中を見ると、ローズウェルさんが言う通りのものがたくさん詰め込まれていた。

こんなに来るとは思わなかったな。

村長さんからの手紙を開けると……なるほど。これはますます頑張らないといけないな。

「よかった。今夜は魔王さん来るよね？」

「はい、魔王様にライト様が寂しがっていたことをお伝えしたので……今夜は必ず」

「じゃあ、昨日話していた通り、お菓子はこの中のものと……ちょっと手間になって悪いんだけど色々お願いしていい？」

「はい、なんなりとどうぞ」

ローズウェルさんは俺がなにをしようとしているのか、なんとなくしかわかっていないようなのに、俺のお願いを全て聞いてくれた。

本当、できる執事さんだな。心強い。

◆

「やっぱり、一人で食べるより二人で食べるほうが美味《おい》しい」

「あぁ……そうだな」

夜、魔王さんは夕食の時間に俺の部屋に来てくれて、いつものように向かい合って食事をした。

顔色が目に見えて悪い。昨日はあまり食べていなくて、魔力量が少ないとローズウェルさんが言っていたし、今日もあまり食が進んでいない。

なんとかして食べさせてもいいんだけど……料理長さんごめんね、今日はこの後のほうでカバーさせてもらいたい。

「ねぇ、魔王さん。村長さんに色々差し入れをもらったんだ。後で一緒に見よう」

「差し入れ？」

「そう。素敵なんだよ。魔王さんに自慢《じまん》したい」

「そうか。よかったな。ぜひ見せてくれ」

魔王さんは優しく……でも寂しそうに微笑《ほほえ》んだ。

……胸が痛い。

でも、きっと大丈夫。だってこの差し入れ、本当は……魔王さんのためのものだから。


夕食後、食器が片づけられ、お茶の入ったポットだけがテーブルに置かれた。

村長さんからの箱をテーブルの横に置いて……いよいよだ。

「まずはこれ。木彫《きぼ》りのカップ」

木箱から、黒っぽい木を彫《ほ》って作られたマグカップのようなものを取り出す。

丸っこくてかわいいカップで、俺の手によく馴染《なじ》む。

「丁寧《ていねい》に作られている。温かみがあって使いやすそうだ。ライトにぴったりだな」

向かいに座った魔王さんはテンションが低いけど、素直に褒《ほ》めてくれているようだ。

よかった。これでこのカップのことを悪く言われたらどうしようかと思った。

だってこれは……

「いいでしょう。それじゃあ、こっちは魔王さんの分。お揃《そろ》いだね」

「俺の……？」

俺のカップより一回り大きく、持ち手も魔王さんの大きな手が余裕で入る大きめの穴になっているカップを箱から取り出して、魔王さんの前に置く。

「持ってみて」

「あ、あぁ……」

「あ！　ピッタリだね。さすが九六代目のニマちゃんだ」

俺ができるだけさりげなく口にした言葉に、魔王さんが目を大きく見開く。

「九六……？　まさか、これを作ったのは……ライトの、前の、前のペットの……九六代目のニマ、なのか？」

「そう。そのニマちゃん」

「確かに……城でずっとなにか彫《ほ》っているとは思っていたが……かわいい顔ばかり見て、手元は全然見ていなかった」

魔王さん……本当にペットの個性に向き合ってなかったんだな。

まぁいいや。そのための「差し入れ」だから。

「このカップ、本当はお城にいる間に作っていたんだって。でも、自分が……ペットなんかが作ったものを差し上げるのは畏《おそ》れ多くて渡せなかったって。こんなに魔王さんにピッタリなのに、もったいないよね」

「……！」

「九六代のニマちゃんは、お城にいる間の三年で腕を磨《みが》いたから、今は人気の木彫《きぼ》り職人さん。すごいね」

「あぁ……」

「それでー……」

ローズウェルさんが置いていってくれたポットを手に取ると、魔王さんが両手で握《にぎ》って離さないカップに、遠慮《えんりょ》なくお茶を注ぐ。

「え?」

「このお菓子は、九一代のニマちゃんから」

箱からお菓子が入った紙袋を三つ取り出す。

「ナッツのクッキー、ガレット、硬めのフィナンシェです……だって」

「俺の……特に好きな菓子ばかりじゃないか」

「そうなんだ? よく見てくれていたんだね。しかも、九一代なら二〇年以上経っているのに……覚えていてくれたんだね」

「あ、あぁ……」

「えっと、メッセージがついてる。魔王様に建てていただいた店はとても好評です。お城で美味《おい》しい焼き菓子をたくさんいただいて、舌が肥《こ》えたお陰です。お城の味を目指して作っているので、お口に合えば幸いです。魔王様にはとても感謝しています……だって」

「そう……か」

「食べよう? 今日は俺も全種類食べるからね」

そのために夕食控《ひか》えめにしてもらったし。

戸惑っている魔王さんを気にせず、クッキーを一枚口に入れる。

「ん。美味《おい》しい! お城の味と似てるかも。少し小さめで、人間の俺にはこのほうが食べやすいな」

俺が食べるのを見て、魔王さんはゆっくりとクッキーに手を伸ばした。

「……あぁ。美味《うま》い。俺が好きな硬めで香ばしくて……」

「こっちのフィナンシェも硬めだよね。魔王さん、生地《きじ》がしっかりしていてよく焼いてあるのが好きなんだ」

「そうだ。そうなのだが……」

魔王さんが袋から取り出したフィナンシェをじっと眺《なが》める。

「ライト以外のペットとは、一緒に菓子を食べる機会なんて、月に一度か二度しかなかったのに……好みの味だ」

フィナンシェを口に入れた魔王さんが、やっと表情を柔《やわ》らかくした。

夕食が一緒なのは俺だけだと思っていたけど、お菓子もなんだ？

「他にも……この絵本は五代前のニマちゃんかな？　最後のページに魔王さんの似顔絵を描いてくれてるよ。似てる！　でも、髪型がちょっと違うかな？」

「その頃は伸ばしていたんだ。そうか……あの頃の俺をきちんと覚えていてくれたんだな」

「今もちょっと長めだけど、この頃は俺よりも長いね。この髪型もいいな。また気が向いたら伸ばしてね？」

「え……見たい、か？」

「うん。かっこよさそう。それに、同じ長さになったらお揃《そろ》いの髪型できるね」

「お揃《そろ》い……」

「ペットとお揃《そろ》い、嫌？　えっと……こんなのもあるんだけど」

嫌というよりは、「考えたこともなかった」って顔の魔王さんに、箱の中からブローチを取り出して見せる。

どういう加工なのかわからないけど……銀かな？　結構リアルなバラの形に加工された親指サイズの銀色の金属に、ピンがついているアクセサリー。

まったく同じものが二つ、布に包まれて入っていた。

「二〇代くらい前のニマちゃんが作ってくれたらしいよ」

「二〇代前？　……人間の寿命は確か……八〇歳程度だろう？」

「そうだね。この方は来年で九〇歳だけど、お仕事ものんびり続けているんだって。元気で長生きされているね」

魔王さんの手にブローチを一つ載せると、魔王さんの視線はそのブローチに釘《くぎ》づけになった。

「魔王さんがお庭に新しい品種のバラが咲くと、必ず一番に摘《つ》んできてくれたのが嬉しかった……って」

「二〇代前……そうだ……俺がバラを持っていくと、特別に……まるでバラが咲いたように喜んでくれたニマだ……いつも絵を描いていたニマも、美味《おい》しそうに菓子を味わうニマも、覚えている。みんな等しくかわいかったが……かわいい姿を見るばかりで、手元も、考えていることも知ろうとしなかったが……そうだ。そうだった」

「魔王さん、顔しか見てないって言うけど、それだけ覚えていれば充分じゃない？　それに……」

魔王さんが悔しそうに唇を噛《か》む。そんな顔をさせたいわけじゃない。

仕方がない。

本当は、手のうちは明かしたくなかったんだけどな……

「俺、このお城に来る前に、歴代のニマちゃんたちに話を聞いてきたんだ。魔王さんがどんな人か、お城でどう過ごせばいいか」

「ニマたちに……？」

「うん。みんなね、魔王さんのこと畏《おそ》れ多いとか近寄りがたいとか、上位の存在だから緊張するとか色々言っていたけど」

「……」

「魔王さんに感謝していない人はいなかったよ」

「感謝？」

魔王さんが不思議そうに首をひねる。

「みんな、魔王さんには丁重《ていちょう》に扱ってもらったし、魔王さんの愛情も優しさも、申し訳ないくらい感じていたって。お城にいた三年間で、魔王さんがどれだけ素晴らしい人かわかったって」

魔王さんの手に載っているブローチと同じ、銀のバラのブローチを自分のシャツの襟元《えりもと》につける。

このシャツには重いけど……俺の顔には合っている気がする。

「みんな、幸せだって」

「そう、か……それなら……よかった」

魔王さんがほっとしたように言葉を絞り出した。これで、個性も伝えつつ、魔王さんの後悔も払《ふっ》拭《しょく》できたかな？　そう思ったんだけど……

「本当に、よかった……だが……」

魔王さんはブローチをテーブルに置いてうなだれた。

「最初のニマは……」

うーん。そこがどうしても引っかかるか。

さすがに三〇〇年くらい前のことは村にも記録がちゃんと残っていなくて、情報がない。

リリリさんが少し教えてくれたけど……それも、金髪だったとかこういう服を着ていたとか表面的なことばかりだった。

だから……

「ねぇ魔王さん。最初のニマちゃんのこと教えて」

立ち上がって、うなだれたままの魔王さんの隣に腰を下ろした。

「それは……」

膝《ひざ》に置いている魔王さんの手は、痛々しいほどに強く握《にぎ》られていて……そこにそっと俺の手を重ねる。

「ライト……！」

魔王さんがやっと顔を上げてくれたので、できるだけ優しく微笑《ほほえ》んだ。

「知りたい。魔王さんの心にそんなに居座る素敵な人間。気になる」

魔王さんが泣きそうな顔で悩む間も、ずっと真っ直ぐ視線を向け続けた。

「……あまり、楽しい話ではない」

「じゃあ、ますます聞かないと。一人で抱えているの、辛いでしょ？」

魔王さんは俺の恋人でも家族でもない。

だけど、今は俺の飼い主だから……俺を愛してくれる人には、同じだけ、きちんと愛を返したい。

笑顔でいてほしい。

「俺……魔王さんが辛いの、嫌だよ」

「ライト……」

魔王さんの手に乗せていた手を、魔王さんの頬《ほお》へと伸ばす。

「泣くほど、話したくない？」

魔王さんは泣いていた。

まだ出会ったばかりで魔王さんのことはよく知らないけど……たぶん、泣くのは珍しい。

「……違う。だが、こんな風に言われたことがなくて……自分でもなぜ涙が出るのか、わからない」

「そっか。なんでだろうね？」

俺にもわからないよ。

でも、寄り添ってあげることはできる。

どうしたら、魔王さんが笑顔になってくれるかな……

魔王さんと一緒に困りながら、魔王さんの涙が止まるまでそっと背中を撫《な》で続けた。

◆

「最初のニマが城にやってきたのは、三〇〇年ほど前だ。大きな戦争を終えて、この国を整備《せいび》していこうという時に人間の村から献上《けんじょう》されたんだ……人間という弱い種族を守ってくれと」

しばらくして泣きやんだ魔王さんは、当時を思い出すように遠くを見ながら、ゆっくりと話しはじめた。

「一目見た瞬間、その美しさに心を奪《うば》われた。見ているだけで幸せで、俺の宝物だと思った。だから、俺が美味《うま》いと思うものを与えて、大事に部屋に仕舞い込んで、大事に大事に可愛がったつもりだったんだ……」

膝《ひざ》に置かれた魔王さんの手が、また痛々しいほど強く握《にぎ》られる。

「従順で、優しい子だった。いつも笑顔で……しかし、ニマは三年を過ぎた頃からだんだん体が弱っていった。当時は人間専門の医者なんていないから、魔族の医者に見せたが理由はわからないし、治癒魔法もあまり効かなかった」

魔王さんが悔しそうに唇を噛《か》む。

「どんどん体が弱っていくのに、ニマはずっと、自分は魔王様に献上《けんじょう》されたから、魔王様を喜ばせるのが仕事だと……俺の顔を見ればベッドから下りて、着飾って、微笑《ほほえ》んでくれた。食事や、ずっとこの部屋にいることに、文句は言わなかった。俺が触れたい時に触れさせてくれて、何時間でも、俺がいいと言うまでずっとそばにいてくれた」

触れる？　何時間もそばに？

今と少し扱いが違うのか。

「でも、一度だけ……『外に出たい』と言われたんだ」

あぁ……

「あの時俺は、外とは……故郷の村に、帰りたいのだと思って……それで……」

魔王さんの瞳が潤《うる》む。

優しいな……

「あの時、外に、部屋の外に連れ出せば違ったんだ。俺が、もっとニマの、人間のことをわかってやれば……」

うなだれた魔王さんの背中をそっと撫《な》でて、かける言葉を考える。

魔王さんは口に出したくないだろうから詳しくは聞かないけど、リリリさんが「初代ニマ様は人間の平均寿命の半分も生きられませんでした」と言っていたから、お城に来て一〇年も生きていないんだろうな。

これだけの話では、それを魔王さんのせいとも言いにくいし……どうしようかな。

俺は魔王さんを元気づけたい。だから……うん。

ニマちゃん、ごめん。

「ソレって、ニマちゃんも悪くない？」

「……は？」

俺が首を傾《かし》げると、泣きそうだった魔王さんが目を瞬かせる。

「だって、魔王さんに勘違《かんちが》いさせたんでしょう？　誰だって、『あなたのそばから離れて実家に帰りたい』なんて受け取れるようなこと言われたらショックだよ」

「いや、しかし……察してやれなかった俺も……」

「そう？　俺が『外に出たい』って言ったのはちゃんと伝わったよね？　俺は、魔王さんに伝える努力をしたよ。魔王さんとちゃんと向き合った。ニマちゃんはそれをしない『察してちゃん』で体調悪くなったんなら、ニマちゃんの自業自得じゃない？」

ごめん。

ニマちゃん、本当にごめん。

きっと、今よりも魔王さんが畏《おそ》れ多くて、ちゃんと話せなかったってわかる。

俺と違って、日光や食事に対する正しい知識がこの世界の人間にはなくて、言葉できちんと説明できなかったのもわかる。

もう限界でただただ実家が恋しかったのかもしれない。元々、持病があったのかもしれない。どれだったとしてもニマちゃんは悪くない。仕方がなかった。

わかっているけど、利用させてもらう。

だから、ニマちゃん……恨《うら》むなら俺を恨《うら》んで。

「魔王さんにも飼い主としての責任はあるけど、ニマちゃんにもペットとしての責任があるんだから。双方のコミュニケーション不足。二人とも悪い。だから魔王さん、ニマちゃんに対する後悔は、今日から半分にしたらいいと思うよ」

「……」

魔王さんは呆然《ぼうぜん》と俺を見る。

理解が追いついていない？

「それにさ、ニマちゃんが三年で体調崩《くず》したから、それ以降の人間は三年までにしているんでしょう？　触れすぎないようにしたり、一緒の時間も少なくしたり。反省して次に活《い》かす魔王さん、えらいね。優しいね」

俺を褒《ほ》める時にしてくれるように、魔王さんの頭をポンポンと撫《な》でる。

……角がちょっと邪魔で、思ったような撫《な》で方にはならなかったけど、魔王さんの表情が少し緩《ゆる》んだ。

「ニマちゃんって魔王さんに人間を好きになってもらうために献上《けんじょう》されたんでしょう？　魔王さんがこんなに人間好きになったなら、ニマちゃんは満足しているんじゃない？」

「確かに、俺はニマのお陰で人間が好きになったが……だからこそ、ニマに対する尊敬や感謝はずっと忘れてはいけないと……」

「魔王さん、人間のよさを教えてくれたニマちゃんにずっと感謝してるんだ？　真面目で優しいんだなぁ……」

この人、本当に優しくて、本当に人間を深く愛しているんだなぁ。

いいなぁ。


「魔王さんのそういうところ、大好き」


「……!?」

そのでっかい愛、できればもっともっと俺に向けてほしい。

そんな気持ちを包み隠さずに魔王さんへ伝えると、魔王さんが目を見開いて息をのんだ。

「あ……っ……」

魔王さんがまた泣きそうな顔になって、唇を震わせる。

「ライト……なぜ……」

「んー？」

俺が笑顔で首を傾《かし》げると、魔王さんは唇を震わせたまま声を絞り出した。

「なぜ、おまえの口からは、俺が欲しかった言葉ばかりが出てくるんだ。なぜ、俺の心の苦しかった部分を癒《いや》してくれるんだ」

「なんでだろうね？　……っ！」

そんなの、俺が魔王さんにいっぱい愛してほしいからだけど、とぼけてにこにこしていると、魔王さんに体をすっぽり包み込むように抱きしめられた。

「ライト……ありがとう。大事なことに気づかせてくれた。今までニマへの気持ちを引きずって、後悔もあって、一人一人の人間にきちんと向き合えていなかった。でも……これからはきちんと向き合いたい。俺の今のペットはライトだ。だからもう、ニマのことは忘れて、お前だけを愛する！」

「ふふっ。嬉しい……でも……」

俺の思い通りになったのは嬉しいけど……

「魔王さん、ニマちゃんの姿がわかる写真か絵かなにかないの？」

「写実画ならあるが」

「見たい」

魔王さんの腕の中で顔を上げると、少し戸惑いながらもうなずいてくれた。

◆

リビングの端《はし》、寝室との境目辺りにある扉を魔王さんが開けると、魔王さんの部屋に繋がっていた。魔王さんと一緒だからかな？　ここは廊下側の扉と違ってスムーズに通ることができた。

「へ～間取りとか調度品、ほぼ一緒？」

「そうだな。ペットは俺と同じ待遇《たいぐう》にするよう言っている」

壁を中心に対称になっているだけで、広さも豪華さもほぼ同じ。

ただ、大きく違うのは……

「俺、こっちの部屋のほうが好き」

「同じだろう？」

魔王さんが不思議そうに言うけど、わからない？　俺は大きく首を横に振る。

「色味が全然違う！　俺、赤とか暖色が好きだからこっちのほうがいいな」

「そうか……やはりニマとは違うな」

俺に与えられた部屋や服が青系なのは、やっぱりニマちゃんの影響か。

「確かに、この部屋にいるほうがライトの力強いかわいさが際立つな」

「でしょう？」

力強いかわいさっていう褒《ほ》められ方は初めてなんだけど……まぁ、言いたいことはわかる。

それに、ニマちゃんとは違う俺の魅力を認めてくれたようでなによりだ。

俺が笑顔になると、魔王さんが微《かす》かに笑ってくれて、二人で並んで奥の寝室へ向かった。

「……ライト、これがニマの写実画だ」

寝室に入ってすぐの壁に、立派な金の額縁《がくぶち》にはまった等身大らしき細長い大きな絵が飾られていた。

写真にも見えるけど……絵か。めちゃくちゃリアルなタッチで、ニマちゃんの全身が描かれている。

「へぇ、これがニマちゃんか……」

先日リリさんがしてくれた「ニマ風」に結《ゆ》った金髪で、俺と同じくらいの身長で、細いモデル体型で、年齢は三〇歳前後の男性。

顔の系統もかなり近い。

ただ、俺よりもちょっと線が細くて儚《はかな》げで、寂しそうな笑顔が思わず撫《な》でてあげたくなる感じだ。

なるほど。素直に「美人」や「美形」と言える。

そして、淡い水色のスタンドカラーのシャツに白いスーツのような服がよく似合っている。

「どんな子だった？」

「……控《ひか》えめで、あまり口数が多くはないが、そっと寄り添ってくれる居心地のいいペットだった」

そういう系か。

それも素敵だよね。

でも……

「正直、俺のほうが美人じゃない？」

「あっ……まぁ……そうだな」

魔王さんは少しぎこちないながらもうなずいてくれる。

ありがとう。大丈夫。

自惚《うぬぼ》れたことを言った自覚はあるから。

「でも、ニマちゃんのほうが儚《はかな》げで、すっごくかわいいね」

壁に近づいて、ニマちゃんと並ぶ。

こうやって見ると、特徴や顔の系統は確かに同じなのに、細かい違いが目立つ気がする。

「だから、俺はやっぱりニマちゃんにはなれない」

「ライト……？」

魔王さんは不思議そうにじっと俺を見る。

その瞳に、もうニマちゃんは映っていないような気がした。

「魔王さん、ニマちゃんへの感謝もニマちゃんが好きな気持ちも、忘れなくていいんだよ。ニマちゃんのことは、魔王さんの心の中でしっかりずっと愛してあげて。他の人間を無理やりニマちゃんにしても、一番ニマちゃんなのはニマちゃんなんだから」

「……？」

「それで、ニマちゃんへの愛とは別に、俺のこと可愛がって」

「別に？」

もう一歩、ニマちゃんの絵に近づく。

等身大のようだから……高い位置に飾ってあることを差し引いても、ニマちゃんのほうが微《かす》かに背が高いな。

「そう。ニマちゃんはニマちゃん系の人間の中で一番。俺は、俺みたいな人間の中で一番。どっちも一番」

「どっちも一番……」

魔王さんは、今度は俺の顔とニマちゃんの顔をしっかり見比べる。

笑顔ではないけど、もう泣きそうな顔ではないし、うなずき方も力強い。

「そう、か……そうだな……」

魔王さんがもう一度、ニマちゃんと俺を見比べてから、俺の顔を嬉しそうに見つめた。

「こんな大事なことに気づくのに、三〇〇年もかかってしまった。気づかせてくれてありがとう、ライト」

「じゃあ魔王さん、褒《ほ》めて？」

「あぁ。ライトは誰よりも優しくてかわいい最高のペットだ」

満面の笑みで言われる言葉は嬉しいけど……

「ちがう。言葉じゃなくて、俺がいいことしたら……俺、どうされたいんだった？」

「ははっ、そうだったな」

魔王さんが俺に近づいて、優しく頭を撫《な》でてくれた。

「ふふっ。嬉しい」

魔王さんがちゃんと俺を見ている。

ニマちゃんとは違う、かわいいペットとして。

よかった。

髪が黒くなってしまうまでに、間に合った。

これで目標達成。きっとニマちゃんと同じじゃなくても愛してもらえる。

俺の狙い通りなんだけど……

「ライト……ありがとう」

自分のためにしたことなんだけど……

魔王さんの柔《やわ》らかい笑顔を見ると、また違った「よかった」という気持ちが湧《わ》いてくる気がした。

「ライト……」

俺の頭を優しく撫《な》でていた魔王さんの右手が、少しぎこちなく頬《ほお》へ下りてくる。

「ん？」

首を傾《かし》げながらその手に頬《ほお》を擦り寄せると、魔王さんは無言だけど「うっわ、かわいすぎる！たまらない！」とでも言いたそうな顔になった。

好かれているなぁ、俺。

「……今まで、どこかニマに遠慮《えんりょ》していたが……もうハッキリと、堂々と言える。ライト、好きだ。お前は、最高のペットだ」

「ん、嬉しい……」

俺の頬《ほお》に触れる手に、自分の手を重ねて擦り寄ると、魔王さんの体が震えた。

「っ……ライト、かわいい……好きだ。大好きだ。もっと触れたい」

今まで抑えつけていた感情が溢れ出しそうになっている、絞り出すような声。

いいな。

すごく欲してくれている。

「いいよ。俺は魔王さんのペットだから、好きなだけ触れて」

「いい、のか？」

「うん。もう遠慮《えんりょ》しなくていいよ……俺、嫌だったら嫌って言うし」

「あ、あぁ。言ってくれ。ライトが嫌ならすぐにやめる」

魔王さんが俺に両腕を伸ばし、ハグかなと思ったら……

「わっ、すごい力」

「ライトが羽のように軽いんだ」

お姫様抱っこをされるなんて初めてだ。

ずっとする側だったし、俺より大きい男性のパトロンでもさすがに一八〇センチ近い俺を持ち上げるのは無理だった。

そして、浮いた体を下ろされたのはふかふかのベッドの上。

「ライト……本当は、ずっと、もっともっと可愛がりたかった。触れたかった。怖くて、思い切り触れられなかった」

お姫様抱っこから、魔王さんの大きな体がすっぽり俺に覆《おお》いかぶさるようなハグになる。

魔王さんの息がちょっと荒い。体温も高い。

あ、これ……

これ、エッチなことする流れ？

体の関係もあるって村長さんが言っていたからずっとその気でいたのに、今までまったくそういうムードにはならなかった。

でも、いよいよ？

元の世界では週に五回はセックスしていたのに、こっちに来てもう一週間もそういうことしていないから……いいよ、俺もしたい。

「ん……魔王さん」

そっと背中に手を回すと、それで魔王さんのスイッチが入った気がした。

「ライト……！」

わ、強引。

ぎゅっと力強く体が密着して、頭や背中、色々な場所を大きな掌《てのひら》が撫《な》でていく。

「ふふっ、魔王さん」

「はぁ、ライト……ライトぉ……」

息も荒くなって……めちゃくちゃ求められている。愛されている。

「はぁ、かわいい。ライト、世界一かわいい……」

嬉しいな。

でも……あれ？

「かわいい、なんてかわいいんだ、俺のライト……はぁ……よしよし」

ん？

「ライト……いいこだな、かわいい……」

んんん？

「……？」

「かわいい……ライト、かわいい……かわいい……」

たくさん撫《な》でられて、髪の毛もぐしゃぐしゃになるくらいかき回されて、魔王さんも興奮しているような気はするんだけど……

これ、思っていたのと違う。性的に興奮して求められているハグじゃない。

これ……これは……

猫とか犬に思い切り「よしよし、かわいいでちゅねぇ～」ってじゃれつくやつ。

「はぁぁぁぁぁ、ライト、かわいい、ライト……！」

魔王さんはめちゃくちゃ楽しそうだし、俺も嬉しくなくはないけど……

「……」

ちょっと昂《たかぶ》りかけたエッチな気持ちが、スーッと引いていった。

第二章　ペットの可愛がり方の話

魔王さんとニマちゃんの話をした翌日、リリリさんが昼食を用意しながら興奮した様子で俺に話しかけてきた。

「ライト様！　今日の魔王様、とっても魔力量が多くて、とってもとってもご機嫌《きげん》で、見ている私たちが笑顔になってしまうほどです！　ローズウェルさんから、ライト様が魔王様を元気づけるために色々手配していたとは聞きましたが……どんな奇跡を起こされたんですか!?」

「秘密。俺と魔王さんの大事な思い出だから」

「そうですよね！　お二人の大事な時間ですよね!?　でも本当に魔王様が幸せそうで……ライト様、どうぞこれからも魔王様を元気にして差し上げてください！　なにか物や手伝いが必要なら、私を含め、城の者はどんな協力も惜《お》しみません！」

「うん。なにか思いついた時にはお願いするね？」

「はい！」

リリリさんはスキップでもしそうな軽い足取りで部屋を出ていったので、俺は一人で「軽めにしてほしい」と頼んだ昼食……サラダとオムレツとパンという朝食っぽいメニューをゆっくりと口に運ぶ。

「……」

魔王さん、お城の人に好かれすぎ。

優しくていい人だから当然だけど。

「……」

まぁ、元気でご機嫌《きげん》ならよかった。

ここ数日、俺のせいで元気をなくしていたのは間違いないから。

でも、雨降って地固まるじゃないけど、ちょっと古傷をえぐったことで、魔王さんの気持ちを軽くすることはできたんじゃないかなと思う。

それに、なにより……

「俺のこと、もっと好きになってもらえたかな」

昨日、俺と魔王さんの距離というか……認識を変えることはできたと思う。

これまでと同じ「ペットの人間」ではなく、「ペットの人間のライト」として可愛がってもらえるようになったと思う。

物理的な距離も、ニマちゃんのトラウマを払拭《ふっしょく》できたから触れやすくなって近づけた気がする。

だけど……

「ペットとしては、正しいんだけどな……」

昨日の夜の魔王さん、俺のことを犬か猫か、なんならぬいぐるみかって感じの可愛がり方だった。

いや、いいんだよ？

俺はペットで、かわいらしい猫ちゃんのような癒《いや》しを求められているなら、俺もそのつもりで可愛がってもらうのでもいいんだけど……

村長さんは、「性的な関係もある」って言っていたし、歴代のニマちゃんたちも「プライベートなことなので詳しくは話せませんが……性行為で魔王様を癒《いや》すのもペットの仕事でした」なんて若干硬い言い方だけど教えてくれた。

それなのに、俺がこのお城に来て八日。

まったくそんな空気になっていない。

「……うーん」

まぁ、セックスの頻度《ひんど》なんて人それぞれだし、魔族は人と違うのかもしれないし、魔王さんは繊《せん》細《さい》な感じがするから、ムードを作って徐々に手を繋いで、ハグして、キスして、お互いを知ってからエッチ……なんてタイプかもしれない。

かもしれない、けど……

「昨日の感じだと、俺にエッチなこと求められてないのかな……」

考えれば考えるほどわからない。

こういうことも、察して上手《うま》く相手に合わせるの、得意なはずなんだけどな。

「魔王さんに聞くのが早いか……」

たぶん、元の世界ならこんな時はもう少し様子を見ていたと思う。

でも、ここは異世界。

俺は魔王さんのペット。

つまり……他の人とセックスできる状況じゃないから……まぁ……ほら……

俺も二六歳の元気な男の子だし。

元の世界ではセックスも仕事の一部で、週に五回はしていたし。

お仕事でもしっかり楽しむのがポリシーだから、週に五回のセックスを全力で楽しんでいたわけで……


「……魔王さんと、エッチしたい」

なんてことを結構思ってしまっていた。

恋人でもない相手と出会って八日で性行為をするなんて、世間一般からすると「早すぎ」とか「ビッチ」とか言われそうだけど、俺の今までの仕事では普通のことだった。

むしろ、今までは出会った瞬間からそういう目で見られていた。

だから、体を求められることって、俺にとっては「愛されている証」みたいなところもあって……昨日の可愛がられ方でも充分愛情は感じたんだけど……

もっと本能的にっていうか……

他のペットとはしていたなら……

でも……

だから……

つまり……

「魔王さん、俺とエッチしたくないのかな……」

期待、不安、性欲。

あーだめだ。答えなんて出ないのに、ぐだぐだ考えすぎ。筋トレでもしよう。

◆

「ねぇ、魔王さん。あの……」

「ん？　どうした？」

夕食の後、昨日のお陰で早速距離が近くなった魔王さんは、俺と密着するように並んでソファに座っている。

右手は俺の肩を抱き寄せているし、顔を覗《のぞ》き込む距離も近い。

俺にとってこの距離感は、恋人や愛人……セックスをする関係の距離感なんだけど……

「俺、このお城に来る前に、村長さんや歴代のニマちゃんからペットの役割のことを色々聞いて……」

「役割？」

魔王さんはまだ笑顔のまま首を傾《かし》げる。

「……ペットは、魔王さんとエッチなこともするって聞いたんだけど？」

「……！」

あ。固まった。

笑顔を引きつらせて、わかりやすすぎるほど動揺《どうよう》している。

「あ、っ、ま、まぁ、その、それは……ペットは元々そのために……献上《けんじょう》されたもので……だから、まぁ、その、そういう……その、ことは……する……が……」

へー……？

元々ペットって性的な意味？

だったら堂々と求めてくれればいいのに。

この歯切れの悪さはなんだろう。恥ずかしいというより、気まずい感じ？

これは、話しやすくしてあげないといけないかもしれない。

「魔王さん、もしかして俺のこと気遣って我慢《がまん》してくれてる？」

「……ま、ぁ……」

「それとも俺……他のペットと違って、性的な魅力がない？」

「それは違う！　ライトは今までのどのペットよりもかわいくて、かわいいのにセクシーで、すごく魅力的だ！」

歯切れが悪かったのに、そこはきっぱり否定してくれるんだ？

よかった。

「本当？　嬉しい」

俺が素直に笑顔になると、魔王さんは不思議そうに俺の笑顔を見つめる。

「ライト……嫌ではないのか？　人間は……特に男同士では、その……性行為をあまり好まないだろう？」

ん？　あ。そうか。

今までのペットって俺みたいにプロのヒモなんてことはないから、みんなセックス……特に男同士のセックスの経験がなかったのかもしれない。

この世界での人間のゲイの割合はわからないけど、歴代のニマちゃんたちは、だいたい女性と結婚して子供がいる感じだった。

これは、どう考えても俺のほうがイレギュラー。少数派だ。

「……えっと、普通というか……大多数の人間は確かに男同士のセックスは嫌だったり、慣れていなかったりするかも」

「あぁ、そうだろう？」

「でも……魔王さん、人間は一人一人個性があるから」

「個性……そうだな。昨日、よく思い知った」

魔王さんが俺の言葉に深くうなずいてくれる。

しっかり伝わっていて嬉しい。

だから、俺のこともっと知ってほしい。

今までのペットと違うんだって。

「その個性で言うと……俺、男同士のエッチ、嫌じゃない人間なんだよね」

「……は？」

魔王さんが呆《ほう》けた顔をする。

ちょっとかわいい。

「魔王さん、今までのペットとはどんな時にエッチしていたの？」

「あ、い、今までは……なるべく回数を控《ひか》えるために、どうしても、その……溜まって仕方がない時だけ、頭を下げて抱かせてもらっていた。月に一度ほどだ。だから、ライトにもどうにも我慢《がまん》ができなくなった時に協力をしてもらおうと思っていたのだが……」

やっぱり魔王さん優しい。

でも、その優しさは間違っている。

「えぇー。それは嫌だな」

「あ……そ、そうか。嫌か……」

「だって、精子溜まって仕方がないから性欲処理手伝ってくれってことだよね？」

「まぁ……」

魔王さんがシュンと効果音でもつきそうなくらいうなだれる。

でも、ここはきっちり言わないと。

「ムードない。だめ」

「……ムード？」

俺がきっぱり言うと、魔王さんは戸惑いながらも顔を上げた。

「うん。もっと、『ライトがかわいくてムラムラする、愛しくてたまらない！』って時にエッチしてほしい」

「え？　あ、それだと……月に一度では済まないぞ？　それに、ライトが嫌な時もあるだろう？」

「そうだね。だから……」

まだ背中を丸めている魔王さんの顔を覗《のぞ》き込みながら、逞《たくま》しい太ももに手を置いた。

「魔王さんがエッチしたい日は、俺をエッチしたいなって気分にさせて」

「気分……？」

「俺もね……」

覗《のぞ》き込んでいた顔を、魔王さんの耳元に近づける。

「俺がエッチしたい日は、魔王さんにもエッチな気分になってもらえるように頑張るから……ね？」

唇を微《かす》かに耳たぶに触れさせながら囁《ささや》いて、ゆっくり顔を離す。

……魔王さん、その呆《ほう》けた顔、全然威厳《いげん》ないよ？

すっごくかわいいけど。

「わ……かった」

魔王さんはぎこちなくうなずくけど、あんまりわかってなさそう。

まぁいいか。

魔王さんにはこういう駆け引きのスキルがなさそうだから、俺が頑張ろう。

魔王さんからの愛情をもっと感じられるように、魔王さんが「わぁ！　ライトかわいい！　エッチしたい！」って思ってくれるように。

……異世界に来てやっと、俺の本来のスキルが活《い》かせそう。

◆

「あれ？　魔王さんは？」

翌日の夕食の時間、魔王さんは俺の部屋に来なかった。

ローズウェルさんだけが食事の載ったワゴンと共に部屋に入ってくる。

「お仕事が忙しいため、今夜はお仕事をしながら簡単に召し上がるそうです」

「あ……そうなんだ」

うーん。

忙しいって本当？　俺と顔合わせるの、気まずい？

昨日の、やっちゃったかな……淫乱ビッチみたいだった？　引かれた？

ヒモとかホストの時のノリじゃだめだよね。ミスったかな……

「……」

俺が一人でもんもんと考えていると、ローズウェルさんが珍しく楽しそうに笑った。

「心配なさらなくても大丈夫ですよ。魔王様はお元気そうでした。後ほど、少しだけライト様のお顔を見に来るともおっしゃっていました」

「そう……元気ならよかった」

「えぇ。安心して、しっかり召し上がってください」

ローズウェルさんはさらに笑みを深めると、軽くお辞儀《じぎ》をして部屋を出ていった。

「まぁいいか。いただきます」

ローズウェルさんのあの反応なら、たぶん大丈夫かな。

気にせず夕食を口に運んだけど……なんとなく、いつもより味わえなかった。

◆

——コンコン
「俺だ。いいか？」

「どうぞ」

夕食後、きちんといつものように声をかけてから魔王さんがドアを開く。

「ライト！」

魔王さんは、ドアを開くまでは落ち着いた声だったのに、俺の顔を見た瞬間、笑顔になってソファに駆け寄ってくる。

「お疲れ様。魔王さん」

ソファに座ったままだけど、簡単なハーフアップにした髪を揺《ゆ》らして笑顔を向けると、魔王さんは俺とあまり距離を空けずに隣に座った。

……正直、ほっとした。

ローズウェルさんの言う通りだ。魔王さん、元気そうで……昨日俺が言ったことで引いているわけではなさそうだ。

「お仕事忙しいんだ？」

「あぁ。夕食を一人にしてすまない」

「ちょっと寂しかったけど、お仕事なら仕方ないから……それよりも、こんな時間までお仕事して大丈夫？　疲れてない？」

心配しながら魔王さんの顔をじっと見てみるけど……うん。ちゃんと顔色もいいし、元気そう。

「ライトの顔を見たら疲れなんて吹っ飛んだ。でも、この後まだ少し仕事が残っているんだ。だから……少しだけ触れてもいいか？」

「……」

「あ、きちんとここに来るまでに手を洗って、ハンドクリームもつけてきたぞ？」

「……」

本当は、昨日あんな言い方をしたし、今日からちょっと焦《じ》らすというか……魔王さんがその気になるようにしようと思ったんだけどな。

そんなこと言われると……そんな必死なところを見せられると……

「いいよ。きて」

両手を広げると、魔王さんが嬉しそうに俺の体を抱きしめた。

「ライト！　あぁ、今日もかわいい……ライト……ライト……！」

「ん、魔王さん」

魔王さんが、一昨日思い切り可愛がってくれた時のように、俺の体を無茶苦茶に撫《な》でて、抱きしめて、頬《ほお》を擦り寄せて……あぁ、めちゃくちゃ愛されているな。

まさにペットって感じで。

「ふぅ……癒《いや》された。これで残りの仕事も頑張れる。ありがとう、ライト」

「うん。頑張ってね」

俺が笑顔でうなずくと、魔王さんは一層嬉しそうに笑って部屋を出ていった。

……なんだろう。

ほっとしたような、嬉しいような……ちょっと寂しいような……

◆

翌日も魔王さんは仕事が忙しいらしく、夕食は俺一人で、少し遅い時間に俺を思い切り可愛がりに来た。

「明日は、一緒に夕食をとれると思う。二日間寂しい思いをさせてすまない」

「魔王さんこそお疲れ様。明日、一緒にご飯食べられるの楽しみにしてる」

俺が魔王さんの頭を撫《な》でると、魔王さんはなぜかふっと少し含みのある笑みになってから俺の頭も撫《な》でてくれた。

「あぁ、ライトのためにもしっかり仕事を頑張るから……待っていてくれ」

「……？　うん」

よくわからないけど、魔王さんが楽しそうだからいいか。

素直にうなずいておいた。

◆

翌日、今日もどうせいっぱい撫《な》でられてぐちゃぐちゃになるだろうから髪は結《ゆ》わずに下ろしたままで魔王さんを待っていると、夕食の時間に魔王さんがやってきた。

「魔王さん！」

「っ！　ライト……⁉」

たぶん初めて、魔王さんがソファにやってくる前に立ち上がって抱きつくと、大きな体でしっかりと抱きとめてくれた。

声は驚いているけど……俺が顔を上げると、驚いて大きく見開いた魔王さんの目が、だんだん眩《まぶ》しそうに細められて笑顔になっていく。

「今日はもう、お仕事終わり？」

「あぁ。今日の仕事はもう終わった」

「ん……よかった。顔見せて？　うん。元気そう」

「ライトに心配をかけないように、食事はきちんととっていたからな」

「それなら安心した。でも、今日もいっぱい食べているところ見せてね？」

「あぁ」

魔王さんが優しく俺の頭を撫《な》でてくれて……少し離れがたいけど、ソファに向かい合って座り、三日ぶりに顔を見ながら食事をとった。

やっぱり一人で食べるより美味《おい》しいなと思った。

◆

夕食後、ローズウェルさんが置いていってくれたお茶とお菓子を楽しみつつ、そろそろ魔王さんの隣に移動しようかな～とか、時間があるなら今日は少しだけ魔王さんにエッチな意味で意識してもらえるようにスキンシップをとろうかな～とか、考えている時だった。

「ライト」

まだ俺はなにもしていないのに、魔王さんがとても嬉しそうに笑った。

「明日の午後は一緒に庭を散歩しよう」

「え……あ、いいの？　お仕事は……」

「大丈夫だ。むしろ、遅くなってすまない。ライトの体のためにもなるべく早く外に連れ出したかったのだが、なかなか都合がつかなくて明日になってしまった」

「魔王さん……」

最近お仕事が忙しそうだったのに。

いや、ちょっと待て。

もしかして……？

「最近お仕事が忙しかったのって、もしかして……」

「あぁ。明日、ゆっくり過ごすために先にできる仕事を片づけて、俺がいなくても大丈夫なように準備をしていた。だから明日の午後は絶対に邪魔が入らない。ゆっくりしよう」

俺のために、頑張ってくれたんだ。

俺と一緒にいたいのに、その時間を我慢《がまん》して……頑張ってくれたんだ。

「……！」

魔王さんは穏《おだ》やかな笑顔を俺に向けてくれている。

打算的ではなくて、すごく純粋に……俺の健康のため、俺を喜ばせるため、俺のため……って。

あ、今……心臓がギュッてなった。

「あ、う、嬉しい」

「そうか。ライトに喜んでもらえて俺も嬉しい」

どうしよう。嬉しいんだけど……これ……嬉しくて……

すっごく嬉しい！

「魔王さん！」

ソファから立ち上がって、向かいの魔王さんの隣に座る……というよりは、しがみつく。

「ライト⁉」

「魔王さん、ありがとう。俺、すごく嬉しい」

「そんなに外に出たかったのか？」

魔王さんは嬉しそうに俺の体を抱きしめ返して背中を撫《な》でてくれるけど、違う。そうじゃない。

「外に出られるのも嬉しいけど、それ以上に、魔王さんが俺のことを考えてくれて、俺のために頑張ってくれたのが嬉しい！」

「ライト……」

俺ね、ダメなんだよね。

俺のために頑張ってくれる人、好きすぎる。

小さい頃から両親がいなかったからかな。こういう無償《むしょう》の愛みたいなのに弱い。弱すぎる。

「大好きなライトのためだ。当然だろう？」

「魔王さん……」

俺のこと好きって手つきで体を撫《な》でてくれるのも、本当に好き。

いいなぁ。

嬉しいなぁ。

好きだなぁ。

嬉しくて、たまらなくて、魔王さんをぎゅうぎゅう抱きしめて胸元に頬《ほお》を擦り寄せる。

でも、こんなんじゃ俺の嬉しい気持ちを全然表現できない。

もっと……

もっと、「嬉しい！　魔王さん好き！」を全力で伝えたい。でも、その方法って……

「……俺のしたことで喜んでくれるライトは、こんなにもかわいいのか……」

「え？」

顔を上げると、魔王さんのほうがなぜか「たまらない」という顔で俺を見つめていた。

そんな顔で見られたら、俺……もっと焦《じ》らそうと思っていたのに……

「ライト、まだ我慢《がまん》はできる。だが……」

俺のことが好きで好きでたまらないって感じの顔が近づいてくる。

「お前が愛しくてたまらない」

唇が触れそう。

キスする？

それとも、もっと……？

今日全部しちゃうのはもったいないかな……出し惜《お》しみしたい。

でも……俺がもう全部欲しい。

「あ、しかし……」

「え？」

顔が近づいてくる途中で、魔王さんが慌てて距離をとる。

「見返りが欲しくてしたわけではないから、ライトの気分が乗らなければきっぱりと断ってくれ！」

せっかくかっこよかったのに。

いい雰囲気だったのに。

でも、そんなところも愛おしい。

「ふふっ。魔王さんのそういう優しいところも好き」

魔王さんの顔を両手で掴んで、さっきの……ギリギリまで近づいた位置に戻す。

「でもね、今すごくいいムードだったから……このまま、ね？」

唇が触れそうで触れない位置で俺が目を閉じると、魔王さんが喉《のど》を鳴らしたのがわかって……

「ん……」

優しく唇同士が触れた。

◆

「お待たせ、魔王さん」

「あ、あぁ……」

魔王さんに先にシャワーを浴びてもらって、俺もシャワーを浴びて、二人ともバスローブ姿でベッドに腰掛ける。

魔王さんの視線が、緩《ゆる》く開いたバスローブの胸元……俺の鎖骨《さこつ》の辺りに向いているのがバレバレ。

ちゃんとそういう目で見てもらえるか心配したけど、大丈夫そう。抱きたくて仕方ないって雄《おす》の顔だ。でも、そうだな……

「あ、一応確認するけど、魔王さんは挿入するほうだよね？」

できるだけ無邪気に首を傾《かし》げると、魔王さんが慌てた様子でうなずいた。

「え？　……あ、あぁ、そうか。俺は魔族だし、当然のように俺が挿入するほうだと思っていたが……男同士は別にどちらでもできる……か」

「俺はね、大好きな魔王さんが気持ちよくなってくれるならどっちでもいいよ」

俺の言葉に魔王さんがきゅっと唇を噛《か》む。

「ライト……お前は、なんでこんな時も……」

「んー？」

俺がとぼけていると魔王さんは宝物に触れるみたいに、そっと俺の頬《ほお》に触れた。

「俺はお前を可愛がりたい。だから、抱かせてほしい。なるべく、優しくする」

抱かれる側でも相手を可愛がれるけど……こうやって自分で選んで覚悟を決めてくれたからいいや。

「うん。魔王さんと俺、体格差あるから……よろしくね？」

「あぁ」

シャワールームでしっかり準備したから大丈夫だとは思うけど。

体が大きいんだから、魔王さんのアレ、絶対大きいよなぁ……

楽しみで仕方がない。

◆

「あぁ……なんて……なんて美しいんだ……」

ベッドに乗り上げて、バスローブを脱いだ俺の体に魔王さんが釘《くぎ》づけになる。

細く引き締まったモデル体型の維持《いじ》にもスキンケアにも気をつけているから、体に自信はあるけど……

「芸術作品のようだ」

そこまでかな？

「ふ、触れていいか？」

すごく興奮してくれているようではあるけど、この流れ……なんかまた「かわいいでちゅね～よしよし」になりそうで怖いから……

「だめ」

「え？」

わかりやすくしょんぼりとした魔王さんに近づいて、バスローブの紐《ひも》を引く。

「魔王さんも脱いでから」

「あ……」

「魔王さんの体、見せて？」

「……俺の体は……別にいいだろう？」

あれ？

魔王さんが自分のバスローブの合わせ部分を掴む。チラッと見える肌は若干白っぽいけど健康的だし、ほどよく筋肉がついていて男らしくかっこいいと思うのに。

「なんで？　見たいよ？」

「……怖がらせたくない」

「怖い？　見たら呪われるとか？　怪我するとか？」

「そういうことではなく……」

傷とか刺青《いれずみ》とか？　異世界特有のなにか？

見た目が怖いだけなら別にどうでもいいけど？

「見せたくないなら別にいいけど……俺はできれば、素肌ピッタリ合わせて魔王さんの体温感じたいな」

もう一度バスローブの紐《ひも》を引くと、魔王さんは観念したのか合わせ部分から手を離した。

「……脱がなくてもすぐにバレるか……わかった」

「おっ」

紐《ひも》がほどけて、俺が袖《そで》を引っ張ると、あとは魔王さんが自分で脱いでくれた。

胸板厚い。

腹筋割れてる。

俺の感覚ではゲルマン系？　欧州の屈強《くっきょう》な男の人の筋肉のつき方って感じ。かっこいい。

何カ所か薄い傷痕《きずあと》があるにはあるけど、目立つほどではない。

俺が怖がる要素ってなんだろう……あ。

——ボロン
すごい。

ペニス大きい……！

体格通りといえばそうだけど……俺のもちょっと大きいほうだけど、それより二回りは大きい。

なんセンチ？　結腸届くっていうか入っちゃうな。カリの段差もエグイ。

うわ……こんなの……

「わぁ！　でっかくてカッコイイね！　楽しいセックスできそう」

はしたないとはわかっていても、あまりに嬉しくて声に出てしまう。

だって、アナルって結構鈍感だから、刺激は強ければ強いほうがいい。こんなに強いペニスなら、絶対に気持ちいい！

小さいペニスは小さいペニスで楽しみ方もあるけど、大きいほうが簡単に気持ちよくなれるよね？

……俺が慣れているからだけど。

「……怖く、ないのか？」

「え？　なにが？」

魔王さんがめちゃくちゃ驚いていて……ふと考える。なにが怖い？　目の前のなにか……もしかして……

「あ、ペニスのこと？」

「……今までのペットは、俺のこれを見て、怯《おび》えた顔をした……」

「あー……」

そうか。

アナルの経験がなかったら、この大きなペニスは怖いか。

人間でこのサイズはなかなかないし、入れたことのない場所に初めて入るものの大きさとしては怖いかもしれない。

「うーん……あのね、魔王さん。俺はアナルセックスの経験がそれなりにあるんだけど……」

「あぁ」

今までの俺の言動で薄々気づいていそうだとは思ったけど、うん。

別に嫌そうではないな。処女信仰はない感じ？　よかった。

「魔王さんのペニスは、確かに人間の標準に比べれば大きいよ。初めてだったら怖いと思う」

「……そう、か」

「でもね」

上半身を倒して、まだ柔《やわ》らかい魔王さんの股間に顔を近づける。

「ライト？　おい、ライト！」

「俺、たぶん大丈夫」

柔《やわ》らかいそれに手を添えて、先端にキスをしながら魔王さんの顔を見上げると……うわ。

「ラ、ライト……そんなこと……」

「ふふっ。元気いいね」

一瞬で硬くなった括《くび》れの辺りで息を漏《も》らしながら笑うと、さらにピクッと角度が上がる。

「可愛がりたくなっちゃうな。咥《くわ》えるのは物理的に無理だけど」

頭を撫《な》でるように先端を掌《てのひら》で撫《な》でると、濡《ぬ》れる感触が指に広がった。

先走り、もうこんなに？

俺で感じてくれるの嬉しいな。このまま一回出してもらうか……

ん？

「っ、ライト……！」

魔王さんが気持ちよさそうではあるけど、戸惑った様子で俺の肩を掴む。

手、震えている？

「ごめん。こういうの、嫌？」

「あ……わ、わからない。されたことが、ない」

魔王さんが顔を真っ赤にしながら首を横に振る。

「俺が、抱かせてもらう立場なのに……こんなこと……してもらっていいのか？」

おっと……困ったな。

そこからか。

とりあえず手を離して上半身を起こす。

「……魔王さん、いつもセックスってどうやってる？」

答えにくいことを聞いてしまっているのに、魔王さんはちゃんと返事をくれた。

「え？　あ……その……ペットのアナルを指で慣らして……ある程度ほぐれたらペニスを入れて……射精するまで腰を振らせてもらいながら、ペットも射精できるようにいい場所を突いたり、ペニスを扱《しご》いたり……する」

「ペットもちゃんとイかせるんだね」

「それは、そうだろう？　俺だけイくなんて申し訳ないこと、できるわけがない」

優しすぎるし律義《りちぎ》だし真面目。

今までのペットが全員処女だったとすれば、仕方がないのかもしれないけど。

「魔王さん……俺のことも気持ちよくしてくれる？」

「そのつもりだ。ライトには、特別丁寧《ていねい》にする。ライトに気持ちよくなってほしい。それに……」

ベッドについた俺の手に、魔王さんの手が重なる。

「ライトの、気持ちよさそうに感じているかわいい顔が見たい」

「魔王さん……」

いいな。

この真剣な顔で見つめられるの、すごくいい。

セックスしたい。

この優しすぎて真面目な人に、楽しいセックスを教えてあげたい。

「俺も……魔王さんに気持ちよくなってほしい」

「ライト……？」

重なった手の向きを変えて、ぎゅっと大きな掌《てのひら》を握《にぎ》る。

「魔王さんの、気持ちよさそうな顔が見たい」

「あ……」

「同じこと考えているね、俺たち」

「あ、あぁ……」

「でも、魔王さんに気持ちよくしてもらうのも楽しみ。早く入ってきてほしいな、このかっこいいペニス……」

握《にぎ》り合った手とは反対の手で、魔王さんのもう大きくなっているペニスをそっと撫《な》でる。

イかせるような触れ方でもないのに、魔王さんが体を大きく震わせた。

「っ……！」

「ふふっ。魔王さん、楽しくエッチしよう？」

「あ……あ、あぁ……！」

顔を真っ赤にした魔王さんは、やっぱりまだよくわかっていなさそうだけど、俺の言葉には勢いよくうなずいてくれた。

◆

「ん……あ……んっ」

全身をまさぐられるけど、ちゃんと「よしよし、かわいいでちゅね～」のテンションとは違う、いやらしい、俺の体温を高めるような触り方で、俺の気持ちも性的な感覚もどんどん昂《たかぶ》っていく。

体へのキスもたくさんしてくれる。

まだセックスがはじまって三〇分くらいだけど、俺の皮膚《ひふ》で魔王さんの手か唇が触れていないところなんてないんじゃないかな？

それに……

「二本目だ。痛くないか？」

「ん、大丈夫」

「……よかった」

俺のアナルにはフローラル系のいい匂いのするオイルを絡ませた魔王さんの指がもう二本、入っている。

「慣らすの、上手だね？　痛くないし、ちゃんと、んっ、広がっている気がする」

「そうか？　そんなこと、初めて言われた」

魔王さんが嬉しそうに笑う。

すごく上手なのに。

今までのペットはみんな初めてで比べる対象がいなかったうえに、余裕がなかったんだろうな。

「すごく上手だから、安心して……っあ」

「ここか？」

「んっ、うん。そこ、すき」

広げるだけではなく、俺の気持ちいいところは重点的に責めて、気持ちよくしてくれる。

丁寧《ていねい》だし、俺への愛情をいっぱい感じるし……なんだ、魔王さんセックス上手だ。

「ライト……ライトは全身かわいいところばかりだな」

「ん、ふふっ、そう？」

顔とか胸とか指とかだけじゃなく、二の腕や太ももにキスをしながらそんなことを言ってくれるのも嬉しい。

そんな場所、かわいいわけないのに。

「かわいいと言うたびに、喜んでくれるのも……かわいいと思う」

太もも辺りに顔を埋めたままそんなことを言う魔王さんの表情は見えないんだけど……ぇぇ……

それ、魔王さんのほうが……

「魔王さん……」

「どうした？」

魔王さんの髪の毛をちょっとだけ引っ張ると、俺の体に覆《おお》いかぶさりながら顔を近づけてくれる。

すごく楽しそうで……ちゃんと興奮した顔。

かっこいい……かわいい。

「入れたら、今日はたぶん、あんまり余裕ないから……」

かわいいと思ってしまったら、もうだめだった。この顔に、いっぱいキスしたい。

「今のうちに、キス……たくさんしておきたい」

魔王さんの顔を両手で包んで、指先で唇を引っかくと、魔王さんは微《かす》かに顔を歪《ゆが》ませる。

「っ……煽《あお》らないでくれ」

「煽《あお》ってないよ。我儘《わがまま》言ってるだけ」

「……っ……クソ、かわいすぎる」

あぁ、本当かわいい。

魔王さん、俺が大好きなんだ……好きで好きでたまらないんだ。

セックスってそれが全身で感じられるから大好き。

「ん……っ」

「はぁ……ライト……！」

魔王さんの舌が口内を舐《な》め回すちょっとだけ乱暴なキスも、求められている感じがして最高だった。

◆

たっぷりキスをしている間に、俺の中には三本目の指が埋まって、それを気持ちいいと思える頃に魔王さんが唇を離した。

「ライト、入れていいか？」

「うん。いいよ」

すぐにうなずくと、魔王さんは一瞬驚いた顔をした後、嬉しそうな……でも少し困ったような顔でベッドの枕元に置いてあった布製の袋へ手を伸ばす。

中から出てきたのはちょっと硬そうな紙？　油紙？　あ、包み紙か。その中は……

「……！」

この世界、コンドームがちゃんとあるんだ？

白っぽいからなにかの膜《まく》とか？　材質とかは違うのかもしれないけど。

後処理が楽だな。やった。

「……本当に、怖くないんだな」

「え？」

「見すぎだ」

「あ……」

コンドームらしきものをつけるのをついついじっと見ていると、魔王さんが少し恥ずかしそうに呟《つぶや》いた。

魔王さんのペニスはいつの間にか上を向いていて、太さも増しているし、血管が浮いているし、すごく元気になっている。

人によっては凶器とか言いそうだけど……

「だって、俺で興奮しているのがよくわかるから……嬉しくて」

「っ……頼むから、もう煽《あお》らないでくれ。充分喜ばせてもらった。ここからは……」

魔王さんがそっと、俺の背中に手を回しながらベッドに押し倒す……というか、横たえる。

手つきも、表情も、壊れ物を扱うように優しい。

「ライトを傷つけたくない。頼む」

「あ……」

そうか。

今までのペットはきっと、魔王さんが少し余裕をなくすだけで傷ついてしまっていたのか。

だから優しく優しく慎重にしてくれているのに。

「ごめんね。俺、本当に嬉しくて浮かれてた。魔王さんがいっぱい考えて我慢《がまん》してくれているのにね」

「……ムードのないことを言った。すまない」

「大丈夫。ちゃんと相手に伝えるべきことを伝えながらセックスするほうが、楽しいセックスにできると思うから。ありがとう」

「……あぁ」

魔王さんが俺の言葉にうなずいて、そっと頭を撫《な》でてくれた。

「ライト、途中でも構わない、無理なら正直に無理と言ってくれ」

「わかった。じゃあ、魔王さんは気持ちいい時は素直に気持ちいいって言ってね？」

「……あぁ、わかった」

俺も魔王さんの頭を撫《な》でて……

「きて……魔王さん」

俺が微笑《ほほえ》むと、魔王さんは片手をベッドについて、もう片方の手をペニスに添えた。

先端が俺のアナルに触れる。

……まだ？　あ、オイルを足してくれている。

ちょっとだけ俺の入り口にもそれを馴染《なじ》ませて……

「……ライト、入れるぞ」

「うん……っ！」

ぐぐっと下から体を思い切り押されるような感覚が来て……ぐぽっと、ねちっこい音もして……

入り口が熱いもので広げられる。

「……っ！」

「んっ！　う……！」

シーツを掴んで圧迫感に耐える。やっぱり大きい。

入れる瞬間にこんなに体が強張《こわば》るのは初めてだ。

「少しだけ、頑張ってくれ……」

「ん、うん……っ……く！」

すごい衝撃……とは思うけど、まぁ……痛くはない。

苦しいのも想定内。

オイルも優秀。

まだ全然気持ちよくはないけど、少しずつ慣らしていけば、いけると思う。

「ふっ……！」

「はっ……ぐ」

括約筋《かつやくきん》がぐわっと一層広がった後、ずぷっと、なんか、入った感じがして……通り過ぎた括約筋《かつやくきん》の緊張が緩《ゆる》んだ。

太いところ、入りきったかな？

魔王さんが息を吐いて、俺も息を吐く。

「ふぅ……少し、馴染《なじ》ませよう」

「ん……」

魔王さんは、俺がリラックスできるように、顔や体にたくさんキスをしたり撫《な》でたりしてくれて……ん？

あれ？

「あ……ぁ……ん……ん、ふっ」

乳首とか、皮膚《ひふ》の薄い鎖骨《さこつ》とか……二の腕の内側、太ももの付け根の際どいところ、脇腹……俺が触れられて嬉しいところばっかり……？

「あ、魔王さ……ん？　なんで？」

「ん？」

「なんで、おれの、すきなとこ……」

あぁもう、声も上擦《うわず》る。

気持ちよくて、嬉しい場所ばっかり……

「さっき触れた時、嬉しそうだっただろう？」

「……」

いっぱい色々なところに触れられたから、自分でもどんな反応をしたのかよく覚えていない。

魔王さんが触れるのが楽しくて触れているだけだと思ったのに。

俺の嬉しいところ、探してくれていたのか。くやしい。

すごく好き。

「魔王さん……もっと触ってほしい……」

「あぁ、いくらでも」

「ん、あ……ぁ」

唇も使って、全身を優しく愛撫《あいぶ》してくれる。

刺激的な気持ちよさではないけど、じわじわ気持ちよくて、体の強張《こわば》りがとけていく。

「少しだけ、動くぞ？」

「ん、うごいて……」

もう大丈夫だと思うのと同時に魔王さんが声をかけてくれて……中の感じでわかった？

魔王さん、しっかり俺を見てくれているな。

「ん、ん……っ」

ゆるゆる腰が前後に動く間も、愛撫《あいぶ》が止まらない。

魔王さんの大きなペニスが少しずつ奥に埋まっていっても、体はリラックスしている。怖くない。

あ、でも、そろそろ……

「あっ！」

「ん……ここか？」

「あ、あ、あぁ！」

前立腺に届くと、魔王さんは奥へ進む動きから、その場で出っ張った括《くび》れを引っかけるような動きになる。

「あ、きもち、いい、そこ……あ、あ！」

間違いなく気持ちいい、感じる場所。

今まで経験した中で一番太いペニス。

さっきまでの愛撫《あいぶ》がじわじわ気持ちいい愛撫《あいぶ》だとしたら、これはもう、頭が痺《しび》れるくらい、弾《はじ》けるような強い刺激的な快感だ。

こんなに前立腺を圧迫されたことなんてない。カリの段差の細いところも太いところも太い。

気持ちいい場所への刺激が強い！

「あ、あ、ま、まおう、さん、あ、ん、あ」

喘《あえ》ぎすぎ？　でも、声が抑えられない。

すごく気持ちいい。

アナルセックス、前立腺への刺激、それなりに慣れているはずなのに。

こんなに強くて、でも、動きは優しくて……とにかく気持ちいい！

「はぁ……ライト……」

魔王さんも気持ちよさそうに熱っぽい視線を向けてくれて、息も荒い。

でも、たぶん、魔王さんの大きいのは全部埋まっていない。

「あ、そこ、ばっかり……なんで？」

全部入れないの？

頑張れば入ると思うよ？

「ここで動くと、ライトがかわいくて、俺も気持ちいい」

「ライト、ほら、もっと声を聴かせてくれ」

前立腺ばかりをしつこく刺激されて、魔王さんの大きな掌《てのひら》で俺のペニスも扱《しご》いてくれて……

あ、これ、まずい。

だって、何日も抜いていなかったし、魔王さんのペニスすごいし、手も優しいし、上手《うま》いし。

魔王さんと一緒にイきたいけど、もう。

「あ、魔王さん、おれ、イ、く、イっちゃう」

「あぁ、イくところ、見せてくれ」

「あ、あ、まおうさ、ん、あ、あぁっ！」

少しだけ、腰の動きと手の動きが速くなった。

もうイく寸前だったから、だめ。俺、こんな……！

「あ……イく、っああァ！」

深い。重い。強い。

気持ちいいのが、なんか、すごい。ずしんとくる。

こんなだっけ？　前立腺とペニスでイくの、こんなに気持ちよかったっけ？

「あ、あ……？　あ？」

快感がなかなか引かない。

そうだよね、前立腺、まだ、魔王さんの極太ので強く押されたまま。

っていうか、あ、動くの？　うそ、だめ。

イってる時、この太いペニスの、圧迫でギリギリなのに、動いたら、やばい。やばい！

「あ、やだ、まって、おれ、いまイって、だめ、うごかな、っ、で！」

「っ……あぁ」

魔王さんが腰を微《かす》かに動かした瞬間、夢中で首を横に振ると、魔王さんはちゃんと動きを止めてくれた。

「あ……？」

「大丈夫だ。落ち着くまで待つから……大丈夫だ」

魔王さんは上半身を起こして、ふぅーっと長い息を吐く。

……腰、止めちゃうんだ。

すごく切羽《せっぱ》詰まった顔しているのに。中に埋まったペニス、パンパンに膨《ふく》らんでいるのに。腹筋にも力入ったままで、我慢《がまん》しているのバレバレなのに。

動きたいはずなのに。

「ま、まおうさん……」

ずっとシーツを掴んでいた両手を伸ばすと、魔王さんは上半身を近づけてくれて……でも、結合を深くしないためか、ぴったりとはくっつかない。

どこまでも優しい。

「ライト？」

なんとか首に指先を絡めて、何度か深呼吸して息を整《ととの》える。

射精の快感は引かないけど……少し慣れてきた。

ただ、まだ引いていない快感に、ここから快感が上乗せされるとどうなるか……予想はつく。

「魔王さん、俺、この後、気絶しちゃうかもしれないから……先に言っておくね」

「……？」

不思議そうに首をひねる魔王さんに、できるだけ優しく微笑《ほほえ》んだ。

「俺、魔王さんとのエッチ好き」

「ライト……!?」

「だから、俺が気絶しちゃっても安心して、もう、動いて。魔王さんがイけるの……して」

「っ、あ、ライト……俺も、お前とのセックスが……好きだ……好きだ、ライト……！」

俺の目の前で魔王さんがぐっと眉間《みけん》に眉を寄せて、今にも泣きそうな……でも、口元は思い切り笑っていた。

「ん、あ、んっ！　ふふっ、よかった、あ、あぁ！」

「はぁ、ライト……ライト！」

俺が促《うなが》した通り、魔王さんの腰の動きが速くなる。

俺の前立腺を引っかいてこねてイかせようっていうピストンじゃない。

魔王さんのペニスを俺のアナルで扱《しご》く、射精するためのピストンだ。

「あ、すご、あ、あ、あ！」

でも、場所はずっと前立腺辺りで、奥にはいかない。

手もまた、律義《りちぎ》に俺の硬くなりはじめたペニスに絡んで、少し乱暴だけど刺激してくれる。

「ライト、いい。すごく、いいっ、く」

「ん、あ、俺も、いいよ、魔王さん、あ、いい」

魔王さん、もうイく？

俺も、またイきそう。

アナルもペニスもめちゃくちゃだけど、射精の余韻《よいん》が残っているのに、こんな激しくされたら……それに……

「ふっ、く……あ、ライト……ライト！」

こんなに必死に求められたら。

「あ、魔王さん、俺、また、イきそ、あ」

「俺もだ、ライト……はぁ……ライト、ライト！」

「んんんっ！」

叫ぶように名前を呼ばれて、イった。

イく瞬間、魔王さんも体を震わせて……でも、まだ少し大きなペニスは動いたままで……

「あ、イ、っ、あ、あ、つま、おぅさ、っ……！」

気持ちいいところに、射精して気持ちよくて、でもまだ中を気持ちよくされて、もう、こんなの……こんなの……

「くっ……！　はぁ………」

魔王さん、射精した？　じゃあ、もういいかな。

気持ちよくて、俺、もうだめ。

だめ。

「はぁ……ライト？」

ごめん、返事できない。もう意識がふわふわしていて……

「あぁ、ライト……っ……こんなセックスを知ってしまったら、俺は……」

薄れていく意識の端《はし》っこで、魔王さんの泣きそうな声が聞こえた気がしたけど、ちゃんと頭に入ってこなかった。

◆

「んー……？」

朝だ。

時計は……六時半か。

このお城に来てから、だいたい六時半に目が覚めるからいつも通りなんだけど……今日は妙に体が重い。

「……あ」

ちゃんと目を開くと、いつものベッドの上に、俺ともう一人いる。

魔王さんだ。

「朝まで一緒にいてくれるんだ……」

嬉しい。

朝起きて一緒のベッドに誰かがいるって、いいよね。

「ん……」

思わず裸《はだか》の魔王さんに抱きついて胸元に擦り寄ると、魔王さんの寝息が止まる。

起こしちゃった？

でも、魔王さんも毎朝七時が朝食らしいからいいよね？

「ん……ライト？」

「おはよう、魔王さん」

「あ……す、すまない、お前が起きる前に部屋に戻るつもりだったんだ……！」

俺が笑顔で見上げたのに、魔王さんは慌てて体を起こそうとする。

「……？　なんで謝るの？　置いていかれるほうが寂しいよ？」

「え……？　俺が隣にいるとゆっくり休めないだろう？」

今までのペットはそうだったのか。

「そう？　セックスの後一人で放っておかれるほうが嫌だけど？」

「そう……か？　いいのか？」

「俺はそうだよ。覚えておいて？」

「あ、あぁ。わかった」

魔王さんは腑《ふ》に落ちないようだけど、驚きながらもうなずいてくれた。

じゃあ、この話は終わり。

魔王さんももう俺から離れようとはしていないので、両手を上げて体を伸ばす。

「んー……昨日寝落ちしちゃったけど……体拭《ふ》いてくれたんだ？　ありがとう」

思ったより筋肉痛はないし、二回も射精したわりに股間やお腹はキレイだった。

「別に……俺のせいで汚れたんだ。当然だろう？」

抱くほうが拭《ふ》いて当然とは思わないけど……まぁいいか。

「そんなこと言うなら、我儘《わがまま》言っていい？」

「なんだ？」

「シャワー連れてって」

「あぁ」

俺の我儘《わがまま》にも、魔王さんは「当然のことだ」という顔でうなずいた。

「で、一緒に浴びよう？」

「……あ、あぁ」

今度は少し戸惑いながらうなずいて、俺をお姫様抱っこでシャワールームへ連れていってくれた。

◆

「ふふっ、くすぐったい。もういいよ」

「だめだ、まだ濡《ぬ》れている」

二人でシャワーを浴びて、きちんと服を着た後、ソファに座った魔王さんに促《うなが》されて膝《ひざ》に座った。後ろからタオルで丁寧に髪を拭《ふ》いてくれるのはいいんだけど……手つきがすごく優しくてくすぐったい。

身体的なくすぐったさというよりは……気持ち的なくすぐったさが強い。

朝からこんなイチャイチャするの、どう考えても昨日のセックスの余韻《よいん》があって……

――コンコン
振り向いてキスでもねだりそうになった時、ドアがノックされた。

「あ、はーい」

「失礼します。あの、こちらに魔王様がいらっしゃっていませんか……」

ローズウェルさんがドアを開けて俺たちを見た瞬間、ものすごく驚いた顔で固まった。

「……！」

「おはよう、ローズウェルさん。魔王さん、ここにいるよ」

「部屋にいなくて心配をかけたな。すまない」

「あ、いえ……」

魔王さんの手はまだタオル越しに俺の頭を撫《な》でている。シャワー浴びたてなのはバレバレだよね。それに、入り口の洗濯かごには汚れたシーツと二人分のバスローブやタオルが突っ込まれていて……入りきらないからこんもりと存在感を主張している。

セックスしたのもバレバレだよね。

ちょっと恥ずかしいけど……まぁ、これもペットの役割らしいからいいか。

「魔王さん、このまま一緒に朝ご飯食べない？」

「いいのか？　ライト」

「うん。一緒に食べたい」

「ローズウェル、頼めるか？」

「はい、すぐにご用意致します！」

ローズウェルさんは驚いた顔のまま珍しくバタバタと足音を立てて部屋を出ていくと、すぐに俺と魔王さん、二人分の朝食を部屋に運んでくれた。

「今日は魔王さんの好きなパンだね。焼きたて美味《おい》しい」

「そうだな……ライトはいつもそれか？」

明るい部屋で向かい合って朝食をとるのは新鮮《しんせん》だ。

魔王さんもそう思っているみたいで、自分の手元よりも俺の顔と手元ばかりに視線を向けている。

「うん。朝は軽めにしてもらっているから、小さめのパンと、このスムージー。たまに卵料理」

「スムージー……そのどろどろした飲み物は体にいいのか？」

「そう。そんなに美味《おい》しくはないけど、めちゃくちゃ体にいいスペシャルドリンク。すごく手間なのに料理長さんが作ってくれているお陰で、俺の美肌が保たれてる」

「そうか。努力してえらいな、ライト」

「俺は飲むだけ。料理長さんのほうがえらいよ」

そんな話をしながら、魔王さんはパンを一〇個とラグビーボールみたいな大きさのオムレツとソーセージを食べていた。

……朝からこれだけ食べるのはやはり珍しいらしく、食後にお皿を下げつつ魔力量を測りに来た料理長さんが泣いて喜んでいた。

ちなみに、体温計のようなものを咥《くわ》えて測る魔力量はいつもよりかなり多かったらしく、また料理長さんが泣いて喜んでいた。

「では、昼過ぎに迎えに来る」

「うん。楽しみに待ってるね」

午後からは自由時間だけど、午前中はお仕事があるらしく、八時前に魔王さんがソファから立ち上がって扉へ向かった。

丸一日休めないって、大変なお仕事だ。

昨日の夜、エッチ頑張った疲れもあるはずなのに。

「では……」

魔王さんもちょっと名残惜《なごりお》しいのか、一度ドアのほうを向いたのにまた振り返った。

……なんか、かわいい。

「魔王さん！」

かわいいなって思うと、いてもたってもいられなかった。

思わず魔王さんに駆け寄って……頬《ほお》に軽くキスをする。

「いってらっしゃい」

「あ……あぁ……」

魔王さん、昨日あんなにエッチなことしたのに……

初めてキスをしたみたいに嬉しそうに照れ笑いを浮かべて、ぎゅっと俺の体を抱き寄せてから部屋を出ていった。

◆

「あのー……ライト様、体調はいかがですか？」

食事の時間でもないし、俺が声をかけてもいないのにリリリさんが部屋にやってくるのは珍しい。

あと、いつも元気ににこにこしゃべってくれるリリリさんが心配そうに、めちゃくちゃ気を使いながら口を開いてくれているのも珍しい。

「ん？　元気だよ」

「食欲は大丈夫ですか？　昼食も軽くしましょうか？」

「いつも通りでいいよ」

「えっと、痛み止めや……その……止血の魔法は……？」

「必要ないよ」

「マッサージなど……」

「自分でストレッチするから大丈夫」

ローズウェルさんに見られたし、色々洗濯に出しているんだから、ある程度の人にはバレバレだろうけど……リリリさんにも俺と魔王さんがエッチしたことがバレているんだな。

気恥ずかしくはあるけど……みんな、こういうことって気になるんだろうね。

ホストの時なんてうっかり枕営業したら、翌日にはネットの掲示板に書かれて界隈のみんなにバレていたから、まぁいいか。

「あの……」

「んー？」

俺が笑顔のまま返事を続けても、リリリさんは最後まで真剣な顔だった。

「ライト様、お節介なのは重々承知なのですが……あの、魔王様には絶対に言いませんから、辛かったり、苦しかったりすることがあれば、我慢《がまん》せずに絶対に言ってください！」

あ……

あー……そうか。

興味本位のミーハーな気持ちなのかと思ったけど、本当に、心の底から俺を心配してくれているんだ。

きっと今までのペットは、初体験で体が辛くても魔王さんの前で気を使って無理をしていた子もいたんだろう。だから、気遣ってくれているんだ。

「ありがとう。俺、本当に大丈夫だし、辛い時は正直に言うから。その時はよろしくね」

「はい！　私たちメイドには絶対に遠慮《えんりょ》しないでくださいね！」

リリリさんがやっと笑顔になってくれた。

明るくて元気なリリリさんには笑顔のほうが似合う。

魔王さんのペットをやることに不満はないけど、この閉鎖的な環境でリリリさんみたいな人がいてくれるのって貴重だよね。

だから……

「……遠慮《えんりょ》しないでって言うなら、一つお願いしていい？」

「はい！　なんでもどうぞ！」

「帽子ってある？」

「ございます。午後のお出かけ用ですね？　どのような形がご希望ですか？」

「顔は日に焼けたくないからつばが広いのが欲しいんだよね。それで、俺に似合いそうで魔王さんが『かわいい』って褒《ほ》めてくれそうなやつ」

俺の言葉に、リリリさんは真剣な顔で考え込む。

「……お召し物は、そちらのご予定ですか？」

「うん」

そちらって言っても、いつもの白いスタンドカラーのシャツに生成《きな》りっぽい緩《ゆる》めのズボンだけど。

「承知致しました！　すぐに被服室へ行って見繕《みつくろ》ってきます！」

「よろしくね」

リリリさんを見送って、昨日のセックスの筋肉痛をほぐすために軽くストレッチをしていると……一〇分もしないうちにリリリさんが戻ってきた。

なぜか、すっごくいい笑顔で。

「こちら、いかがですか!?」

五つくらい重ねられたつば広の帽子の中から、一番オススメらしい広めの波打ったつばと深い赤色のリボンが印象的な白い帽子を手渡される。

元の世界の女優さんがこういう帽子を被《かぶ》っているイメージ、あるな。

「お、エレガントでいいね。……こんな感じ？」

俺が被《かぶ》ってみると、リリリさんは手鏡を向けながら大きくうなずいてくれる。

「はい！　とてもよくお似合いです！」

「じゃあこの帽子使わせてもらうね」

「それと……あの、よろしければこれも」

リリリさんが、帽子と共に持ってきた細長い赤色の布をおずおずと差し出す。

この形状って確か、このお城に来た日にもつけた……

「リボンタイ？」

「はい。帽子のリボンとお揃《そろ》いで……あの、今、お庭の同じ色のバラが満開なので」

へぇ。色々考えてくれているんだ。

リリリさん、俺を着飾るのが楽しいみたいだけど……楽しむだけじゃなくてちゃんと考えてしてくれているのが嬉しい。この世界のメイドさんってみんなこんな感じ？

「いいね。リリリさん、結ぶのもお願いできる？」

「はい！　ぜひぜひライト様にしていただきたい結び方があるんです！」

リリリさんはまたすっごくいい笑顔になって俺の首にタイを結んでくれた。

どうやっているのかよくわからないけど、小さいバラみたいな華やかな結び方。

ホスト時代はイベントの日に、昔ながらのホストっぽくバラの生花を胸にさすなんてこともあったなぁ……と懐《なつ》かしくなった。

当然、俺にはよく似合っていた。

◆

「帽子もタイもかわいいな。ライトには赤色がよく似合う」

「嬉しい。リリリさんに『魔王さんに褒《ほ》められる格好したい』って言ったらしてくれたんだ。後でお礼言っておこう」

「んんっ、そうか……そんなかわいいことを……」

午後、俺を迎えに来た魔王さんは、ドアを開けてすぐに俺の変化に気づいて褒《ほ》めてくれた。

いいなぁ。そんな反応してくれるなら、今後もオシャレ頑張る気になるよね。

お返しに魔王さんのことも褒《ほ》めてあげたいんだけど、いつも同じ黒い詰襟《つめえり》っぽい服にマントだからなぁ……

「……ライト、もう外に出ても大丈夫だ。ただ、俺の体から五〇メートル以上は離れられない」

魔王さんの服を眺《なが》めているうちに、魔王さんが……なにしたんだろう？

呪文とか唱えた？　よくわからないけど、いつもは通れない扉をすんなり通り抜けることができた。

部屋から出るのはお城に来て以来だ。

でも、それより……

「ふふっ、五〇メートルって広すぎない？　デートなんだから五メートルも離れる気ないよ？」

魔王さんの逞《たくま》しい腕に両手でしがみつくと、魔王さんは初めてデートする中学生みたいに嬉しそうな恥ずかしそうな顔をする。

……本当、こういう反応かわいいなぁ、魔王さん。

昨日セックスしたのにね？

「部屋の外に出るの、お城に来た日以来で新鮮《しんせん》。立派なお城だよね」

魔王さんが照れながらも歩き出したので、腕を組んだまま周囲を見渡す。

初日もよく観察したつもりだけど、改めて見るととてもキレイというか、ピカピカというか……

デザインはシンプルで質実剛健《しつじつごうけん》なのに、手入れが行き届いている気がする。

「あぁ。先代の魔王がこだわって建てた城だ」

「先代……魔王さんがもう三〇〇年だっけ？　じゃあ、このお城もっと古いんだ？」

三〇〇年前って元の世界で言うと江戸時代とか？

その頃の城とか寺とか、現代でも結構キレイに残っていた気はするけど……

「完成は三五〇年以上前だな。メンテナンスを定期的に行っているから古くは見えないだろう？」

「そうだね。壁とか新築みたい……」

日本の建築とは違うんだろうな……なんて興味深く壁ばっかり見ていたせいで、ドアが開くのに気がつかなかった。

「わっ！」

「なっ⁉」

すぐ横のドアが開いて、出てきた人とぶつかりそうになってしまった。

魔王さんがとっさに腕を引いてくれたお陰でぶつかりはしなかったけど、俺の不注意だ。

相手に怒られても仕方が……

「な、な、なっ！　ペット……⁉」

あれ？　この甲冑《かっちゅう》姿で水色の髪を後ろに流している屈強《くっきょう》で元気そうな人、って確か……

「ごめんなさい、よそ見してた。えーっと……騎士団長さん？」

「な、なぜペットが行事でもないのに部屋の外にいるんだ⁉」

怒るよりも先に、ものすごく驚かれてしまった。

いや、ちょっと怒っているのかな？　声がでかい。

「魔王さんとデート。中庭へ行くんだ」

「え？　あ、あぁ！　魔王様！　失礼致しました」

騎士団長さんは俺の横の魔王さんに気づくと、慌てて頭を下げた。

騎士団長さんの後ろに、似た甲冑《かっちゅう》を着た男性が一〇人くらいいて……騎士ってことかな？

「いや、驚かせて悪かったな」

魔王さんまで謝ってくれて、この話はこれで終わりかと思ったのに……騎士団長さんは驚いた顔から神妙《しんみょう》な顔に落ち着くと、騎士っぽい毅然《きぜん》とした口調で魔王さんに向き合った。

「いえ！　しかし、ペットを部屋から出してやるなど……甘やかしすぎではありませんか⁉」

そうなんだ？

確かに、元の世界でも「室内飼育推奨です」みたいなペットもいるし、世間の常識とかがあるのかもしれない。

俺のお願いのせいで魔王さんの評価が下がるのは不本意だから……

「ごめんね、俺の我儘《わがまま》……」

「俺が、ライトに自慢《じまん》のバラを見せたかったんだ」

フォローを入れるつもりだった俺の言葉を遮《さえぎ》り、魔王さんが俺の頭をポンポンと撫《な》でながら騎士団長さんへ視線を向けた。

「バラを……？」

「今年のバラは見事だろう？　お前の祖父が世話をしてくれたからな」

「あ……」

騎士団長さんのきつかった表情が緩《ゆる》む。

へぇ。騎士団長さんのおじいちゃんは庭師？　このひるんだ様子……騎士団長さん、おじいちゃんっ子なんだ？

「いつも楽しませてもらっていると伝えてくれ」

「あ、も、もったいないお言葉、ありがとうございます。祖父に、伝えます！」

騎士団長さんが嬉しそうに頭を下げた。

……団長さんはこれでいいかもしれないけど、他の騎士さんは……？

「魔王様のあのような楽しそうなお顔……はぁ、よかった」

「ペット様の魔王様への愛が溢れているご様子、距離感、微笑《ほほえ》ましい」

「魔王様と出かけてくれるペット様……なんてお優しい……」

「美形ペット様と並んで歩く魔王様、絵になるなぁ」

「それにあのフォロー、魔王様って最高の上司だよな」

「わかる」

「俺も思った」

騎士の皆さんはにこにこと微笑《ほほえ》ましそうに俺たちのやりとりを見ていて……魔王さんにも騎士団長さんにも聞こえているけど、いいの？

「行こう、ライト」

「……うん」

魔王さんはまったく気にしていない様子で歩きはじめる。

それにしても……騎士さんたちも言っていたけど、さすが魔王さん。王っていうだけあるよね。上に立つ人らしいフォローだった。

「魔王さんって素敵な王様だね」

「……え？　今の会話でか？」

魔王さんは不思議そうだけど……それだけ自然体であんな対応をしているんだろうな。

誰も傷つけない、みんなを気分よくさせる言い回し。

魔王さんがみんなに好かれるの、納得だな。

「うん。みんなが魔王さん大好きな理由がよくわかった。あと……」

しがみついた腕に頬《ほお》を擦り寄せてから顔を上げる。

「俺も、魔王さんのこともっと好きになったよ」

「あ……そ、そう……か」

魔王さんがまたなんとも言えない嬉しそうな恥ずかしそうな、浮かれた顔をする。

たまんないなぁ。かっこいい大人の対応とこの初々《ういうい》しい感じと……

俺、どんどん魔王さんのこと好きになっちゃうな。

◆

部屋の窓から見える中庭だけど、建物の構造上、出るまでに少し時間がかかった。

廊下を進んで、階段を下りて、五分くらい。

その間ずっと、魔王さんと腕を組んで歩いた。

これだけでも魔王さんは楽しんでいる気がするし、すれ違うお城の人たちがみんな「なんて微笑《ほほえ》ましい……！」と驚きながら笑顔になってくれるし……そういうつもりではなかったんだけど……

俺が嬉しいだけじゃないみたいでよかった。

そしてやってきた中庭は……

「上から見ていると整備された公園って感じだったけど、中に入ると緑も花もいっぱいで気持ちいいね」

部屋から見下ろしていた、整備《せいび》された幾何学模様《きかがくもよう》のような遊歩道は、歩いていると両横に緑色の葉が茂った背の低い木があり、様々な色の花が咲き乱れる花壇《かだん》があり、中央にある大きな噴水の水しぶきのキラキラも感じられて……あぁ、いいな。

大げさかもしれないけど、マイナスイオンを感じるし空気が美味《おい》しい。

「もう少し歩いたところに、バラ園とベンチがある。一人の時はそこでバラを見ることが多い」

「騎士団長さんのおじいちゃんがお世話しているバラ？」

「あぁ。今年のバラが見事なのは嘘じゃない。ライトにもぜひ見てほしい」

緑に囲まれた遊歩道をゆっくり奥へ……俺の部屋から見たら奥だけど、お城としては入り口のほうか。

とにかく進んでいくと、急に緑よりも赤色が目立つ一角が現れた。

「え……すごい。満開っていうか……」

遠目でもすごい。

でも、近づくと……

「俺がいた世界でもバラはあったしキレイだったけど……」

ホストもしていたから、祝いごとやイベント、プレゼントでバラに触れる機会は多かった。

詳しくはないけど、たくさん見てきた。

でも……

「三倍くらい大きい！」

花が大きい分、茎《くき》もトゲも大きくてよく見ると少し怖いけど……花はとにかく見事だった。大きければいいとは言わないけど、バラみたいなキレイで印象的な真っ赤なものが大きいと存在感がすごくて、それだけで目を引く。

「この世界でも普通はもう少し小さい。これは特に大きい品種だな」

「そうなんだ？　俺、バラには詳しくないけど……」

リリリさんが言っていた通り、帽子と首元のリボンと同じ、吸い込まれそうな深い赤色の大輪。

しかもこれが密集して咲いている。

元の世界で、豪華なバラの花束も、たくさんのフラワースタンドで埋め尽くされる風景も、人生で何度も見てきたけど……

「ちょっと感動した……これを維持《いじ》するの大変そう。魔王さん、バラ好きなんだね？」

「そうだろう。このバラはこうやって咲いているところはもちろん、切り花や花束にしても美しいんだ。俺は自分が美しいものを見ると癒《いや》されるから……俺が癒《いや》しをもらっているペットにも、美しいものを見て癒《いや》されてほしい。バラはそれができるから、好きな花だな」

「魔王さん……」

バラを眺《なが》めながら、ちょっと得意げにそういうこと言うの……かわいい。

そんなこと言われると、甘やかしてあげたくなってしまう。

「……ベンチってあれ？」

「あぁ。少し座ろう。ライトもゆっくり日光を浴びたいだろう？」

バラ園の真ん中。遊歩道の脇に細長い木製のベンチが置いてあった。

ひじ掛けも背凭《せもた》れもないシンプルなベンチで、厚手の黒いカーペットのような布がかけてあった。

結構大きめというか、長め。これなら……

「魔王さん、午前中もお仕事だったんだよね」

「あぁ」

「お疲れ様」

「毎日のことだ。別に……」

ベンチの前で立ち止まり、魔王さんの顔を覗《のぞ》き込む。

魔王さんはちょっと不思議そうな顔で、腕をほどいた俺を視線で追っている。

「俺はね、ストレッチして二度寝してたよ。昨日の夜、いっぱい疲れることしたから」

「あ、あぁ……疲れさせて、すまない」

「そうじゃなくて……魔王さんは疲れることしたのに、俺と違って午前中にお仕事までして、えらいね。ほら」

ベンチの一番端《はし》に座って、自分の太ももをポンッと叩く。

「……？」

「魔王さんはちょっとお昼寝したほうがいいよ」

「昼寝……？」

魔王さんが俺を見下ろしたまま首をひねる。

伝わらない？　この世界、膝枕《ひざまくら》って文化ない？

「俺の脚に頭乗せて、枕にしていいよ」

「ライトの脚を、枕に……!?」

魔王さんが一歩後ずさってまで驚く。

やっぱりこの世界に膝枕《ひざまくら》って文化はないのか。

「ちょっと硬いけど……魔王さん大きいし、高さはちょうどよくない？」

「え、い、いい、のか？」

「長時間は痺《しび》れちゃうから、ちょっとだけね」

「あ……あぁ……」

魔王さんは驚いた顔のまま、ベンチにゆっくりと仰向《あおむ》けに寝て……おそるおそる俺の太ももに後頭部を乗せた。

「ふふっ。角、上向きでよかった。横だったら脚やお腹に刺さっちゃうもんね」

「そう……だな」

魔王さん、緊張しているな。

力、抜いてほしい。

「角って触っていいもの？」

「初対面でいきなり触れるのは失礼だが……髪と同じくらいの扱いだな」

「じゃあ俺は触っていいんだ？」

「あぁ、そうだな。好きに触っていい」

魔王さんの了解をもらって、なんとなく今まで触れていなかった角をそっと撫《な》でる。

「硬い……もっと骨みたいな感じかなと思っていたけど、石？　宝石っぽい」

「上級魔族の死後、角を宝飾品にすることもある」

「へぇ、キレイだもんね。納得」

すべすべした大理石みたいな感触を楽しんでいると、強張《こわば》っていた魔王さんの体から力が抜けていくのがわかった。

「ん……」

「触っているの、感触ある？」

「一応。鈍《にぶ》いがある」

「気持ちいい？」

「頭を撫《な》でられる程度には……」

魔王さんが大きく息を吐き、さらに力が抜けた。

よしよし。

「じゃあ撫《な》でておこう」

「ん」

しばらく角、時々頭を撫《な》でて髪を梳《す》く。

魔王さんはずっと俺の顔を見ていたけど、俺はある程度撫《な》でてからは周囲のバラを眺《なが》めていた。

「……」

「……」

俺がしゃべらないと魔王さんもしゃべらない。

部屋の中にいる時と同じ。

「……」

「……」

あぁ、しゃべっていないとバラの匂いも、微《かす》かに風が吹いているのもよくわかる。

日の光も温かい。

異世界も元の世界も、こういう自然のよさは同じ……ん？

「すー……すー……」

膝《ひざ》の上から寝息が聞こえて、そっと下を向くと……

「ふふっ」

気持ちよさそうに魔王さんが眠っていた。

今朝も穏《おだ》やかな寝顔だなと思ったけど、明るい外で見るとさらに……

「かわいいなぁ」

魔王さん、俺をかわいいって言ってくれるけど、日に日に魔王さんがかわいく見えてくる。

「……」

魔王さんが目を覚ますまで一時間ほど。

魔王さんの寝顔と、手入れされたバラ園を眺《なが》めているだけの穏《おだ》やかな時間を過ごした。

スマホやテレビをなんとなく見ている時間より、退屈なはずなのに……妙に充実した時間を過ごしたような気がした。

そして、そんな俺たちの姿は渡り廊下から丸見えだったらしく……

「魔王様が……お昼寝なんて……昼からきちんと休息をとってくださるなんて！」

「しかもあの穏《おだ》やかなお顔……！」

「ライト様のお陰か……」

「ライト様、美しいだけでも充分魔王様の癒《いや》しなのに……」

執事さんやメイドさん、兵隊さんなど、たくさんのお城の人が俺たちを見守ってくれていた……

と、後日リリリさんが教えてくれた。

気づいてなかったな。

俺、自分で思っているよりも魔王さんに夢中みたいだ。

第三章　どんな見た目でも、好き？

魔王さんとエッチして、中庭デートもして、距離はしっかり縮まっていると思う。

気づけばこのお城に来てもう三週間。

「さすがにもうわかるか……」

朝起きて顔を洗った後、洗面台に立てかけてある手鏡を見ながら髪にブラシをあてる。

毛先はキレイなベージュがかったブロンドだけど、根元の伸びてきた部分はどう見ても黒い。

ホストやヒモの時は、一カ月に一回、根元のリタッチと全体のカラー調整《ちょうせい》のためにサロンへ通っていたけど……人間の村で聞いた限り、この世界の人間に「髪を染める」習慣や技術はないらしい。

村長さんは「魔族の魔法ならできるかもしれないです」と言っていたけど、実際に使っているところを見たわけではないらしく、歯切れは悪かった。

「魔王さんもそろそろ気づくよな……」

自分から言うか、指摘《してき》されるまで待つか。

元々、魔王さん好みの金髪であることもこの世界に呼ばれた一因で、金髪じゃなくなれば魔王さんはがっかりするかもしれない。

その対策として、「人間には個性がある」と気づいてもらったし、おそらく魔王さんの美の基準になった「ニマちゃん」とは違う俺も愛してねって伝えたし、魔王さんの金髪好きもある程度は落ち着いているはずだけど……

「先延《さきの》ばしにするより、キッパリ言うか……魔王さん、遠慮《えんりょ》して指摘《してき》できなさそうだし」

言い回しによっては喜んでくれるかもしれない。

たとえば、「魔王さんとお揃《そろ》いの色になるね。髪型もお揃《そろ》いにしようかな」とかどうかな？

うん。この方向でいってみよう。

◆

その日の夕食後、いつものようにソファに並んで座って新聞を読む俺を、魔王さんが好き勝手撫《な》でまわして……少し落ち着いた頃を狙ってさりげなく、サラッと、なんでもない風に告げた。

「魔王さん、俺、これから髪の毛黒くなるみたい」

「……え？」

魔王さんが俺を撫《な》でていた手を止め、驚いた声を上げる。

「ほら、根元はもう黒くなってる」

「え、あ……あぁ、言われてみれば……黒いな」

魔王さんが俺の髪をそっとかき分ける。

そこまでしっかり見なくてもわかると思うけど……認めたくないのかな？

「これからずっと黒いのか？」

「たぶん当分は黒いと思う。俺、子供の頃……一八歳くらいまでは黒かったし」

一八歳くらいから髪を茶色や金に染めるようになったってことだけど……嘘は言っていない。

この世界では髪を染める概念がないみたいだし、魔王さんに「騙《だま》された」って思われたくないし。

……勝手に金髪を指定して召喚されたんだから騙《だま》すもなにもないんだけど。

「とうぶん……数カ月くらいか？」

「数年……数十年、かな？」

「数十年……人間は……そう、なのか？」

「俺がいた世界の人間は、成人する頃に髪色が変わる場合が多かったかな。少ししたら子供の頃の色に戻って、もっと歳をとると白や灰色になるのが一般的」

これも、嘘は言っていない。

俺の周りには一〇代後半で染めて、三〇歳くらいで黒に戻す人が多かった。

白くなるのは本当だし。

「た、たしかに、この世界の人間も、歳をとると髪の色が白くなる者が多い……そう……か……」

「魔族さんたちほどじゃないけど、人間も髪の色は様々だからね」

「あぁ、それは知っている。濃い茶色や金が多いが、薄い茶色や赤っぽい茶色、金も明るい金や黄色い金など個性があるのは知っている。黒や、グレーが多いのも知っている。知っているが……」

魔王さんはうなずいてくれたものの……あれ？　表情が暗い。

「よりにもよって、黒……なのか……」

「え？」

あれ？

そんなに黒、だめ？

俺も、自分で黒髪より金とかベージュとか色素の薄い色のほうが似合うと思っているけど……それにしても魔王さんは泣きそうで……

「あ、いや、そうだな……ライトは何色でもかわいいと思う」

「魔王さん？」

「……すまない、今日はもう部屋に戻る。おやすみ、ライト」

「うん、おやすみ、魔王さん」

フォローを入れる隙《すき》もなく、魔王さんは部屋を出ていってしまった。

どう考えても「黒髪になる」ことがショックのようだ。

「……俺、結構好かれている自信あったんだけどな」

髪の色が変わるだけでかわいいと思えない程度の愛情だったのか。

俺、黒髪だと愛してもらえないのか。

「やばい」

泣きそうだ。

俺、愛されなくなるの……怖くて仕方がないのに。

◆

「ライト様、食欲ございませんか？」

「あ、ごめん……ボーッとしていて。食べる食べる」

翌日の朝食、なかなか食べる気にならなくて、スムージーをちびちび減らしているうちにリリリさんがお皿を下げに来てしまった。

メイドさんの他の仕事もあるはずだから、手間をかけさせたくないけど……

「あのさ、リリリさん。黒髪の人間ってこの世界ではその……魅力ない？」

一人で考えても、この世界と俺では感覚が違うみたいなので答えは出ない。

だから、聞くしかない。

「いえ、そんなことはありません。上級魔族の中には黒髪を選んで人間を飼う方も多く、どちらかというと人気の髪色です」

だったら魔王さんの好みか……困ったな……

「そっか……」

「ライト様？」

「この世界って、髪の色を変えられないのかな？　人間の村では無理みたいだったけど、魔法でなんとかならない？」

「え？　え？　ライト様が……髪色？」

リリリさんは少し戸惑った後、じっと俺の髪を見つめて……なにかに気づいたのか、キリッと仕事の顔になった。

「ライト様、ご事情を詳しくお話しいただけますか？」

◆

「なるほど。今後数年、ライト様の御髪《おぐし》は黒色になると」

「そう。魔王さんにその話をしたらすごくショックだったみたいで……魔王さん、そんなに金髪がよかったのかな？」

昨日、魔王さんにしたのと同じような説明をリリリさんにすると、真剣に聞いてくれた後、めちゃくちゃ悩ましい顔で首をひねってしまった。

「それは……いえ、でも……うーん……その……」

「リリリさん？」

「少々お待ちくださいね、どこまで話していいか考えます。えっと……噂とかは省《はぶ》いて、教科書や新聞に載った事実ならお伝えしていいから……」

リリリさんがしばらく悩んでいると、ドアがノックされてローズウェルさんが入ってきた。

「失礼します」

「ローズウェルさん！」

「時間がかかっているようなのでなにかあったのかと……今朝、魔王様のご様子も少しおかしかったので」

「魔王さん……」

そうか。魔王さんもショックだよね。俺、好かれているのは間違いないと思うから。

どうしてあげたらいいんだろう。

「うーん……」

「ライト様？」

「ライト様、ローズウェルさんにもお話ししていいですか？」

リリリさんの言葉にうなずくと、リリリさんからローズウェルさんに髪色の説明をしてくれた。

◆

「なるほど。確かに魔王様は黒髪が苦手といいますか……あまり見たくないご様子ですね」

「それって理由あるの？　魔王さん以外は、黒髪嫌じゃないんだよね？」

「そうですね……まず、魔族にとっての髪は人間にとっての髪とは違う……ということからお伝えしないといけないですね」

ローズウェルさんが少し考え込んだ後、冷静に口を開いた。

「違う？　色は違うみたいだけど……」

「その色が重要なのです。私たち魔族は、魔力の性質によって髪色が異なります。水系魔力が強ければ水色、土系魔力が強ければ土色といった具合です」

「へぇ、そうなんだ」

だから赤とか紫とか銀とか色々な色の髪になるのか。

「そのため、髪色は個性であり大事なアイデンティティでもあります。自分の髪色をみんな大事にしていますし……色を変えるという発想はありません」

でも……だったら魔王さんも自分の黒髪が好きなはずなのに。

「そして魔王様の黒い髪というのは、全ての魔力の要素を兼ね備えた特別な髪色です」

「なので、先ほどお伝えした通り、上級魔族は黒髪に憧《あこが》れがあって黒髪のペットを飼う者が多いんです」

「なるほど」

リリリさんも補足してくれて、特別なのはわかったけど……だったら、俺の黒髪も喜ばれるはずなのに。ますますわからない。

納得しながらも首を傾《かし》げていると、ローズウェルさんが淡々と続ける。

「歴代の魔王様も、魔王様の業務に魔力の性質が大きく関わるため、必ず黒髪でした」

「そういえば、このお城で黒髪って魔王さんだけ……？」

仕事がいつも忙しそうだけど、黒髪の魔王さんにしかできない仕事だから一人で頑張っているってこと？

「はい。城どころか……先代の魔王様がご存命のうちに生まれた黒髪の魔族は、約一〇〇〇年のうちに当代の魔王様ともう一方。つまり、お二人だけでした」

たった二人……激レアなんだ。

「そのため、黒髪の魔族は生まれた瞬間に親元から離され、お城で大切に育てられます」

……ん？　え？

なんか、話の方向が……？

「物心ついてからすぐに、魔法技術、知識、教養、武術、マナーなど、あらゆる最高の教育を施され、健康管理や体づくり、魔力量の育成なども優秀な城付きのものがサポートします」

小さい頃からそれって……しんどそう。自由がないし、親に甘えられないし、友達もできないよね？　仕事とか将来の夢みたいなものも選べないってことだよね？

えー……？

「ちなみに、当代の魔王様は幼い頃からとても優秀で、勉強も魔法も、なにをされても歴代一。お優しいお心もあり、次期魔王様は必ず……と期待されておりました」

わかるよ。

魔王さんを見ていると、優しくて優秀で好かれていて理想の上司なんだろうけど……その待遇《たいぐう》ってなんかなぁ。

それと……

「でも、もう一人黒髪がいたんだよね？」

「はい。当代の魔王様よりも五〇歳ほど年上の魔族で、一人目の次期魔王候補者様……一番様とお呼びしておりました」

「いちばん……番号？」

「魔王様には名前があってはいけないので、候補者様も仮に番号でお呼びする決まりなのです」

「じゃあ、魔王さんって魔王になる前は……」

「二番様とお呼びしておりました」

俺だったら嫌だけど……まぁ、そういう決まりなら仕方がないのか。

あと、魔王さんに名前がないのって隠されているだけで一応あるんだろうなって勝手に思っていたんだけど……本当にないんだ……

「一番様も優秀な方でした。明るく活発で、武術も魔法もよくできる方で……勉強は少し苦手な方でしたが、あの方がいるだけで城の中が明るくなる、素敵な方でした。魔王というお立場にならなくても、国の要職を担《にな》うことになると、みんなが期待していました」

「……」

淡々と話しているように見えたけど、ローズウェルさんの顔が急に曇《くも》る。

この「期待していました」って過去形……

「その一番さんは今……？」

「……一番様は……三〇〇年ほど前、大きな戦争のさなかに亡くなられました」

「……そう」

戦争か……俺は平和な国で育ったから戦争なんて映画か歴史か遠い国の話でしか知らないけど……どこの世界でも戦いとか争いとか、しないといけないのかなぁ……

「一番様も二番様も国の宝です。本来なら危険な戦地へは絶対にお連れしません。しかし……切り札を使わなければいけないほど、戦局が厳《きび》しくなったあの日、お二人はご自身の意思で戦場へ向かわれました」

「……」

ローズウェルさんの声が……いつもの落ち着いた声音《こわね》だけど、ワントーン下がる。

この話ぶり……もしかして、ローズウェルさんってその現場を見ていた？

「お二人の強大な魔法のお陰で戦局をくつがえすことには成功しましたが……戦争相手の隣国も魔族です。黒髪の魔族が魔法を使えばわかります。そして、黒髪の魔族が戦場に来ているとわかれば……」

ローズウェルさんが一瞬言葉を詰まらせて、絞り出すように言う。

「狙われます」

ローズウェルさんが唇を噛《か》んで一拍おいた後、少し声を震わせて話しはじめた。

「もちろん護衛はたくさんつけていました。しかし……少数精鋭の暗殺者のような敵兵に近づかれ……一番様を守り切ることができませんでした」

早く話し終えたいのか、いつもより早口だ。話しにくいこと話させてごめん。

でも……

「その時、少し離れた場所にいた二番様……当代の魔王様は、ずっとマントのフードを被《かぶ》って髪色を隠しておられました。一番様がおっしゃったんです。『黒髪は絶対に狙われるから被《かぶ》っていろよ』と。ですが、一番様ご自身は、戦場で一度も髪を隠すことはありませんでした」

「それって……」

俺は一番様がどんな魔族か知らないけど……

「一番様は日頃から自分よりも周囲の者を優先する方でした。これは、当代の魔王様と共に一番様の言葉を聞いた私の憶測《おくそく》ですが、一番様は自分が囮《おとり》になって敵を引きつけ、魔王様を助けるおつもりで……」

「ローズウェルさん！」

珍しくリリリさんがローズウェルさんの袖《そで》を引いて首を横に振る。

「……申し訳ございません。魔王様に関わる大事なことで、憶測《おくそく》は話すべきではありませんでした。口が滑《すべ》りました。今の言葉は忘れてください」

ローズウェルさんはもういつもの口調、いつもの声音《こわね》で頭を下げた。

「それがきっかけかはわかりませんが、以来、魔王様は黒髪を嫌がられるといいますか……あまり見たくないご様子です」

「……ねぇ……ローズウェルさんはそれで黒髪苦手になった？」

「いえ、今も昔も黒髪は……その……いい……と思います」

ローズウェルさん、途中言葉を選んだなと思ったけど、なんか一気に語彙力《ごいりょく》下がった？

ローズウェルさんはローズウェルさんで、複雑な気持ちなんだろうな。

「なるほどね。俺の部屋にも魔王さんの部屋にも大きな鏡がない理由がわかった。洗面所も小さい手鏡だけで、使わない時は伏せてあるし」

「あ……そうです！　魔王様が嫌がられるので、置いていません！」

リリリさんが大きくうなずいた。

魔王さん、自分の黒髪も嫌ってことだよね。

「そっか……確かに、そういう境遇だと黒髪にいい印象はなくなるか……」

理由によっては、俺の髪色を変えるより、俺のかわいさでトラウマを払拭《ふっしょく》してあげるほうが早いかもしれないと思ってたんだけど……魔王さんの境遇に戦争に……ちょっと理由が重すぎる。

「ライト様は人間ですし、魔族の黒髪とは意味が異なるのは充分理解されているとは思います。ですが……」

リリリさんが悲しそうに眉を寄せる。

ローズウェルさんもうつむき加減で唇を噛《か》んでいる。

困ったなぁ……俺の困りごとに巻き込んで、二人を困らせてしまうのも困ったな……

「そうだよね……でも、トラウマというか、生理的に？　反射的に？　無理なんだろうなぁ……魔王さんも辛いよね。なんとか俺の髪の毛、黒以外の色にできないかな……」

帽子やウィッグっていう手もあるけど……思い切りスキンシップをとるには地毛がいいよね？

どうしようかな……

「……は？　へ？」

俺の呟《つぶや》きに、ローズウェルさんがかなり間をおいて、ビックリしながら顔を上げる。

「ん？」

「え？　髪……色……を？」

「うん。魔王さんが嫌なら、黒以外にしてあげたいんだけど」

もう言葉も出ないほど驚いているローズウェルさんの横で、リリリさんが少し興奮した様子でローズウェルさんの背中をばんばんと叩く。

「ね！　私もさっきうかがったんですが、ビックリですよね!?　ライト様、すごくないですか!?」

なんだろう。

そんなにリリリさんのテンションが上がること言ったかな？

「あ、え？　持って生まれた体の一部に手を加えるなど……しかも、自分の都合ではなく、誰かのために、そんな……え……そこまで……え？」

「ね!!　私、冗談でも言えないですよ！　もう本当……」

「なんと……」

興奮した様子のリリリさんと、呆然《ぼうぜん》とした様子のローズウェルさんの声が重なった。

「「ライト様、お優しすぎる……！」」

「もう天使！　いい子すぎ！　かわいすぎ！」

「魔王様への愛情が深い……深すぎる……まるで聖母だ……」

「……いや……好きだよ？

魔王さんのことは、飼い主として普通に大好きだよ？

でも……魔王さんのために髪色変えていいと思うのも事実だよ？

絶対に二人が感じているようなでっかい愛ではない。

倫理観？　感覚？　常識？　そういう考え方の違いなんだと思うんだけど……

「えーっと……結局さ、魔法なら髪色変えられるのかな……？」

「あ、すみません！　あまりにも愛情深いお言葉に驚いて……えっと、できますよね？　ローズ

ウェルさん？」

「はい、魔族の髪色は変えられませんが、人間の髪ならおそらく……特別な許可が必要な魔法です

が、魔法技術的には可能だったはずです。　しかし……」

二人が一歩俺に近づいて……

「大事なことなので、よくよくお考えになってください」

「そうです！　魔王様を思ってくださるのは大変嬉しいことですが、ライト様ご自身のお体も大切

にすべきです。　無理だけは絶対にしないでください！」

真剣な顔で詰め寄ってくる。

魔王さんが大好きなだけでなく、俺を心から心配してくれているようで嬉しいけど……

「あ……うん。まずは魔王さんに相談してみる」

「はい！　ぜひそうしてください！」

「よくよくご相談ください！」

俺が返事をすると、二人はうなずきながら一歩引いてくれた。

こんな反応になるとは、思っていなかったな。

「うん。たくさん教えてくれて、相談に乗ってくれてありがとう。お仕事の手を止めてごめんね」

「そんな！　こんな大切なことはいくらでもお話しください！」

「そうです。こんな大事なことをお話しいただけて、私どもも嬉しく思います」

二人との関係も縮まったみたいで嬉しいんだけど……

黒髪以外がいいっていうのは魔王さんのフェチ程度のことで、染めるのも魔法でパパッと……と思っていたのに。

大丈夫かな……ちょっと、おおごとになっちゃったかな。

◆

二人に相談した日の夜。

最近、食後は隣が定位置だった魔王さんが、ソファの向かいに座ったままお茶を飲むので、もう我慢《がまん》できなくて単刀直入に話しかけた。

「ねぇ魔王さん。俺の髪、魔法で魔王さんの好きな色に変えてくれない？」

「は……はぁ⁉」

魔王さんが固まる。

リリリさんやローズウェルさんの反応で、ある程度覚悟はしていたけど……やっぱり驚くんだ？

「あ、あ、ラ、ライ、ト？」

「ごめんね。昨日の魔王さんの反応が気になったから、お城の人に魔王さんが黒髪嫌いなこと教えてもらっちゃった。苦手な色の髪を撫《な》でるの、嫌だよね。俺、魔王さんに嫌な顔されたくないから。魔王さんの好きな髪色にしてくれない？　魔法ならできるんでしょう？」

「…………ッ…………」

三分くらい？

結構長い間、魔王さんがなにか言いかけては口を閉じ……

「なぜ……」

やっと一言絞り出した後、せきを切ったように話しながら身を乗り出した。

「なぜ、そこまでしてくれるんだ？　わかっているのか？　体の一部を変えるんだぞ？　魔法で……持って生まれた体を変えるんだぞ⁉　一度変えたら簡単には戻せない。ずっとその色になってしまうんだぞ⁉」

「危険な魔法？　健康被害とかある？」

「いや、そういう意味ではなく……お前の持って生まれた、親や、先祖から受け継いだ体だろう⁉

嫌ではないのか⁉」

やっぱり倫理的とか、気持ちの問題？

感覚違うんだなぁ、この世界。

「ぶっちゃけ言っちゃうけど、元の世界だと全然アリだったよ。髪の色どころか、体に模様《もよう》描いたり、穴を開けて宝飾品をはめたりする人もいた」

「は？　な？　え？」

元の世界の頭が固い御年配でもそこまで驚かないけど……常識が違うんだなぁ。

「だから平気。でも、魔王さんが一部を魔法で変えた体に触れるのが気持ち悪いなら……やめておくけど」

そんなに驚くなら、変えてしまうと嫌がられるかもしれないよね？

そうなると意味がない。

「あ、いや……気持ち悪いなんてことはない。ただ……俺のためだろう？　俺のためにそこまでしてもらうなんて、嬉しいが、それ以上に申し訳ない」

「嬉しいんだ？　じゃあしよう！」

「ライト……」

俺は本当に平気だから、明るく笑顔で言うと、対照的に魔王さんはうなだれながらソファに座りなおしてしまう。

「ライト……すまない。ライトは優しいから、俺が黒髪を苦手な理由を聞いて同情してくれたんだろう？　俺のために、こんな大きな決断をさせて、すまない。俺が弱いからだ」

「え～違うよ。魔王さんは優しいんだよ。それに俺、色素の薄い色が似合うから黒髪嫌だし。細かい色味は任せるけど、金とかベージュがいいなぁ」

実際、黒髪でいるよりも、サロンで毎月リタッチするよりも、天然で金髪になれるなら最高。髪の毛が傷まず、手間もなく、似合う髪色でいられるなんて最高。

本当、最高。

……だから、気にしなくていいんだけどなぁ。

「ライト……ありがとう、ライト。その言葉だけでも、嬉しい。ありがとう……ライトは最高のペットだ」

「魔王さん、褒《ほ》める時は……ね？」

「あぁ、そうだった」

俺が首を傾《かし》げると、魔王さんはやっと俺の隣に来てくれて、優しく頭を撫《な》でてくれた。

「ライト、本当にいいのか？　一時《いっとき》の感情でこんな大事なことを決めて、後悔する可能性もある」

「そうかな？　大丈夫だと思うけど……でも魔王さんが心配なら一週間、時間ちょうだい。一週間よく考えて、それでも気持ちが変わらなければ、魔法で髪の色変えて？」

「あぁ、それでいいと思う。少しでも嫌だと思ったら、きっぱりと言ってくれ」

「わかった」

こうして一週間、真剣に考えることになった。

……本当は、もう気持ちは固まっているんだけど、一週間考えつくして決めたということにすれば、魔王さんも納得してくれるかなと思ったから。

◆

一週間たった日の夕食後のまったりタイム。

先週よりも少しだけ真剣な顔で、向かいに座る魔王さんを見つめる。

「魔王さん、一週間経っても気持ち変わらなかったよ。髪の毛、魔法で色変えて」

「そうか……」

今度はもう驚かなかった。

俺よりも真剣な顔でうなずいた魔王さんは、立ち上がって俺の隣にやってくる。

「ライト……」

ぎゅっと。

両手でしっかり抱きしめられた。

「魔王さん？」

いつもの「よしよしかわいいでちゅね～」ってテンションでもなく、時々なるエッチな雰囲気のハグでもなく、ただただ力強く抱きしめられた。

「ライト……ありがとう」

たぶん、魔王さんもこの一週間たくさん考えてくれたんだろうな……そう感じさせる、落ち着いているけど重い「ありがとう」だった。

「ん……髪の色変えたら、今よりもたくさん撫《な》でてね？」

「あぁ、もちろんだ」

俺からも魔王さんの背中に手を回して、ポンポンとあやすように撫《な》でる。

こうすると……うん、ちょっとだけ魔王さんの力が抜けた。

「この一週間、髪の色を変える魔法について調べていた。ライトの体に負担がかからず、なるべく安全な方法をとろうと思う」

「うん。俺は魔法全然わからないから、全部魔王さんに任せるね。よろしくね？」

「あぁ、もちろんだ」

魔王さんの胸元に擦り寄ると、しっかり抱きしめていた腕が、俺の後頭部に愛おしそうに触れる。

「ん……色は？　何色にする？」

「それも悩んだが……この毛先の金髪がとてもライトに似合っていて美しいと思う。この色がいい。どうだ？」

「うん。俺もこの髪色気に入ってる。ずっとこの色でいられるの、嬉しい」

だって、代官山の有名サロンで一番人気の美容師さんとカウンセリングに時間をかけて、選びに選んで決めた金髪……ベージュがかった絶妙なニュアンスのブロンドだし。

施術にもお金がかかっているし……この色、絶対に俺に似合う。

毎月数万円かけて維持《いじ》していたけど、今後はずっとこの色になれるなんて本当にラッキー。

「もう今すぐできるの？」

「いや、少し準備が必要だ。それに、心の準備は……」

「それは大丈夫」

顔を上げて微笑《ほほえ》むと、魔王さんはふっと久しぶりに楽しそうな笑顔を見せてくれた。

「では……少し用意が必要だから、三日後にしよう」

「わかった。俺、なにか準備いる？」

「必要ない。ライトは普段通り元気でいてくれればいい」

「魔王さんは？　準備大変？」

「いや、そうでもない。少し道具や助手、手続きが必要なだけだ」

「手続き……？」

道具や助手はわかるけど。手続き？

「ライトはなんの心配もいらない。全部任せてくれ」

「……」

まぁいいや。魔王さんもこう言っているんだし。

「うん、わかった」

やっぱりおおごとっぽいけど……俺は髪色を変えてもらうだけだし、気にしないでおこう。

◆

三日後の夕方六時ごろ。

ローズウェルさんと一緒に部屋を出た。

「魔王さんが一緒じゃなくても出られるんだ？」

「一時的に結界を広げているので、城内は自由に歩けます」

ずっとこうしておいてくれたらいいのに……でも、このお城は魔王さんの家である以上に職場？ 国の役所？ そんな感じだからなぁ。ペットがうろうろするのはよくないか。

いやでも、元の世界では職場で犬や猫を飼ってアニマルセラピーに……なんて話題になることがあったな。

俺の顔は魔王さん以外にも美形に見えるらしいから、みんなの癒《いや》しのために……そんな自惚《うぬぼ》れたことを考えている時だった。


「おい、ペット！」


「あ……騎士団長さん？」

廊下の先に、甲冑《かっちゅう》姿の屈強《くっきょう》な魔族が道を遮《さえぎ》るように立っていた。

いつもの怒鳴《どな》るような口調で、顔も険《けわ》しい。部屋から出ていること、またなにか言われちゃうのかな……うーん。面倒くさい。

「なにか用？」

俺が笑顔のまま立ち止まると、騎士団長さんは甲冑《かっちゅう》をガチャガチャいわせながら大股《おおまた》で近づいてくる。すごい勢いだから一歩引きそうになったけど……思ったよりは離れた位置で止まった。

「話は聞いた。確かに根元が黒いな……」

俺を見下ろす騎士団長さんが、微かに唇を噛《か》む。

ん？

なんだろう、この反応……？

どう返事をするか悩んでいると、騎士団長さんが先に口を開いた。

「いいのか？　その……無理をしているなら、俺も一緒に魔王様に進言するぞ？」

「……！」

騎士団長さん……！

俺の心配をしてくれているんだ？

真っ直ぐで根が真面目というか、いい人だとは感じていたけど……俺、騎士団長さんには嫌われていると思っていたのに。

「ありがとう。大丈夫だよ。魔王さんに喜ばれたいし……俺、金髪似合うでしょう？」

「あ……あぁ、そうだな。似合うと思う」

騎士団長さんは俺が明るく笑っても、まだなにか言いたそうで……なんか申し訳ないな。

俺、本当に気にしないのに。

「騎士団長、ライト様と魔王様で充分にお話し合いをされて決めたことです。強制ではありません。ご安心ください」

「そうだとは思うが……ただのペットが、こんなにも大きな決断をするなんて……その……」

騎士団長さんがまだなにか言いたそうに言葉を濁《にご》すと、ローズウェルさんが珍しくあからさまなため息をついた。

「ウオルタ、魔王様が信用できないのか？」

お、敬語じゃないローズウェルさん珍しい。

ちょっと苛立《いらだ》ってるし、あと、ウオルタって騎士団長さんの名前？　呼び捨ても珍しいな。

「あ……！　も、もちろん信用している！」

騎士団長さんは慌てて叫んだ後、俺に向きなおって頭を下げた。

「すまない。決心を揺《ゆ》るがすようなことをした。お前のその決断、尊敬する。ペット……いや、ライト様。今まですまなかった。今度、改めて謝罪をさせていただきたい」

「んー？　俺、謝られるようなことされた？」

あまりにも深々とお辞儀《じぎ》をするので、その場にしゃがんで騎士団長さんの顔を覗《のぞ》き込むと……騎士団長さんはぎゅっと泣くのをこらえるように目を閉じてから顔を上げた。

「っ……う、うぅ。か、かっわいい……優しい……かわいい……天使だ……！」

……どうしよう。

騎士団長さん、チョロすぎて心配になる。

「……騎士団長、魔王様がお待ちですので、そろそろ……」

今度はおそらく違う意味でため息をついたローズウェルさんは、いつもの口調に戻っていた。

この人も、仕事はプロフェッショナルって感じだけど、意外と感情豊かな人だ。

「あ、あぁ。引き留めてすまなかった。後日改めて……」

ローズウェルさんの言葉でやっといつもの顔に戻った騎士団長さんが、廊下の脇に避けてくれる。

「じゃあ、いってくるね」

「……」

俺が手を振ると、騎士団長さんは恭《うやうや》しく最敬礼をして見送ってくれた。

◆

「おぉ、魔法っぽい……！」

ローズウェルさんに促《うなが》されて入った、高校の教室くらいの大きさの部屋の一角には、読めない文字や文様《もんよう》が円形に並んだ、いわゆる「魔法陣」のようなものが描かれた布が敷《し》いてあった。

布の周りにはキャンドルや宝石が置かれていて、いかにも「黒魔術でなにかを召喚します」みたいな感じ。

さらに、壁一面の棚《たな》には薬の瓶《びん》がたくさん並んでいて、本や書類も並んでいて……なぜか簡易《かんい》なベッドやベンチ、たくさんの布……あれ？　奥に置いてあるの、車椅子っぽい。部屋自体も、お城の中にしては質素《しっそ》というかシンプルというか……？

「この部屋って……？」

部屋の入り口で俺を迎えてくれた魔王さんに向けて首を傾《かし》げると、分厚い本を片手に持った魔王さんが優しい笑顔を向けてくれた。

「ここは城の医務室だ。髪の色を変える魔法は医療魔法に分類されるから、この部屋で施術を行う」

「医療………へぇ……」

医療か……元の世界でも美容整形手術なんてあるし、見た目に関することでも、体を弄《いじ》るのは医療行為にあたるのか……？

「魔王様、医療用魔法陣の二五六番、用意できました」

魔王さんに話しかけてきたのは赤い髪でローブ姿のおじいちゃん……えーっと、お城に来た日に自己紹介してくれた……

「ファイさん！」

「覚えていてくださったのですか？　光栄です」

「今回の魔法はファイが資料を揃《そろ》えてくれたんだ。助かった」

「いえいえ！　ライト様のお優しい心に応えるにはこれくらいなんてことありません！　それ

に……」

ファイさんはニコニコと優しそうな笑顔から、恍惚《こうこつ》ともいえるような顔で魔王さんの手元の分厚い本を見つめる。

「私が生きている間に、実際にこの魔法を発動するところを見られるとは！　機会をくださったライト様、本当にありがとうございます！」

ファイさんが俺に向かってお辞儀《じぎ》をすると、ファイさんの後ろで、魔法陣のキャンドルに火をつけていた別のローブ姿の三人も、手を止めて俺に向かってお辞儀《じぎ》をする。

……まぁ……みんなの反応的にあまり使われない魔法みたいだし、そうか……

「俺、魔法のことはよくわからないけど、みんなが喜んでくれるなら嬉しいよ」

「あぁ、なんてお優しい……かわいい！」

「お優しい……！」

「かわいい……！」

「はぁ、ライト様……！」

喜ばれすぎて困っていると、シンプルな黒いワンピースを着た、鹿っぽい角で紺色《こんいろ》の前下がりボブヘアの真面目そうな魔族女性に声をかけられた。この人は初めて見るはず。

「畏《おそ》れ入ります。ライト様、施術の確認をさせていただきます。保険庁《ほけんちょう》のエンラキです」

「保険……？」

「はい。ペットの権利保護と危険防止のために、今回の施術の経緯《けいい》確認を行い、同意書へのサインをお願いしております」

「権利……同意書……」

なんか、魔法陣の隣ですごいお役所的な仕事がはじまったな……

「また、施術後の健康確認のために、施術後一日、施術後一週間の二度、面談をさせていただくことになっております。ライト様のお時間をお借りしてしまいますが、ペット……なによりライト様の人権保護のためですので、どうぞご協力お願い致します」

「あ……うん」

「また、今回の施術に関してでも、それ以外のことでも、なにか心配ごとや相談があれば、どうぞお気軽にこちらへお手紙をくださいませ」

エンラキさんがノートくらいの大きさのチラシを渡してくれる。

そこには「ペットには権利があります！」「飼い主にＮＯと言いにくいペットは相談してね」「あれ？　私らしい生活ができていない……と感じたらすぐにお手紙！」なんてメッセージと共に、手紙の送り先が書かれていた。

「しっかり頼むぞ、エンラキ。魔王のペットだからといって、特別扱いは不要だからな」

「もちろんです。魔王様のペット様であっても、厳《きび》しく確認し、人権を侵害しているようであれば魔王様にも処罰を受けていただきます」

処罰……？

倫理観とかが違うとは思ったけど……？

「魔王さんが処罰？　俺のせいで、なんか……怒られるの？」

「大丈夫だ。そうならないように……ライトの人権をきちんと守るために来てもらっているんだ」

「それならいいんだけど……エンラキさん、俺、魔王さんに無理強《むりじ》いとか虐待《ぎゃくたい》とか絶対にされていないからね？」

「はい。こちらでも経緯《けいい》は把握《はあく》しております。ですが、体の一部を魔法で変えるというのは法律に抵触《ていしょく》するので……」

エンラキさんがずっと真面目そうだった顔をふっと笑顔にした。

「ライト様が魔王様を大切に思われているお気持ちはとても素敵ですが、私たちはそんな素敵なライト様のことも大切にしたいんです」

「エンラキさん……」

「事の経緯《けいい》に偽《いつわ》りがなく、ライト様が施術に同意されていて、健康的に問題がなければ、魔王様が処罰されることはありません。ご安心ください」

「それならよかった。俺、ただ魔王さんを喜ばせたいだけだから……魔王さんが困るようなことになるなら、髪色変える意味ないし」

俺が笑いながら肩をすくめると、エンラキさんも魔王さんも、ファイさんや他の魔族の人たちも優しく笑顔を向けてくれた。

その後も、書類の内容を丁寧《ていねい》に説明してくれて、気持ちも体調も何度も何度も確認してくれて……なんか……

俺、大事にされているな。

愛されることには慣れているけど、この大事にされている感じは……ちょっと慣れない。

愛されて、一方的な「好き」や「独占欲」なんかを押しつけられるようなモテとは違う……これ、なんなんだろう。

尊重されているって言えばいいのか……

なんか……

◆

同意書へのサインのための確認には五分以上かかったのに、実際の施術にかかった時間はせいぜい二分くらいだった。

魔法陣の上に立った俺の髪に触れながら、魔王さんがなにか聞き取れない呪文を唱えて……一瞬、足元から頭の上へ向けてフラッシュのように光がさした。

眩《まぶ》しいなと目を閉じたけど、それだけ。

痛くもかゆくも熱くも冷たくもなにも感じないうちに施術が終わった。

「ライト、鏡を見てみろ」

ローズウェルさんが手鏡を渡してくれて……おぉ！

「すごい、根元も……いくらかき分けても全部金髪だ！」

サロンでしてもらったベージュがかったブロンドと同じ色に、根元から毛先まで、むらなく染まっている。

「あぁ、成功だな。よかった」

「これでもう、生《は》えてくるのも金髪だよね？」

「あぁ。これからずっと、同じ色の髪が生《は》えてくる」

俺たちの横で、ファイさんやエンラキさんも俺の様子をじっと見つめた後「術式通りですね」「健康状態も問題なさそうです」なんてうなずいている。

そうか。無事に成功か。

だったら……

「魔王さん、俺に言うことない？」

得意げに髪をかき上げて首を傾《かし》げると、魔王さんは「あっ」と小さく声を上げて深々と頭を下げてきた。

「ありがとう、ライト」

「うーん。そうじゃなくて……」

「え……？」

魔王さんが戸惑いながら顔を上げる。

もう一度髪をかき上げてみるけど……本当にわかっていないんだな。

魔族が鈍感なのか……いや、魔王さんの後ろでファイさんとエンラキさんが笑うのをこらえているので、二人にはわかっているみたいだ。

「似合う？」

ここまで言ってやっとわかってくれたのか、魔王さんは必死にうなずいた。

「あ！　と、当然だ！　ライトにはその髪色がとても似合う！　根元が黒い時よりもかわいい。とても……素敵だ！」

「やった！　魔法のことはよくわからないけど、魔王さんが喜んでくれたなら、俺にとっては大成功」

欲しかった言葉をもらえて自然と笑顔になると、魔王さんも幸せそうに笑ってくれた。

そんな俺たちを見て、周りの魔族のみんなもにこにこ笑ってくれたから……本当に、大成功だと思った。

「魔王さん、今日はもうお仕事終わり？」

「ここの片づけが……」

「片づけは私どもにお任せください！」

「どうぞ、ライト様とお部屋でゆっくりお過ごしください」

「しかし……」

遠慮《えんりょ》する魔王さんの背中をファイさんたちが押してくれて、さらに……

「魔王様、予定外の魔力消費をなさったんです。もう夕食の用意はできていますので、早く、たくさんお召し上がりください」

ローズウェルさんが入り口の扉を開いて退室を促《うなが》してくれる。

俺も魔王さんのマントの裾《すそ》を引っ張っておこう。

「……そうだな……では……」

ここまでされてやっと魔王さんがうなずいた。

魔王さん……甘えるの下手？

「魔王様、もっともっと私用で甘えていただいていいんですよ」

「今日は魔王様に頼っていただけて嬉しかったです」

「魔王様の幸せなお顔が見られてよかったです」

みんな、こんなに言ってくれているのにね？

でも、魔王さん、生まれてすぐに親元から離されて英才教育だっけ？

甘えるの苦手なんだろうな。俺も、親に捨てられたから上手に甘えられるようになったのは意識してというか、頑張ってというか……この愛され美形な容姿がなかったら難しかったかもしれない。

少し、魔王さんに対して「好き」とは違う「親近感」とか「仲間意識」とか……甘えたいとか甘やかされたいとは違う気持ちが湧《わ》いた。

「俺にも甘えてね」

並んで部屋を出た瞬間、魔王さんの腕にしがみついて言うと……魔王さんは困ったような、嬉しそうな顔で小さくうなずいた。

……俺、魔王さんに可愛がられるのが大好きだけど……魔王さんを可愛がってあげたい気持ちも湧《わ》いてきちゃったな。

◆

魔法で髪色を変えてもらった日の夕食後。

魔王さんは最初から俺の隣に座って……いや、こっちに来た瞬間から俺のことを抱きしめてくれた。

「ライト……ライトが……すごくかわいく見える」

「ふふっ。嬉しい」

「金髪が似合うというのもあるが……この色に、俺がしたんだと思うと……すごく愛おしい。大事な宝物に見える」

金髪にしてもらいたてで、下ろしたままの髪を魔王さんが優しく撫《な》でてくれる。

「ん……ふふっ。撫《な》でてもらうの、好き……」

「ライト……」

不意に魔王さんの手が止まって、耳元で名前を囁《ささや》かれる。

「んー？　なに？」

とぼけてみたけど、気づいている。今日の触れ方は、「よしよしかわいいでちゅね～」って触り方じゃない。囁《ささや》く声も熱っぽい。魔王さんがすごく興奮しているの……気づいている。

「その、他人を自分の思うように変える、強い魔法を使ったから……」

スポーツや格闘で、激しい戦いの後は興奮するみたいなやつ？

それとも、他人を変える……征服欲的な？

「気持ちが、昂《たかぶ》っていて……ライトがよければ……」

だからセックスしたい？

そっか……

「嫌」

「あ、嫌……か」

魔王さんは困ったように言葉を詰まらせて、腕を緩《ゆる》ませる。

あーあ。こんなに大きな逞《たくま》しい体で、男らしいかっこいい顔で、シュンとしちゃってかわいそう……俺のせいだけど。

でも、ちゃんと嫌なことは嫌って言わないといけないよね？

「その理由が嫌」

「え？」

「俺、言ったよね？　ムードのないエッチ、嫌だって」

「あぁ……そう、だったな」

魔王さんは慣れていないだけで、「ムード」がわからないわけではないと思うんだよね……

「せっかくこんなに魔王さん好みの見た目になったんだから……」

魔王さんの頬《ほお》を撫《な》でてその指を首筋に滑《すべ》らせる。

「ライトがかわいすぎてたまらなくて興奮しちゃった、だったらしてもいいんだけどなぁ……」

首筋に滑《すべ》らせた指を、魔王さんの詰襟《つめえり》っぽいカッチリしたジャケットの襟《えり》にかけて引っ張ると、すぐそばの魔王さんの喉《のど》が動いた。

「もう一回、髪撫《な》でるところからやりなおそう？」

「あ……ライト……なんでお前は、そんなにかわいいことばかり……！」

魔王さんが「たまらない」って顔でぎゅと抱きしめなおしてくれる。

「ん……」

「ライト……一目見た時からずっとかわいいと思っていたが……一緒にいればいるほど、どんどんかわいく、愛しく思えて仕方がない」

「ふふっ、嬉しい」

魔王さんの手が俺の後頭部に触れて、髪の毛を撫《な》でてくれる。

愛おしそうに、何度も何度も。

「俺の手で、ライトをかわいくできたことが……嬉しい」

「俺も、魔王さんの手でかわいくしてもらえたの、嬉しいよ」

「ライト……もっとかわいいところが見たい。この金髪が……俺が染めた金髪が、乱れるところが見たい」

「……せっかくキレイな金髪なのに、ぐちゃぐちゃにしちゃうんだ？」

「それは……その……」

ちょっと意地悪いこと言っちゃったかな？

でも……

「いつも笑顔で、聖母のように優しく俺を受け入れてくれるお前が……余裕なく乱れるところも……すごくかわいい」

「そんなこと思ってくれてたんだ、魔王さん」

嬉しいな……そんなこと言われたら……

「じゃあ、俺が乱れまくっちゃうくらい、激しくしてね？」

いっぱいエッチしたくなっちゃったな。

俺も、結構チョロイかも。

◆

「ん、あ……あ、ああ、きもちい……」

魔王さん、この前の……一回目のセックスで俺のアナルの具合も、いいところも、全部ちゃんと覚えてくれたんだ？

挿入は一回目よりスムーズで、圧迫感はあったけど……前立腺に届けば、もうすごく気持ちいいとろとろセックスだ。

「あぁ、俺もいい、ライト……はぁ……ライト……」

「んっ、ん……はぁ……ん、あ！」

大きなペニスで前立腺を優しくたくさん捏《こ》ねられて、すごく気持ちよくて、気持ちいいからよがっちゃって、正常位だからベッドの上には魔王さんに色を変えてもらった金髪がぐちゃぐちゃに広がってはいるんだけど……

俺……

まだ、乱れまくっちゃうほどじゃない。

たぶん、もう少しいける。

「……ん、魔王さん、ちょっとだけ、腰、止めて」

「……っ、あぁ。どうした？　苦しいか？」

俺が言えば魔王さんは中でガッチガチに勃起したペニスをちゃんと止めてくれる。

この状態ですぐにこれができるの、男として尊敬する。

そんな魔王さんだから……リクエスト通り、もっと俺の乱れたところを見せてあげたい。

「ん……今、ここまで入ってるけど……」

自分の下腹部を撫《な》でると、魔王さんが俺の手に視線を向けて……ごくりと喉《のど》を鳴らした。

ははは、これで興奮する？　嬉しい。

じゃあ……

「俺、もうちょっと、ここまでは、たぶん大丈夫」

下腹部を撫《な》でていた手を少し上へ滑《すべ》らせる。

たぶん、この辺りが結腸。

「え？　そんなに……深く、か？」

「うん。ここに結腸の入り口があって……そこまでね」

「あ、い、いいのか？」

「んっ」

中に埋まったものがピクッと期待で動いた。

魔王さんは遠慮《えんりょ》がちだけど、ペニスは正直だ。

「ん……こんな太くはないけど、入れたことあるから、大丈夫。あと、これだけ入るところに……魔王さんの入ってないのがそれだけだから……ギリギリ根元まで入るかな？」

自分のお腹をさすった後、少しだけ上半身を起こして、結合部の太くて硬い……俺の中に入り切れていないペニスを撫《な》でる。

「つう!?」

「今日、魔王さん頑張ったからご褒美《ほうび》」

「あ、っ、ま、待て……俺よりライトのほうが頑張った。褒美《ほうび》はライトに与えるべきだ！」

そうかな？

でも、そう言ってくれるなら……

「あ、じゃあね、欲しいものある」

魔王さんのペニスから手を離して、正常位に戻ると、魔王さんはあからさまにほっとした笑顔になった。

「なんだ？　なんでも言ってくれ」

「姿見」

「……っ」

魔王さんが身構えた声を上げるけど、大丈夫。

魔王さんの見えるところに置くつもりじゃないから。

「ウォークインクローゼットに姿見が欲しい。魔王さんがしてくれたこの金髪、しっかり見たい」

「あ……ライト……」

魔王さんがちょっと泣きそうな声で俺の頬《ほお》を撫《な》でる。

「それに、オシャレすると魔王さんが喜んでくれるみたいだから……姿見がないとオシャレしにくい」

「わかった。すぐに手配する」

魔王さんがほっとしたような嬉しそうな顔でうなずいてくれるし、俺も、自分のための鏡と思っているけど……

後々魔王さんが平気になったら、大きい鏡って色々使えるよね？

まぁ、それはおいおい。

「ありがとう。じゃあ、魔王さんへのご褒美《ほうび》しよっか？」

俺の頬《ほお》を撫《な》でてくれる魔王さんの手に両手を添えて頬《ほお》ずりをすると、魔王さんが困ったように視線を泳がせる。

「乱れちゃうくらい激しくするんでしょ？」

「あ……いや、それは……」

「言ったが……」

「俺の奥、入りたくない？　魔王さん、浅いところのほうが気持ちいい？」

「……は、入りたい、とは思うが……」

「じゃあ入れてみよう？」

両手で掴んだ魔王さんの手の人差し指を口に含む。

指も太いな……

「たぶん、こんな深いところまで入れられたら俺、変になっちゃうと思うんだけど……俺が変になっても愛してね」

ちゅっと音を立てて指を吸った後、煽《あお》るように指先を舐《な》める。

エロくない？

あぁほら。また俺の中でぴくぴくした。

「……奥まで……入れてみて、無理そうなら、無理と言ってくれ」

「セーフワードだね。わかった。でも、『苦しい』とか『だめ』は止めないでね？　反射的に言っちゃいそうだから。『無理』の時だけ止めて？」

「わかった」

魔王さんが神妙《しんみょう》な顔でうなずく。

うーん。もっと「入れられるんだ嬉しいな！　最高！」って喜んでほしいんだけど……

今までのペットは慣れていない子ばっかりだろうし、怖いのも仕方ないか。

……俺が、魔王さんのセックスの思い出、塗《ぬ》り替えてあげないとな。

「魔王さん、ちょっとだけオイル足して……ん、うん……」

魔王さんが繋がった場所にオイルを足してくれている間に、枕を引き寄せて腰の下に入れる。

うん。いいかな。

意識して深呼吸をして、体の力を抜いて……

「魔王さん、きて」

両手でシーツを掴んで魔王さんを見上げると、魔王さんは緊張した顔で微《かす》かにうなずいた。

「あぁ……くっ……」

「う、ん……ん、ふっ……」

前立腺から少しずつ、魔王さんの太いペニスが奥へ進む。

「ん、少しだけ、腰引いて……また進んで……そう、ん、ゆっくり……っ、くふぅ……ふっ、く……ふぅ……」

なるべく息を吐いて圧迫感を逃がす。

あー……大きぃ。

深さは、入れたことがあるから心配はしていない。でも、太さ……こんなに太いの、経験ないから……この太さだと、カリで引っかけるとか、先端で突くとかしなくても、でっぱりのない部分でも圧迫感がすごくて、前立腺がずっとキュンキュン感じる。

「ん、んっ、あ……う、ぐっく！　ん……」

苦しいのと気持ちいいの、どっちも大きくて……気持ちいいほうに意識を向けていれば結構大丈夫……

「う、ふっ……ふぅ……うぐっ⁉」

「ライト……」

あ、ちょ、ちょっと、やばい、かも？

これだけ太いと……まだ最奥じゃないのに、もう奥がそわそわしてくる。

こじ開けられる感じが……苦しい、怖い、気持ち悪い。

「ライト、苦しいか？　すまない」

「え？」

いつの間にか萎《な》えてしまった俺のペニスを、魔王さんが労《ねぎら》うように優しく握《にぎ》る。

「あ、そこ……」

「ライト、すまない……」

「あ、あ？　あ……！」

魔王さん、俺のペニスのいいところ……もう覚えているの？

やばい、セックス上手《うま》い……！

「ふっ、は……あ、ぁ……！」

あ、これ、いいかも。

ペニス扱《しご》いてもらったら、力抜けて、うん。中、もう少し頑張れそう。

「ライト、もう少しだ……」

「あ、うん。ん、俺の、中も、もう少し……んっぐ、あ」

あ、もう少し……もう、あ、たぶん次の一突きで……

「あ……っ、ぐ!?」

……!?

声が、苦しすぎて出ない。喉《のど》から息とうめき声だけが漏《も》れ出る。

すごい衝撃。

当たった。

俺の、奥に、当たった。

深い。

アナルっていうか、これ、内臓に、粘膜《ねんまく》に、硬くて熱いものが……

「あ……あ……か、はっ……く!?」

あ、だめだ。頭働かない。真っ白。

気絶の一歩手前。

一瞬気絶したかも。

すごい。

たぶん、人生で一番苦しいのに……人生で一番……一番、気持ちいい。

「あ……くっ、う……ん」

「ライト、大丈夫か？」

「ま、まお……さ……」

「しゃべらなくていい、待つ……」

魔王さんが腰を止めてくれている。

よかった。動かないと思うと、これ以上の衝撃が来ないと思うと、ちょっと落ち着いてきた。

すごく苦しいけど、ちゃんと息を吐いて、力を緩《ゆる》めて……

「はぁ……はっ……はいった？」

「あぁ、全部入った。根元まで、全部だ」

アナルの奥がジンジンして感覚がよくわからないけど……確かに、俺の下半身と魔王さんの下半身は密着している。

そうか。全部入ったんだ。よかった。

魔王さん、浅いところだけのセックスなんてかわいそうだし、受け入れてあげられてよかった。

「ん……」

何度か瞬きをして、やっと焦点《しょうてん》が合ってきた視線を魔王さんに向ける。

気持ちよさそうな顔をしてくれているといいな……ん？

「ふぅ……ライト……」

「あ……」

あ、やばい。

魔王さん、めちゃくちゃ獰猛《どうもう》な顔してる。

「ライト……よすぎる……」

「……まおう、さん……？」

「こんな……こんなに、先端から、根元まで……っ、全て……！」

魔王さんがなにか言いたそうにしながら唇を噛《か》んだ。

あぁ、そうだよね。

全部埋めるって初めてだもんね？

我慢《がまん》できないか。

我慢《がまん》できないけど、俺を傷つけたくないんだ。

どうしよう。キュンときちゃうな。

「魔王さん……」

キュンときたら、苦しいのもマシになってきたかも。

……ゆっくり止まって馴染《なじ》ませてくれたからっていうのもあるけど。

「俺も……奥、こんなに広がるの……っ、は……しらない」

声、震えちゃうな。やっぱり苦しいのは苦しい。

でも、もう……声が震えるくらい……

「きもちいい」

「っ⁉」

声に出したら、もう、だめ。

あぁ、やっぱり気持ちいい。

すっごく苦しいけど、すっごく気持ちいいから……苦しいのが落ち着いたら、もう、だめ。めちゃくちゃ気持ちいい。奥にこんな刺激、初めて。

やばい。

「ライト……いいのか？」

「ん、いい……奥、いい……っあ！」

俺の声を聴いて、魔王さんがもう我慢《がまん》できないとでも言うように腰を動かす。

ゆっくり……探るように……

「あ、あ……あ、おく、奥当たるたび、だめ。体、ぜんしん、ふるえる……あ、すごい」

まだ緩《ゆる》くだけど、魔王さんが少し腰を引いて、奥を突くたびに、全身に電流が走る。

ゾクゾクする。

こんな刺激知らない。これ、だめ。

「あ、いや、すごい、すごいぃ！」

「あ、ライト、っ、う……ん！」

魔王さんが何度も息をのんで、すごくギラギラした視線で俺を見下ろす。

怖い。

食べられちゃいそう。

これも、ゾクゾクする。

「あ、まおうさん、だめ、こんなすごいの、だめ、へん、へんになる！」

「あ……へ、変に、なっていい……もっと、もっと、もっとだ、ライト！」

「あ⁉　あ、ぁ、あぐっ！　あ、お、ぅ、く、あ⁉」

魔王さんがトントンと小刻みに奥を突いて、ぐっと突いたところで腰を止めたと思うと、味わうようにそこで、そこ、先端で、ぐりぐり擦りつけてきて……

「あ、あぁ、あ⁉　や、なにそ、れ、いや、すごい、あ、それ、おく、ひらく、まおうさん、まおうさん！」

刺激がすごい。もう、体がびくびく跳《は》ねて、頭を振って、なんとか快感を逃がそうとするけど逃げない。

だめだ。気持ちいい。よすぎる。変になる。もうおかしい。もうだめ。

「だめ、だめ、もうだめ、あ、あぁッ！」

否定する言葉を言っても、獰猛《どうもう》な顔の魔王さんは止まらない。

どうしよう。よすぎて、本当、俺、どうなってる？

魔王さんに、なんか、してあげなきゃいけないのに、腰、動かされたら、もう、今、どう動いてもきもちよくて、体、よじって乱れるしかできなくて。

一回、止めてもらいたいのに。

セーフワードなんだっけ？　なんだっけ⁉

「あ、も、だめ、やめて、だめ、あ、それ、やだ、いや、よすぎ、よすぎていや、だめ！　あ、おくばっか、だめ、だめだめいや！　あ、あぁ！」

「っ、はぁ、ライト、すごい……かわいい……ライト……！」

止まってくれない、しかも、すごく獰猛《どうもう》なのに、すごく楽しそう。

じゃあもういい？

俺、気持ちよく喘《あえ》ぐだけでいい？

もう、よすぎておかしくなるよ？

いいよね？

「あ、あ、あ、ああぁ、いい、い、あ、おく、おっ⁉　あ⁉　あぅぐ……っ！」

「ライト、かわいい、あぁ、なんて、かわいいんだ……深くなるほど、かわいい、こんなライト、見たことがない。はぁ、かわいい、っ、かわいい！」

魔王さんの腰振りが少し強くなって、パンと大きく下半身が当たると、ぐりぐりと奥に擦りつけられて……あ、あー……今、今一番深い。当たって、結腸の入り口広がって、ちょっと入って、入っちゃだめな場所、こじ開けられて……こんなの、こんな、深く繋がるの、もう、だめ。

「あ、や、い、いく、まおうさ、い、いっちゃ、いくっ……！」

「うっ、お……こんな……中……っぐ！」

「アァッ！　うそ⁉」

魔王さんの手が俺のペニスに触れる。

魔王さん、絶対に余裕ないのに！

「そんな、りょうほう、あ、だめ、だめだめ、イく、イくッ！　ん！　んぐっ、ん‼」

イった。

イきそうなところにペニスを扱《しご》かれて、思い切り、めちゃくちゃ気持ちよくイった。

「あ、あ？　あ、イ、った、イったぁ！」

イったのに。

魔王さんの手が止まらない。

たぶん魔王さんも、自分がイくのに必死で……腰使いも遠慮《えんりょ》なく強くて……

「あ、アァ！　っや、あ、ぅ、う……く、ぐっ！」

イってるのに、ペニスをめちゃくちゃに扱《しご》かれて、中を思いっ切り突かれて、今日一番強く突かれて、やばい。

気持ちよすぎて怖い。

快感が深い。お腹の奥から、魔王さんがこじ開けた奥からずーんと全身に重く広がる快感が、もう、すごい。

「っ……ラ、ライト……くっ！」

魔王さんの腰がやっと止まる。

最奥で、ぐりぐり奥に腰を押しつけてきて……

「んんんっ！」

またイった。

やばい。

こんなイき方覚えたら、やばい。

「あ、ま、まおう、さ、ん、奥、すごい、おく、こんなの知ったら、おれ……おれ、もう、まおうさん以外と、エッチできなくなる……！」

喘《あえ》ぎながら、快感でぐちゃぐちゃの頭で、思いつくまま口から言葉が出ていた。

いつの間にか流れていた生理的な涙で顔もぐちゃぐちゃだし……よがりまくって、引き寄せまくってシーツもぐちゃぐちゃ。たぶんせっかくキレイな色にしてもらった髪もぐちゃぐちゃ。

かわいい俺じゃない。

でも……魔王さん、なにその顔？

快感で上気した頬《ほお》で、はぁはぁ言いながら……なんでちょっと泣きそうなの？

「ライト……はぁ……」

「んうっ！」

射精してすぐの、まだ敏感《びんかん》なアナルの中を、魔王さんのペニスが抜けていき……あ……全部抜けちゃった。寂しい……

奥に、来てくれたのに、いなくなるの寂しい……

「あ、や、まおうさ、さびし……！」

俺が涙をこぼしながら手を伸ばすと、魔王さんはすぐに上半身を倒して、ぴったりと俺を抱きしめながらベッドに寝転んでくれた。

あ……魔王さんの体に密着して、包まれて、肌が触れて……これ、いい。

「ライト……すごかった……」

うん。俺も……と、魔王さんの腕の中で俺からもぎゅうぎゅうくっつきながらうなずく。

「こんなに深く、他人の中に踏み入れたことはない。心も、体も……こんなに誰かを近くに感じたことはない。こんなに、気持ちがいいことだなんて、知らなかった。ライトと距離が近づくことが……幸せで仕方がない」

魔王さんの声はまだ興奮していて、はぁはぁいっていて……でも泣きそうで……

「ライト……好きだ。大好きだ……俺のライト……ライト！」

魔王さんの言葉、全部震えるほどに嬉しいんだけど……返事する気力がない。

泣かないでほしい、安心してほしい。せっかく、こんなに深いセックスしたのに。

「まおうさん……」

なんとか、一言だけ……

「すき……」

上手《うま》く笑えたかな？　伝わるかな？

「あ……ライト……！」

うん。魔王さんが泣きそうな顔からぎこちないけど笑顔になったから大丈夫か。

よかった……

よかっ……

ほっとして気を抜いた瞬間、意識を手放していた。

◆

魔王さんと激しいセックスをした翌朝。

「ん……？」

目が覚めると、すごく明るくて、体が重くて……

「ライト？」

「んー……魔王さん？」

声がする。でもベッドにはいなくて……目を擦っているうちに、どこかにいた魔王さんがベッドにやってきて腰掛ける。

「大丈夫か？　昨夜は無理をさせた」

「大丈夫って言いたいけど……」

寝起きの頭でも体の不調はしっかり感じる。

「腰と股関節が痛い。奥、なんかまだ……入ってる感じする」

「そ、そうか……悪い」

魔王さんが労《ねぎら》うように頭を撫《な》でてくれる。

朝からこんなことしてもらえるの、いいなぁ。

「しんどいけど……魔王さんと深く繋がれた証拠だって思うと、まぁいいかな」

「あ……いいのか？」

「別に、大怪我じゃないから一日ごろごろしていれば落ち着くだろうし……仕事しないといけないわけでもないし。平気」

家事だってしなくていいし、これくらいは俺も頑張らないと。

「奥は何度かしていくうちにもう少し慣れると思うし、腰と股関節は……ちょっと鍛《きた》えようかな」

「何度か？」

「ん？」

俺の頭を撫《な》でていた魔王さんの手が止まる。

「また、奥まで……入っていいのか？　昨日のは、褒美《ほうび》だと言っていたから……特別なのかと」

あぁ、そっか。俺、そういう言い回ししちゃったよね。

不安にさせてごめん。

「だってそうでも言わないと魔王さん遠慮《えんりょ》しちゃいそうだから。一回入れたら、入るってわかって安心したでしょ？　体調の悪い時とか、あまりに回数が多いとかはしんどいけど……元気な日はまた、奥までしよう？」

「あ、あぁ……」

魔王さんが信じられないとでもいうような驚いた顔をする。

あれ？　喜んでくれない？

「魔王さん、奥まで入れるのよくなかった？」

「そんなことはない！　最高だった。夢のようだった！」

「俺、宣言通りぐちゃぐちゃに乱れて変になっちゃってたと思うけど、嫌じゃなかった？」

「嫌じゃない！　最高にかわいかった！」

「よかった」

魔王さんが必死に、力強くうなずいてくれたから……魔王さんの手を自分から握《にぎ》って体を引き寄せる。

「最高だったの、俺だけじゃないんだ」

「あ……ライトも……？」

「うん。あんなに激しいエッチ、初めてでビックリしたけど、すごく気持ちよかった。俺にあんなにいっぱい入ったのは、魔王さんだけだよ」

「ライト……！」

「わっ！　ふふっ。魔王さん？」

魔王さんがベッドに乗り上げて、俺の体を無茶苦茶に抱きしめる。

……結構エッチ寄りの雰囲気のつもりだったのに、魔王さんは「よしよしかわいいでちゅね～」のノリで俺を思い切り抱きしめて、撫《な》でまわしてくれた。

まぁ、今盛られても応えられないから、これはこれでいいか。

しばらく魔王さんに可愛がってもらっていると……

――コンコン
ノックの音が部屋の中に響く。

「失礼します、追加の書類……あ」

ドアが開き、魔王さんが離れるよりも先にローズウェルさんが入ってきた。

「あ、し、失礼しました！」

「大丈夫だよ。ちょっといちゃいちゃしていただけだから。ね？」

「あ、あぁ……」

魔王さんは少し気まずそうだけど、すぐにベッドから下りる。

俺もやっと体を起こして……あれ？　ベッドの横に小さめの机と椅子がある。こんなの普段はないよね？

「あれ？　机……」

「ライト」

俺が尋《たず》ねる前に、魔王さんが羽織《はお》っていたマントを外して俺にかけてくれる。

そうか。俺、裸《はだか》だった。

「あ、ごめん。ありがとう」

「いや……俺が、見せたくないだけだ」

「そっか……ありがとう」

もう一度お礼を言うと、魔王さんは照れた顔から、はにかんだ笑顔になった。

「えっと、その机は？」

「あぁ、ライトが起きるまでここで仕事をしようと思って運んできた」

「お仕事……え？　今何時？」

そう言いながら自分でも少し離れたチェストの上の時計を見て……え？

「一一時ごろだな」

「俺、そんなに寝てたんだ？　ごめんね、魔王さん。お仕事行ってくれてよかったのに……」

「……ライトは、セックスの後、一人で起きるのが嫌なんだろう？」

え？　あ……確かに、言ったけど……覚えておいてねって言ったけど……

「覚えていてくれたんだ？」

「あぁ。それに、俺が無理をさせたし、午前の仕事はここでもできる仕事に調整《ちょうせい》できたから」

俺の言ったことを覚えていてくれて、俺のために仕事を融通《ゆうずう》してくれて……え……俺、めちゃくちゃ愛されてる！

「嬉しい。ありがとう！」

「あぁ……」

嬉しすぎて、キレイに笑う余裕もなく、ちょっと子供っぽい笑顔を向けてしまった。

いけない、いけない。

魔王さんの負担になりすぎるのはよくないのに。

「今度からは、なるべくいつもの時間に起きられるように体力つけるね？　あと、融通《ゆうずう》利かないお仕事の時は無理しないでね？」

「わかった。しかし……」

魔王さんがベッドに少し乗り上げると、俺の髪を撫《な》でて……おそらく乱れていた髪を直してくれた。

「ライトの寝顔を見ながら仕事をするのは、楽しかった」

「……捗《はかど》った？」

「それは……」

魔王さんがローズウェルさんに視線を向けると、ローズウェルさんは机の上をじっと見てから柔《やわ》らかい笑顔でうなずいた。

「いつも通りですね」

「いちゃいちゃしてる時間も長かったのに、いつも通りにできちゃう魔王さん、すごいね」

「っ……そうか？」

「うん。仕事ができる男、かっこいい」

「……かっこいい、か？」

「かっこいいよ。魔王さんも昨日は疲れちゃったと思うのに、お仕事頑張っててえらい。かっこいい」

かっこいいのになぁ……なんでそんな呆《ほう》けた顔しちゃうんだろう？

「……そうか……そんなことを言われたら、仕事を頑張らないとな」

「うん。頑張ってね。俺も夜までごろごろして元気になっておくから」

「あぁ。体が辛かったら薬やマッサージを頼むんだぞ？」

「わかった」

魔王さんの手がもう一度優しく俺の髪を撫《な》でてから離れていく。

寂しい。

名残惜《なごりお》しい。

なんて思ってしまうんだけど……

「もう少しここで仕事をしていきたいが、執務室でしかできない仕事も多い。名残惜《なごりお》しいが……」

魔王さんも名残惜《なごりお》しいんだ。

この気持ちが俺だけじゃないんだと思うと、ちょっと安心した。

「俺も名残惜《なごりお》しいけど……お仕事を頑張る魔王さんのこと、応援しているから」

「あぁ、ありがとう」

「うん。いってらっしゃい」

笑顔で手を振ると、魔王さんは少し気まずそうな顔で……なんだろう？

「あぁ……あー……ライト、その……」

「ん？」

「前回、してくれた……あれはしてくれないのか？」

「あれ？　えっとー……」

あぁ、あれか。

「あれ、気に入った？」

魔王さんの腕を引くと、魔王さんは大人しく俺に体を近づけてくれて……

「ん……」

頬《ほお》にちゅっと音を立ててキスをする。

「いってらっしゃい」

「いってくる」

嬉しそうにしながら書類ごと机を小脇に抱えた魔王さんとローズウェルさんが部屋を出ていくのをベッドの上で見送った。

体はしんどいんだけど……

「魔王さん……」

俺の人生で、こんなにも一人だけに向き合ったことがなくて……たくさんの人に少しずつ愛されて、たくさんの人に少しずつ愛を返すのと、愛情の総量って同じくらいだと思うんだけど……

「なんか……たくさんの人に愛されるより、一人だけに愛してもらうほうが……楽しいかも」

そう、すごく楽しい。

今夜は、明日は、どうやって魔王さんを愛してあげよう。愛してもらおう。

そんなことを考えると、すごくワクワクした。

◆

お城にやってきて約三カ月。

髪の色の心配もなくなって、セックスで深く繋がることにも慣れてきて、俺と魔王さんはすっごくいい関係を築《きず》けていると思う。

毎日いっぱいよしよししてもらうし、時々セックスもするし、最近はセックスをしなくても一緒に寝る日もあって、魔王さんとの距離がどんどん近くなっている気がする。

ただ、どんなに一緒の時間が増えても、魔王さんには大事なお仕事があって、月に数回の自由時間以外、日中は一緒にいられない。

仕方がないし、ペットは首を突っ込まないほうがいいと思うから詳しく聞いていないけど、魔王さん、どんなお仕事しているんだろう？

ちょっと忙しすぎる。疲れた顔をしていることも多いし。

最近は……

「ライト、今日は特別疲れたんだ。吸わせてくれ」

まるでペットの猫ちゃんに甘えるみたいに遠慮《えんりょ》なく言ってくれるから、そういう日は思う存分吸わせてあげるし、俺からもよしよししてあげたりするんだけど……

「過労で倒れるとか嫌だよ？」

「心配してくれてありがとう、ライト。だが……俺が頑張らないと国民が困るんだ」

青白い顔でそんなことを言う日もあって……心配だ。いつか大きな怪我や病気になんて繋がらないといいけど。

そんな俺の心配が、ある日的中してしまった。

◆

——ドゴン
「え？」
昼食後、部屋で日課の筋トレをしている時だった。遠くで大きな音がした瞬間、建物が揺《ゆ》れた。
日本人だから地震なら少し慣れている。でも、地震っぽくない。

爆発？　一瞬だけの衝撃で、家具が倒れるほどではないけど……花瓶《かびん》の位置は少しずれた。

こういう時、誰か呼ぶべきか……でも、俺は結界で安全なんだっけ？　忙しいのに呼ぶのはよくないか……

「ライト様！」

「リリリさん！」

俺が迷っている一分ほどの間に、リリリさんが駆けつけてくれた。

「ビックリしましたよね？　大丈夫ですか？」

「俺はなんともないけど、どうしたの？」

「私もまだ詳しくはわからないのですが、おそらく国境結界魔法へのテロです。このお城への被害はほとんどないと思うのでご安心ください」

テロって……物騒《ぶっそう》な話だけど？

「そっか。俺はこの部屋にいればいいんだよね？」

「はい。不審者が入ってきたとか、この棟が危ないということは絶対にないので、いつも通りお過ごしください。ただ、片づけなどでこの後少しメイドも執事もバタバタするかもしれません」

「わかった。大人しくしておく。俺のことは一日くらい忘れちゃって大丈夫だよ。人間って結構丈夫だからね」

「ライト様……ご配慮《はいりょ》ありがとうございます！　なるべくすぐに片づけてまいります！」

リリリさんは大きく頭を下げて、勢いよく部屋を出ていった。

忙しそうだけど、俺はリリさんの「ご安心ください」という言葉を信じるしかない。

「あっちのほうかな……」

興味本位で窓から他の棟を覗《のぞ》いてみるけど、特に崩《くず》れていたり煙が出ていたりするところはなかった。

「魔王さん大丈夫かな……」

そういえば俺、普段魔王さんが仕事をしているらしい「執務室」がどこにあるかも知らないんだよね。もう少しだけ、聞いておけばよかったかな……

「魔王さん……」

俺が心配したってどうしようもないけど、普段ならこういう「仕方がないこと」は割り切れる性格のはずなんだけど……心配で心配で仕方がなかった。

◆

大きな音がしてから二時間くらい。

心配しながらも筋トレをしたり、新聞を読んだり、いつも通り過ごしていたところへ、ローズウェルさんがやってきた。

「失礼致します。ライト様」

あ。

この硬い表情。この低い声のトーン。

……絶対にいい話じゃない。心臓がドクッと大きく鳴って、反射的に姿勢を正してソファに座りなおした。

「ライト様、落ち着いて聞いてください」

あぁ、ほら。この言い方は……

「魔王様が怪我をされました」

怪我、か。

体が強張《こわば》って息が詰まった。怪我も色々あるけど……？

「深い傷ですが、命に別状はありません」

「あ……」

命に別状はない、か……よかった。強張《こわば》っていた体の力が少し抜けた。

「ただ、当分……会えないと思います」

「そんなにひどい怪我ってこと？　面会謝絶《めんかいしゃぜつ》みたいな？」

「いえ……あの……」

ローズウェルさんは少し困った顔をしてから、眉間《みけん》にしわを作りながら声を絞り出した。

「ライト様には嘘をつきたくないと魔王様がおっしゃるので、お話しします」

嘘をつきたくない？

え？　怪我したことを？

疑問は尽きないけど、とにかく話を聞かないと。ローズウェルさんの言葉に大人しく耳を傾《かたむ》けていると、ローズウェルさんはやはり言いにくそうに声を絞り出す。

「魔族は元々、原始的な醜《みにく》い種族です」

「醜《みにく》い？」

「魔力の性質が外見に現れるので、本来は人間のような美しい、整《ととの》った見た目ではありません」

「じゃあ、今の姿って？」

角や髪色、少し体が大きいことを除けば、人間と大差ないのに？

「魔力に対する技術や研究が進んで、コントロールできるようになったのです。体の表面上の魔力を抑えることで、自然と人間に近い姿になれます。自分の体の魔力バランスが整《ととの》っている時はこちらの姿を維持《いじ》できます。ですが、怪我や病気、他者の魔力介入、魔力の使いすぎなどによって体の魔力バランスが崩《くず》れると、醜《みにく》い原始的な姿に戻ってしまいます」

変身とかではなく、魔力を抑えると自然とそうなるってことか。だったら使いすぎの場合は……そもそも原始的って……？　疑問はいくらでも浮かぶけど、今は魔王さんが心配だ。

「それがなんで今……あ！　もしかして魔王さんの外見が？」

「はい。先ほど、魔王様が国に張り巡らせてくださっている結界に、他国からのテロ……魔力介入があり、媒介となっている城の魔法陣が破損しました。その影響で結界の術者である魔王様が怪我をなさったのと、即時結界を張りなおしたため魔力の消耗《しょうもう》が激しく……一時的ですが原始的な醜《みにく》い姿になられています」

怪我よりも、見た目のことを重要そうに話すってことは、怪我はそんなにひどくないのかな？

それとも見た目が変わるって、とても大事なこと？

「醜《みにく》いって……そんなに醜《みにく》いの？」

「とても醜《みにく》いです。本来の、理性的ではない性質通りの見た目ですから。昔、魔族が元の姿で歩いているだけで、人間に怖がられ、逃げられたと聞きます。体の大きさが膨《ふく》れ上がることにも、恐怖を感じるのかもしれません」

怖いのか。俺、お化け屋敷とかホラーゲームとか平気だったからモンスターっぽい見た目なら大丈夫な自信はあるし、こんな時に不謹慎《ふきんしん》かもしれないけど……異世界で魔族とか言ってるのに、今までが普通すぎというか……好奇心というか……

「見てみたいけどなぁ……」

ローズウェルさんの様子をうかがいながら言ってみると、ローズウェルさんは困ったように眉間《みけん》のしわを深くする。

「……魔王様は、ライト様には嘘をつきたくないし、顔を見たいのでライト様がよければ会いに来てほしいとおっしゃっています」

お、だったら行っちゃおう！

「しかし……出すぎた真似《まね》を承知で言わせていただきます」

「え？」

ローズウェルさんが珍しく強い口調で俺に一歩近づいた。

「会いに、行かないでください！」

「え？　なんで？」

「ライト様に嫌われたら、魔王様は……今の弱った状態で、そんなことがあれば……」

「大丈夫だと思うけど？」

俺の魔王さんへの気持ち、信用ないかな？

まぁ、魔王さんは信用してくれているだろうけど、ローズウェルさんたちには伝わってないか。

「ライト様のことは信じていますが、反射的に、目の前に醜《みにく》く恐ろしいものがいれば、人間は……我慢《がまん》できないと思います」

そういうことか。ありえない話ではないよね。

一理ある、けど……

「どうかな？　いきなりはわからないけど、これだけ事前に聞いて覚悟ができていれば……」

「これでも、ですか？」

「え？」

ローズウェルさんが一歩下がった瞬間、俺と系統が近い整《ととの》った顔が歪《ゆが》み、皮膚《ひふ》の色が変わり、体が大きく膨《ふく》れ上がった。

三秒もしないうちに、ローズウェルさんの外見は大きく変わって、普段のクールで真面目な執事らしい姿とは似ても似つかない姿になる。

「……！」

ビックリした。

すごくビックリした。

でも、このビックリは「醜《みにく》くなったから」ビックリしたのではなく、「急に変わったから」ビックリしただけだと思う。

ローズウェルさんの元の姿は、端的に言えば銀色の竜……竜人？　こういうモンスター、なにかで見た気がする。リザードマン？　って、あれはトカゲか。

とにかく、二足歩行の人型だけど、全身に鱗《うろこ》があって、顔は完璧に竜。アジア系のにょろにょろした龍じゃなくて、西洋のドラゴン的な竜。

色はローズウェルさんのいつもの髪色と同じシルバーで、角は一緒かな？

大きくなった口から見える牙は鋭《するど》いし、体は確かに三メートルくらいある。

これが人食い竜人とか言われたら怖いけど、普通に理性的で、話が通じて、よく知ったローズウェルさんだと思えば怖くない。服だってどうやっているのかわからないけど、さっきまでの執事のフロックコートが体格に合った大きさになっているし……

こんなのむしろ……

「かっこいい！」

「は!?　えぇぇぇ!?」

ローズウェルさんが思い切り驚く。

あ、竜人の姿でも結構表情変わるんだ？

「な～んだ。醜《みにく》いなんて言うから、もっと体の一部が腐《くさ》っているとか、触手がうにょうにょしているとかなのかと思ったら……竜っぽくてかっこいい。鱗《うろこ》、キラキラしてキレイだし」

「……あ……え？」

「魔王さんもこんな感じで竜っぽいの？　この鱗《うろこ》の色……髪色が体の色になる感じ？」

「あ、魔王様は……はい……竜の系統で……体の色も、そうです」

あ、声もちゃんとローズウェルさんだ。姿が変わると声帯も変わりそうなのに不思議だな。

「じゃあ魔王さん黒いんだ？　黒ってかっこいいよね。それと、服も大きくなるんだね、魔法？」

「はい。魔法で……え？」

まだ戸惑っているローズウェルさんを見上げながら、ソファから立ち上がる。

近づくと高さだけでなく厚みがあるのもわかって、確かに「強そう」とか「力で絶対にかなわない」とは感じるけど……うん。やっぱり怖くない。

「ねぇ、魔王さんに会いたい」

「……っ！」

俺が笑顔のままローズウェルさんを見上げると、ローズウェルさんはぎゅっと顔を歪《ゆが》ませ……

「お？」

いつもの姿に戻ると、俺に深々と頭を下げた。

「不要な気遣いでした。ライト様を信用しない言葉の数々、お詫《わ》び申し上げます」

「気にしてないよ。ローズウェルさんって優しいんだなって感心した」

「……ライト様」

「さっきの口ぶりだと、ローズウェルさんだって、元の姿を見せるのは嫌なはずなのに。魔王さんのために優しいね」

「っ……す、すぐにお部屋から出られるように結界を調整《ちょうせい》します」

「うん。よろしくね」

後ろを向いてドアから出ていくローズウェルさんの目に、うっすら涙が浮かんでいたことは、気づかないふりをした。

このお城の人、みんな優しいなぁ。

◆

「ライト様をお連れしました」

ローズウェルさんに連れられてきたのは、髪の色を変える時に来た医務室だった。

部屋の中央に大きな魔法陣の描かれた布が敷《し》かれていて、その上に体長四～五メートルはありそうな大きな黒い竜人が体を横に向けて、軽く背中を丸めて寝転んでいた。

裸《はだか》で、下半身には大きな布がかけられているけど、肋骨《ろっこつ》の辺りには血がにじんでいる。

傷口の周辺ではファイさんたち、ローブを着た数人が本を片手に……魔法なのかな？　手を翳《かざ》して治療をしているようだった。

「魔王さん？」

魔王さんの面影は、髪色と同じ全身の黒い鱗《うろこ》と、上を向いて生《は》えている立派な角。あと……

「ライト……」

俺を呼ぶ声。

それ以外は正直、魔王さんらしさはないんだけど……

「へぇ。そっちの姿も、でっかくてカッコイイね」

素直な感想を言いながら、この場では不謹慎《ふきんしん》かもしれないけど笑顔を向けた。

「……その言葉を聞くのは、三回目だな」

魔王さんは、声に張りがないけど表情を和《やわ》らげた……んだよね？　竜人の表情、結構変わるんだけど、細かいニュアンスはまだわからない。

「怖くないのか？」

「いきなりなにも知らずに見たらビックリはすると思うけど、魔王さんがいつもの姿と違うって聞いていたから大丈夫。中身が魔王さんってわかっているから怖くない」

魔王さんの顔のほうに近づいて、爬虫類《はちゅうるい》っぽい形になっている目の近くでしゃがみ込んだ。

「いつもの姿もいいけど、この姿も全然違うかっこよさで、新鮮《しんせん》」

「……ライト……」

魔王さん、その顔なに？　泣きそう？

それは困るな……

「でも、これだけ体が大きいと、一緒に寝るのは無理だね。俺、つぶれちゃいそう」

耳ってここでいいのかな？　少しだけ魔王さんの顔に近づいてそっと囁《ささや》いた。

「一緒にベッドに入りたかったら、早く元の姿に戻れるようになってね」

「っ！　あ、あぁ……！」

魔王さんがビクッと震えるように顔を上げて俺を見る。ちょっとわかってきた。その顔は驚いている顔じゃない？　この感じなら、大丈夫そうかな。

言いたいことも言わせてもらおう。

「あとね、ドラゴンっぽい姿はかっこいいと思うけど、その傷。そっちはマジでだめ。俺グロ耐性ないからマジで嫌」

「え？　い、嫌……か？」

口調は本音を吐き捨てているんだけど、顔はにこにこ笑ったまま続ける。

「うん。嫌。傷って見たくない。血も苦手。見たくない。本当無理」

「あ、あぁ……」

「だから魔王さん、できるだけ怪我しないでね」

「あ……」

魔王さんが呆《ほう》けているので、もう一歩魔王さんに近づいて……

「ね？」

魔王さんの頬《ほお》に両手を添える。

「お願い」

魔王さんの頬《ほお》にちゅっと音をさせてキスをすると、魔王さんは泣きそうな顔になってしまう。

うーん。魔王さんが好きな頬《ほお》へのキスなんだけど？

顔も分厚い鱗《うろこ》風の皮膚《ひふ》に覆《おお》われているから、触れたの感じないのかな？

「ライト……」

「んー？　どうしたの？　痛い？」

「ちがう」

微《かす》かに首を横に振った魔王さんの頬《ほお》を撫《な》でながら、魔王さんの次の言葉を待つ。

「俺は……」

「うん」

できるだけ優しく微笑《ほほえ》みかけながら言葉を待っていると、魔王さんはじっと俺を見つめていた目を閉じてしまう。

「俺は、お前の髪色一つ変わっても受け入れられないのに……」

「魔王さん？」

うめくように言った後、ゆっくりと開いた瞳には、涙の膜《まく》が張って大きな瞳がキラキラしていた。

「お前はなぜ……いつも俺を受け入れてくれるんだ」

……泣きそうな顔で、泣きそうな声で、そんなかわいいこと言っちゃうんだ？

ごめん。思わず笑っちゃった。

「ふふっ。俺だって魔王さんがもっと気持ち悪い姿だったら普通にキモイって言うよ？　竜はかっこいいからかっこいいって言っただけ。よかったね、魔王さん。そっちの体もかっこよくて」

「ライト……」

鱗《うろこ》に覆《おお》われて爪が長く太くなった魔王さんの手が、俺の頭をそっと撫《な》でる。

「ライト……好きだ」

「うん。俺も好きだよ、魔王さん」

四つん這《ば》いになって、寝転んだ魔王さんの唇を啄《ついば》んだ。

……体の構造が違うから、唇じゃなくてただの口の縁《ふち》かもしれないけど。

「んっ、いつもと感触が全然違う。ひんやりして、気持ちいい……暑い時期だからそう感じるのかもしれないけど」

冗談っぽく言うと、魔王さんはやっと少し笑ってくれた。

よかった。せっかく俺が来たんだから、笑顔になってほしい。

「魔王さん、しばらくこうしていていい？」

魔王さんの頭を撫《な》でながらすぐそばの床に座ると、魔王さんが小さくうなずいた。

「あぁ」

「ファイさん、治療の邪魔じゃない？」

「大丈夫です。むしろ……いて差し上げてください」

「じゃあ、血とか傷が見えるのは本当に無理だから、魔王さんの顔だけ見ていることにするね」

「いいな。俺にもライトの顔がよく見える」

「俺の顔はいつも見ているでしょう？　魔王さんのこっちの顔、レアだからしっかり見ておこう……あ、角の形いつもと一緒だ。角はこの体のほうが似合っているかもね？」

「……そうか？」

「うん。かっこいい。あ、感触も同じだ」

「そうだな。そこが一番変わらない」

「じゃあ、角はいつでも触れるから他の場所触っておこう」

「ははっ、それもそうだな」

魔王さんが笑ってくれると、他の魔族さんたちも嬉しそうに笑ってくれる。

よかった。俺、来た意味あったみたいだ。


その後、治療が終わるまでの三時間、医務室で魔王さんの体を撫《な》でていた。

どんな怪我だったのかは知らないけど、治療が終わると傷痕《きずあと》すらなくて少し安心した。

ただ、魔王さんが元の姿に戻るにはさらに一日かかって……翌日の夜、いつもの姿を見た時に、やっとほっとして心の底から笑えた気がした。


俺にとって、魔王さんという存在がどんどん大きくなっていっているなと思った。

第四章　日常と過去とこれからのこと

少し前、魔王さんに髪の色を変えてもらった三日後くらいのことだ。

「ライト様への数々の失言、無礼な態度、改めてお詫《わ》びする」

「気にしてないけどね？」

部屋の入り口に立って深々と頭を下げる甲冑《かっちゅう》姿の騎士団長さんへ、ソファに座ったまま笑顔を向けると、騎士団長さんは顔を上げて意思の強そうな目で俺を見て……睨《にら》んでいる？　違うか。

「俺の気が済まない！　詫《わ》びの品を献上《けんじょう》させてほしい。なにか欲しいものはないか？」

「欲しいもの……」

なに不自由ない暮らしをさせてもらっているし、この世界になにがあるかわからないし、ここでお願いするべきものの相場もわからないし。悩ましいな。

「そう言われても……」

悩んでいると、ローズウェルさんが助け舟を出してくれた。

「ライト様、首周りが楽な服が欲しいとおっしゃっていましたよね？」

「あ、確かに。欲しい！」

わりと最初の頃に言ったのに。ローズウェルさん、覚えていてくれたんだ。

あの頃は、魔王さんに「ニマが似合っていた服」というこだわりがあったけど、今ならそれもなさそう。名案！……とは思うんだけど。

「さすがローズウェルだな！　よし！　街の人気店のものでも、オーダーメイドでも、好きなものを言ってくれ！」

「でも、俺が他人からもらった服を着ているのって、魔王さんは嫌かも」

俺の言葉に二人が「あ、そうかも」という顔をする。だよね？　魔王さん、俺のこと大好きだから、気にしそう。でも、首周りが楽な服は欲しいから……

「そうだ！」

いいこと思いついた！

立ち上がって部屋の隅に置いてあるチェストから紙とペンを取り出すと、すぐにソファに戻って「欲しい服」を描きはじめる。絵は得意なんだよね……形は普通にTシャツで……真ん中にこういう模様《もよう》を……

「服の絵……か？」

簡単な服のイラストを描く俺の手元を騎士団長さんとローズウェルさんが興味深げに覗《のぞ》き込んでくる頃には、もう絵が完成した。

「こういうのって作れる？」

描き上がった、作ってほしい服のイメージを見せると、騎士団長さんは微妙な顔で首をひねってしまう。

「……できるとは思うが、その……俺の感覚では、とても、えっと……ダサイ……のだが？」

騎士団長さんの隣で、ローズウェルさんも同じように首をひねった。

形は普通だから、二人が「ダサイ」と気になっているのは、Tシャツの中心に描いたとある模様《もよう》のことだと思う。

そうか。この世界の感覚でコレってダサイんだ。

でもコレ……

「うん。俺もダサイと思う」

「え？　だったら、ライト様はせっかく美しいんだ。もっと違う模様《もよう》にしてはどうだ？　いっそ美しい顔が目立つ無地など……」

「でも、これなら他人からもらった服でも、魔王さん喜びそうじゃない？」

「……」

騎士団長さんとローズウェルさんがしばらく俺の描いた服の絵を見つめて……服の絵の中の模様《もよう》を見つめて……

「「確かに！」」

二人同時に、少し大きな声でうなずいた。

「じゃあ、これよろしく。サイズは……これに書き込むね。柔《やわ》らかくて肌触りがよくて……色は白か、赤系、ピンクでもいいな」

「あぁ、その辺りの希望は細かく書いてくれ。明日、仕立て屋に持っていくが……」

俺が好き勝手に希望を書き込んだ紙を渡すと、騎士団長さんはそれをじっと見つめながらその場に立ち尽くした。

「騎士団長さん？」

「……ライト様は、本当に魔王様のことをよくわかっているのだなと……感心した！　このような服を思いつくなんて、素晴らしいと思う！」

紙から視線を上げた騎士団長さんは、子供のように目をキラキラさせていた。

この人、やっぱり若いのかもしれないな。

「俺のいた世界では、周りを楽しませるための服って色々あったから。その一つってだけだよ」

「色々あるのなら、その中から魔王様に一番喜ばれそうなものを選ぶことが素晴らしい！」

「……そんなに言われると……照れるなぁ」

騎士団長さん、仲良くなるとこんなに素直ないい人なんだ？

あぁ、もう。このお城、本当にいい人だらけだな。

◆

数日後、俺がお願いした通りの服を騎士団長さんが届けてくれて……早速その日の夜、魔王さんを喜ばせることにした。

「魔王さん、今日、騎士団長さんに新しい服もらったんだ」

「服？」

ハーフアップが崩《くず》れない程度に頭を撫《な》でていた魔王さんの手が止まる。

「すごく素敵な服だから、着て見せたい」

「あ、あぁ……」

ちょっと複雑そうな顔だな。やっぱり他の男からもらった服というのは印象よくないよね？

でも、たぶん大丈夫。

「着替えてくるから、呼んだら来てね？」

「わかった」

魔王さんをソファに残して、ウォークインクローゼットに向かい、騎士団長さんにもらった服に着替える。

先日届いた姿見で確認すると……うん。襟《えり》が大きく開いたオーバーサイズの淡いピンクのTシャツで、着ていて楽。そして、ど真ん中に刺繍《ししゅう》が施されているんだけど……これが思い切りダサイ。

「よし。……魔王さん、着替えたよ！」

ウォークインクローゼットから出て、寝室のベッドに座って待っていると、魔王さんはすぐに来てくれて……

「……？」

俺を見た瞬間、魔王さんはなんとも言えない複雑な顔をした後……

「そ、それは……」

口角が上がるのを我慢《がまん》しているような……いや、もう我慢《がまん》できていないな。驚きながらも口元をにやけさせつつ、魔王さんは俺の服を指差した。

正確には、服に刺繍《ししゅう》された「魔王さん大好き」という大きな文字を。

「どう？　これ？」

Tシャツの裾《すそ》を引っ張って、「魔王さん大好き」と丸っこいかわいい書体で刺繍《ししゅう》されているのを見せつける。

見れば見るほどダサイな。でも、こういうあえてダサイ服、かわいくない？

かわいい小型犬なんかが「ご主人様大好き」なんて筆文字で書いてある服を着ているとキュンとこない？　かわいいアイドルが、あえてずぼらな台詞が書いてあるTシャツを着ているとかわいさ増さない？

「かわいくない？」

ベッドに腰掛けているから上目遣いで、肩の部分を摘《つ》まんで大きく開いた襟《えり》を直す。

「か……」

「俺。鎖骨《さこつ》の見える服似合うと思うんだよね」

「あ、あぁ……かわいい」

襟《えり》から鎖骨《さこつ》がしっかり見えるようにすると、魔王さんの視線は刺繍《ししゅう》からやっと俺の鎖骨《さこつ》に向いた。

今度は鎖骨《さこつ》に釘《くぎ》づけになっちゃっているなぁ……

「魔王さん？」

首を傾《かし》げると、リビングと寝室の境目に立っていた魔王さんはゆっくりとベッドに近づいてくる。

「ライト……」

「んー？　なに？」

「そこに書いてある文字……なんて書いているのかわかっているのか？」

「わかってるよ。『魔王さん大好き』って書いてある」

ベースはピンクだし、シンプルすぎる黒糸だし、文字はでかいし、俺の感覚でも騎士団長さんの感覚でもダサかったからダサイんだと思う。

ダサイけど……

「服だけで見たらダサイんだけど、俺が着たらかわいくない？」

ここでやっと、魔王さんが動いた……いや、スイッチが入った。

「かっ、かわいい！　めちゃくちゃかわいい！　こんなダサイ服をかわいくするなんて、ライトは天才か？　どんな奇跡が起きているんだ？　かわいいとこんなことまでできるのか!?」

「んっ、ふふっ」

魔王さんがベッドに俺を押し倒しながら思い切り頭を撫《な》でてくれる。

よし。狙い通りだ。

「ね、魔王さん。俺、この服、すごく気に入っちゃった。魔王さんがきちっとしたシャツが好きなのはわかってるけど……」

「構わない。同じものを何着か作らせよう！」

「嬉しい。じゃあ、文字入りと……文字なしのも欲しいな」

魔王さんがわかりやすくしょんぼりするけど、たぶん、さっきの反応なら大丈夫。

「文字なしか……？」

「うん。文字がないほうが……」

魔王さんの顔を見上げながら、広く開いた襟《えり》に指を引っかける。

思ったより開くな……じゃあ、少し右にずらして……

「俺のキレイな鎖骨《さこつ》、魔王さんに見てもらえるかなって」

魔王さんに鎖骨《さこつ》を見せつける。上から覗《のぞ》き込む魔王さんには、たぶん乳首も見えているはず。ほら、ガン見してる。

「文字あったら、魔王さん文字ばっかり見ちゃいそうだから」

「あ、あぁ……」

「いい？」

「っ……い、いい。文字入りと文字なし、両方作らせよう！」

魔王さんがうなずいてくれたので、襟《えり》から指を離してぎゅっと魔王さんに抱きついた。

これで楽な部屋着が着られる！

「やった！　ありがとう、魔王さん。嬉しい」

「……くっ……ライトがかわいすぎて死にそうだ」

大げさに言っているのはわかっているけど、死んでほしくないからなぁ……

「え？　魔王さん死んじゃうの嫌だよ？」

「ぐっ」

あからさまに悲しみながら体を抱きしめなおすと、魔王さんが顔を歪《ゆが》めながら胸を押さえた。

本当に死んでほしくないから、今日はこれくらいにしておこう。

それにしても、魔王さんとの日常、楽しいなぁ。

魔王さんを喜ばせるのもすっごく楽しい。

もっと。もっともっと喜ばせたいな……

◆

魔王さんが大きな怪我をしてから一カ月くらいは、少しゆっくり仕事をしていたと思う。休憩《きゅうけい》も多めにとれて、俺と一緒の時間も多かった。エッチも週に一回はした。

平和。幸せ。こんな日が続けばいいのに。

でも……

「魔王さん、今日も忙しいんだ？」

一人で夕食の席につきつつリリリさんへ視線を向けると、困ったような笑顔が返ってきた。

「はい。たくさんの国の代表を呼ぶ会議が近いので、その準備に追われていらっしゃいます」

「そっかぁ……」

ここ三日ほど、一緒に夕食を食べられていない。顔は見ているけど……少し遅めの時間に部屋に来て、俺を思い切り撫《な》でて、吸って、すぐに仕事に戻ってしまう。

「魔王さん、ちゃんとご飯食べてる？」

「実は、食べる時間も惜《お》しまれていて、仕事をしながらパンや菓子、ジャーキーを片手で召し上がるくらいです」

「そう……」

魔族の栄養は肉類や穀類？　タンパク質と炭水化物？　みたいだから、栄養素的にはそれでも摂《せっ》取《しゅ》できるんだろうけど。たぶん、楽しくないよね。

「ねぇリリリさん、明日も魔王さん夕食食べない？」

「はい、おそらく。あと一週間はお忙しいと思います」

「だったら……俺が魔王さんの夕食作ったらだめかな？」

「ライト様が魔王様のお夕食を作る……？」

リリリさんは何度か目を瞬かせた後、大きな目をさらに大きく見開いて輝かせた。

「いいと思います！　魔王様、絶対に喜ばれます！」

だよね！　俺もそう思う！

「あ、でも、炊事場《すいじば》まで行くのは結界が……」

「用意してもらえればこの部屋で作るよ。魔王さん驚かせたいし。明日の朝、料理長さんと相談させてもらっていい？」

「もちろんです！　料理長に伝えておきます！」

「よろしくね」

さて、なにを作ろうかな。

料理は得意ってほどでもないけど、施設を出てからは自炊だったし、ヒモ時代は俺が作ればみんな喜んでくれたから少しくらいは覚えがある。

この世界にありそうな食材で、仕事しながら食べられて……まぁ、あれか。

◆

「ライト様、こちらでよろしいでしょうか？」

「うん。バッチリ。ありがとう」

翌日の夕方四時ごろ。俺の部屋に料理長さんが食材や調理器具をたくさん運んでくれた。

「ライト様、なにをお作りになるんですか？」

作業がしやすいように運んでもらったダイニングテーブルの前に立つ俺を興味深げに見守る、恰《かっ》幅《ぷく》のいい料理長さんとリリリさん。

この材料でわからないか。

じゃあ、この世界にはないんだ。

「サンドイッチ……バゲットで作るからカスクートかな」

「サンドイッチ？」

「カスクート？」

二人が首を傾《かし》げる。やっぱりないか。単純なものなのにね。

「パンに切り込みを入れて、具材を挟む料理。片手で持って食べられて、パンも肉も一緒に食べられるから栄養補給によくない？」

「パンに？」

「片手？」

二人はまた首を傾《かし》げる。似た料理を含めて、まったくないのか。

元の世界でも、パンができてからサンドイッチが発明されるまで結構経っていた気がするし、この世界の料理だとパンはパン、肉は肉って感じだしね。なにかが入っているパンもほとんどなかったはず。

「お行儀《ぎょうぎ》悪いかな？」

「え？　えーっと……別に……パンやジャーキーを片手で食べるのと同じですし……」

「豪華なパン……ということですよね？」

「そうそう！　豪華なパン。たとえば……」

二〇センチくらいの黒っぽいバゲットに切り込みを入れて、バターを塗《ぬ》って、焼いてあるソーセージ、チーズ、ケチャップ風のトマトソース、マスタード。

自分用ならレタスとかキャベツを挟むけど、魔王さんには栄養にならないし食べにくいだけだからいいか。

「こんな感じ」

「確かに、便利ですね！」

「朝食としてお出しするものが一つにまとまっていて、合理的ですね」

二人は感心したようにうなずく。

お行儀《ぎょうぎ》悪くないなら……この方向で色々作っちゃおうかな。

「二つ目は、ゆで玉子をつぶして……」

「え⁉　そんなぐちゃぐちゃに⁉」

「このつぶしたゆで玉子とマヨネーズをあえて……ベーコンと一緒にパンに挟んで……あ、あらびき胡椒《こしょう》かけよう」

「味の想像がつかないです！」

「つぶす意味って……？」

いわゆる「玉子サラダ」を作ったんだけど、これもないか。

つぶさずに入れたほうがよかったかな……まぁいいや。

「三つ目は、ふかしたジャガイモにマヨネーズと生クリーム少しと……こっちにもゆで卵を入れて、つぶして……」

「えぇ⁉　それもぐちゃぐちゃに⁉」

「それも、つぶす意味が……？」

「角切りベーコンを入れて、玉ねぎも……で、塩、胡椒《こしょう》……挟んで……はい完成！」

ちょっとリッチなポテトサラダサンド。

個人的にはパンにポテトサラダは美味《おい》しいけど、重いからあまり作らないんだけどね。魔王さんに食べてほしい食材を考えるといいかなと思って選んだ具材だ。

「この三種類、どうかな？」

お皿に三種類のサンドイッチを載せて二人に向けると、リリリさんも料理長さんも複雑な顔で首を傾《かし》げる。

「一つ目はなんとなくわかりますけど……」

「二つ目、三つ目は……」

食べたことなかったらそうなるだろうね。じゃあ……

「味見してみる？」

「いいんですか!?」

俺の言葉にリリリさんが一瞬で笑顔になる。

俺、リリリさんのこういうところ結構好き。

「うん。俺のいた世界とこの世界で文化が違うから、魔王さんに変なもの出したくないし。この世界の人の意見を聞きたい」

「では、遠慮《えんりょ》なくいただきます！」

「私も、ぜひ！」

料理長さんも手を挙げてくれたので、サンドイッチをテキトーに切って二人の前に置きなおす。

「はいどうぞ。俺も味見しようかな」

「では失礼してこの玉子の……」

「私もそれを……」

二人が玉子サラダのサンドイッチを手に取ったので、俺もそれへ手を伸ばす。

どうかな？

「ん、んん!?」

「ん！」

あ、いい顔。これは大丈夫そうだ。

「ライト様！　これ、美味《おい》しい！　この玉子のペーストがもったりして、ベーコンの塩気とよく合って、味が濃いけどパンも一緒に食べるから濃すぎなくて、もう、これ、美味《おい》しいです！」

「お、美味《おい》しい……ゆで玉子のもそもそした感じが気にならなくて……でも白身のぷりぷり感は残っていて……味も濃厚に感じる。ゆで玉子にこんな使い方が……！」

「ん、イメージ通りできてる。よかった」

こっちのマヨネーズ、ちょっと味が薄いんだよね。黄身多めにして正解だったな。

俺が味を確認している間に、二人はポテトサラダのサンドイッチに手を伸ばしていた。

「ん～！　このジャガイモ、美味《おい》しいです！　パンとジャガイモを一緒に食べるなんて、栄養満点ですね！」

「ジャガイモがしっとりするからパンと一緒でも食べやすい……すごく考えられた料理だ……」

そういえば、ここの料理ってジャガイモが主食扱いの時があるな。元の世界でもヨーロッパ……北欧？　ドイツだっけ？　どこかの地域ではジャガイモが主食だった気がする。

主食のパンと主食のジャガイモをセットには普通しないか。日本なら焼きそばパンとかあったけど。

「でも私、この中のジャガイモだけをお腹いっぱい食べたいかも……むしろ、お酒と……」

「あぁ、俺のいた世界だと、パンに挟まずにこの中身だけで食べることも多かったよ。お酒とも合わせてた」

「やっぱり！　里帰りの時に作ったら家族に喜ばれそう……ライト様、作り方を詳しく教えていただけませんか？」

「あの、私も！　城のメニューに加えたいです！　今度のパーティーメニューにも！」

「パーティーだったら、キレイなカップに入れるとか、ケーキみたいな形に盛りつけるとかしたら華やかになるよ」

「なんと……！　あ、ちょっと、メモします、メモ！」

料理長さんがポケットからメモ帳と万年筆のようなペンを取り出した。リリリさんも。

気に入ってもらえたならよかった。

「いいよ。じゃあ、魔王さんの分を作りながら教えようか」

「あ！　そうでした、魔王様のお食事……！」

「つい、あまりに美味《おい》しくて……」

最初に作ったサンドイッチは、もうない。

いつの間にか、主に二人がパクパク食べていたからなんだけど……

「好評で嬉しい。安心して魔王さんに作ってあげられるな」

これでこの世界の人の舌に合うってわかったから、自信を持って魔王さんに出せる。

多少の好みの違いはあるだろうけど、そこは「ライトが作った」と思えば魔王さんも美味《おい》しく感じるはずだし。

「そうだ、何個作ればいい？　魔王さん、魔力を消耗《しょうもう》しているならたくさん作るほうがいいよね？」

「はい。たくさん召し上がっていただきたいので、三種類それぞれ一〇個ほど作っていただければと思います」

ん？

今、え？

三種を一〇個？

つまり、全部で三〇個？

「そんなに……？」

「はい。普段よりもお疲れですので」

よく見たら、用意されたパンは三〇本以上あるし、ゆで玉子もジャガイモも鍋《なべ》いっぱい、ベーコンは塊《かたまり》で置いてある。

余裕をもって用意してくれたのかと思ったけど……使い切るレベルで作れということだったのか。

「……わかった……頑張るよ」

こんな重労働になるなら、もう少し簡単な「挟むだけ」のメニューばかりにすればよかった……とちょっと後悔もしたけど、作りながらレシピを教えた二人が「これ、絶対に魔王様も喜ばれますよ」「こんなに作ってもらえて、魔王様は幸せ者ですね」なんてずっと言うから……

久しぶりに誰かのために労働らしい労働をするのも、悪くないなと思った。

◆

頑張って作ったサンドイッチは、予想通り大好評だった。

魔王さんはあまりに喜びすぎて、泣きながら食べたので作業の手が止まってしまったらしいけど……キレイに全部食べ切ったお陰で魔力の回復もよく、その後の仕事が捗《はかど》ったらしい。よかった、よかった。

ただ、感動しすぎた魔王さんが……

「この料理は『かわいいライトの天才パン』と名づけよう」

と言い出したらしくて……最初にきちんと「サンドイッチ」「カスクート」という名前を教えておいたリリリさんや料理長さんも……

「ライト様、実家でも先日教えていただいた『かわいいライトの天才パン』を作ってみたのですが、家族にも大好評でした！」

「ライト様、今夜の夕食に、『かわいいライトの天才パン』のジャガイモペーストをアレンジしたものを入れてみました！　明日は城の賄《まかな》いに『かわいいライトの天才パン』を作ってみますね！」

なんて言い出すから、ローズウェルさんや騎士団長さんにも……

「ライト様、先日の『かわいいライトの天才パン』のお陰で、ここ数日魔王様の体調がとてもよく、仕事が捗《はかど》っています。ライト様は本当にかわいくて天才ですね」

「ライト様、今日の騎士団の食事が『かわいいライトの天才パン』だったのだが、あれはとても食べやすく栄養補給に優れていてまさに天才パンだな！　次の騎士団の遠征《えんせい》にも『かわいいライトの天才パン』を活用させてもらおう！」

一瞬で定着してしまった。

もちろん、お城の他の人たちにも。

「……」

元の世界でも、人の名前を使っていたり味に関係なかったりする料理名ってあるけど……なんとかさんの誘惑《ゆうわく》とか、悪魔のなんとかとか、娼婦《しょうふ》風なんとかとか……でも……

かわいい、天才、と言われるのは嬉しいけど……でも……

愛されること、褒《ほ》められること大好きな俺だけど、さすがに「もうこの世界にない料理は作らない」と心に決めた。

◆

サンドイッチの差し入れをしてから四日後。今日も夕食は別で、夜の一〇時ごろに疲れた顔をした魔王さんが部屋にやってきた。

「ライト、三日後に重要な国際会議がある」

「最近そのために忙しかったんだよね？　お疲れ様」

ソファで俺を抱きしめながら座る魔王さんの頭を「よしよし」と撫《な》でてあげると、魔王さんは疲れた顔を少し笑顔にした。

大きな仕事が終わったら、ゆっくりイチャイチャしようって話かなと思ったんだけど……

「ありがとう。ライト……実は一つ頼みがあるんだ」

「ん？　なに？」

頼み？　こんな風に改まって、珍しいな。

「会議の後、参加者の懇親会《こんしんかい》を兼ねたパーティーを開くのだが……参加者はペット同伴が多く、ライトにも一緒に参加してほしい」

へぇ……ペットの俺に、公《おおやけ》の場の話が来るとは思わなかった。でも、なんの時だっけ？　ペットもパーティーに出るって聞いたな。

華やかな席って大好き。人が多いところも。

だってたくさんの人に見られるってことは、たくさんの人に褒《ほ》めてもらえるってことだし。

「へぇ、楽しそう。いいよ。出たい！　でも、俺、この世界の人間じゃないし作法《さほう》とかわからないよ？」

「ライトはいつも通りかわいく俺の横にいてくれれば大丈夫だ。パーティーに出席するペットの仕事は、その場を華やかにして、参加者の心を和《なご》ませ、参加者同士が気を許して和《なご》やかに話せるようにすることだからな」

堅苦しい会議の後だったらそういうことか。なんだ、俺の得意なやつだ。

「じゃあ、俺は俺で勝手に楽しんでいいの？」

「もちろんだ」

「俺以外の現役ペットの人間に会うのは初めてだから、友達できるといいな」

ペットの先輩とか、他の国のペットとかと情報交換できるといいよね？

色々な意味で楽しみだ。

「そうだな。だが……」

「ん？　なに？」

最初は俺と一緒に笑顔になっていた魔王さんだけど、不意に表情を曇《くも》らせる。

「……一つだけ、懸念《けねん》がある」

「懸念《けねん》？」

「関係が緊張状態にある、隣国の魔族の王……導王《どうおう》に以前、ペットを傷つけられたことがある」

「傷つける？」

隣国って、少し前にテロ攻撃してきた国？　魔王さんが怪我した時の。

結局あれは隣国の過激派組織がしたことで、国自体は関わっていないとか、すでに国内で過激派組織は処罰したので詮索《せんさく》不要とか、曖昧《あいまい》な感じで処理されたらしい。隣国怖いな。

「あぁ、傷つけられたんだ。人前で、偶然を装って服を破られた」

服？　なにそれ、子供の喧嘩《けんか》？

でも、あからさまに大きな怪我でもさせたら国際問題なのか。

あ、そういえばペットの体って傷つけられない契約だっけ。それも関係あるのかも？

「意地悪な人がいるんだね」

「国として関係が微妙ということもあるが……あいつは自分のペットが一番と思っているせいで、目立つペットに嫌がらせをしてくる。ライトは参加するペットの中で絶対に一番かわいいから、きっとなにか……いや、俺が必ず全力で守る！」

「ありがとう。わかった！　気をつけておくから安心して」

「しかし……」

「俺、元の世界でも美形って言われていたから、嫉妬《しっと》で意地悪されることには慣れているよ。むしろ……」

まだ表情を曇《くも》らせたままの魔王さんの両頬《りょうほお》に手を添える。

「魔王さん、俺のこと好きすぎるから心配」

「え？」

「俺がもしなにかされても、ブチギレないでね？」

「……確約できない」

正直だなぁ。かっわいい。

「え～。困ったなぁ。魔王さんがそんなんじゃ、隣国の王様よりも魔王さんが気になってパーティー楽しめないよ？」

「……善処《ぜんしょ》する」

「楽しめないならパーティー出ない」

「……約束する」

魔王さんがしぶしぶうなずいたので、ご褒美《ほうび》に唇を啄《ついば》んだ。

「よし！　じゃあパーティーに着ていく服を決めないとね？」

「そうだ、着せたい服が五着あるんだった。その中から一つに絞るなんて……！」

話題を逸らすと、魔王さんはもう楽しそうな顔になった。

単純だな……思わず笑ってしまった。

「ふふっ。とりあえず着てみようか？　俺が一番かわいく見える服、選ぼう？」

「あぁ」

もう夜も遅い時間なのに、観客が魔王さん一人のファッションショーがはじまった。

◆

異世界のお城でパーティーなんていうから、お姫様が出てくる絵本のような舞踏会《ぶとうかい》をイメージしていたけど……どちらかと言うと、企業の記念パーティーとか、豪華な結婚式場での立食パーティーみたいな雰囲気だった。入り口には引き出物の袋のような「お土産」も用意されているし。懇親会《こんしんかい》って言っていたし。こっち系か。

華やかで、パーティーらしいけどね？　場所はお城の中でも特に豪華できらびやかな装飾が施された広間で、たくさんの丸テーブルが置かれ、お酒や料理が並び、部屋の隅では楽団が小さめの音で音楽を奏《かな》でている。

「ライト、もう少し近くにいろ」

「うん」

魔王さんは主催《しゅさい》だからか、この中で一番偉《えら》いからか、広い階段のついた小高い舞台の上の王座に座っている。いつもの黒い詰襟《つめえり》より少し金色の縁取《ふちど》りやラインが多い軍服風の衣装がかっこいい。

そして、その横に立つ俺も、気合いの入った華やかな格好。魔王さんがたくさん着せ替えながら選んでくれた、全体に銀糸《ぎんし》で花っぽい文様《もんよう》の刺繍《ししゅう》が施された、銀色の詰襟《つめえり》風のスーツというかセットアップというか……カチッとしているから堅苦しくて俺は好きじゃないけど、魔王さんがめちゃくちゃ気に入っていたのでこれにした。

他の参加者はモーニングや燕尾服《えんびふく》っぽい格好の人もいれば、魔王さんみたいな詰襟《つめえり》っぽい服や軍服っぽい人もいる。柄の入ったローブとかも。

体が大きい人には角が生《は》えていることが多いけど、角がなくて耳が尖《とが》っている人もいるな……なんだっけ？　エルフ？　あとドワーフ？　そんな感じの人もいる。

そして……

「魔王様！　新しいペットをお迎えしたとはうかがっておりましたが……なんてかわいらしいのでしょう⁉」

「そちらのペットも相変わらずよく懐《なつ》いていてかわいいな」

魔王さんの王座に最初に挨拶《あいさつ》に来た、まさにジェントルマンという燕尾服《えんびふく》で口髭《くちひげ》の魔族の横には、俺よりも少し線が細く少し年上に見える人間がにこにこ笑顔を浮かべて立っていた。

他の人もそうだ。ほとんどの招待客は横に人間を侍《はべ》らせていて、俺と似た系統の顔もいれば、もっとかわいくて幼い、小動物のような雰囲気の男の子や、彫《ほ》りが深くて強い感じのハリウッドスターみたいなお兄さんもいた。女の子は……いないみたいだな。

系統が違うから誰が一番とは言いにくいけど、基本的にどの子も俺が「美形」と思う男の子ばかりだった。

せっかくなら、魔王さんが自慢《じまん》できるようにこの中で一番素敵なペットでいたいけど、美形具合での勝負は好みの問題が大きそうで難しいか。

でも……

「あ、魔王さん」

「ん？　どうした、ライト？」

「せっかくのお揃《そろ》いのブローチが斜《なな》めに……はい、直った。かっこいい」

「あぁ。ありがとうライト」

近い距離で魔王さんの襟《えり》についたバラ型のブローチを……別に斜《なな》めになんてなってなかったけど、直して笑顔を向けると、魔王さんが嬉しそうにしながら、リリリさんがキレイに結《ゆ》ってくれた編み込み入りのハーフアップが乱れないようにそっと頭を撫《な》でてくれる。

「ふふっ。俺の自慢のかっこいい魔王さんだからね。見た目もちゃんとしないともったいないよ。……お話しの邪魔をしてごめんなさい」

もう一度笑ってから、魔王さんの前に立つお客さんのほうを向いて小さく頭を下げる。

「いえいえ。微笑《ほほえ》ましいところを見せていただきました。なんて素敵なペットなんでしょう。羨《うらや》ましい！　私にとっては当然うちの子が一番かわいいですが……それだけ懐《なつ》くなんて、さすが魔王様です」

「ライトが優しくていい子なだけだ」

謙遜《けんそん》しながらも魔王さんはとても嬉しそうだ。

そう。

なーんとなく会場の雰囲気でわかっちゃったけど、ペットの懐《なつ》き具合……ご主人様大好き具合で、ペットの優劣が決まるみたいだ。

手を繋いでくれるペット、腕を組んでくれるペット、ご主人様に笑顔を向けるペット……そういうのがいいみたい。

だったら……

「魔王さん。ずっと立っているの疲れちゃった」

三人目のお客さんへの挨拶《あいさつ》を終えると、王座のひじ掛けに手をついて魔王さんの顔を覗《のぞ》き込む。

「あぁ、気が利かなくて悪かったな。すぐに椅子を用意……」

「魔王さんの膝《ひざ》、座っちゃダメ？」

「ひ……ざ？」

「お行儀《ぎょうぎ》悪い？」

「いいに決まっているだろう！　かわいいなぁ、ライトは……！」

魔王さん、お客さんの前でそんなデレデレした笑顔でいいの？

心配になりながら、魔王さんの膝《ひざ》の上に横向きに、片方のひじ掛けに膝《ひざ》をかけて、腕は魔王さんに抱きつくように回して座る。

ちょっとやりすぎかな？　来賓《らいひん》の様子をうかがってみるけど……

「わぁ……かっわいい！」

「あんなに慣れるなんて……」

「たしか、まだ半年ほどしか経っていないはずなのに」

「人間はシャイな子が多いのに」

「羨《うらや》ましい……」

「魔族を怖がらずにあんなに甘えるなんて！」

「かわいい……なんてかわいい……かわいい……」

うんうん。大丈夫そうだ。よかった。

正直に言うとこの体勢ってそんなに楽ではないんだけど、パーティーが終わるまでこれでいくか……ん？

「これはこれは。素敵なペットで、妬《や》けてしまうな」

豪華な金色の刺繍《ししゅう》が入った紺色《こんいろ》のローブの男性が近づいてくると、魔王さんの表情が険《けわ》しくなる。

「導王……」

この人が隣国の王様、導王様か。

体格は魔王さんと同じくらい大きくてがっしり。神経質そうな顔立ちは似ていないけど、角の形は似ている。

そして、腰辺りまで伸びたストレートの髪は、黒色。魔王さん以外の魔族の黒髪、初めて見たな。

でも、この黒髪……やたら長く伸ばしているし、自慢《じまん》するように何度もかき上げるし、ちょっとイラッとして……いけない、いけない。

事前に「意地悪されたことがある」って聞いたから、偏見《へんけん》だよね。

できれば仲良く……と思ったんだけど……

「私もちょうど新しいペットを迎えたところなんだ。ほら、ご挨拶《あいさつ》しなさい」

「あ、あ、あ、あの、ペットの、オファです」

導王様の後ろから、紺色《こんいろ》のローブ姿の男の子が現れた。

一〇代後半かな？　顔の系統は俺と近そうだけど、少しふっくらしていて垢《あか》抜けない……いや、初々《ういうい》しい？　焦《こ》げ茶色のふわっとした髪は前髪が多くて長いし、うつむき加減だから顔がよく見えない。

なによりも緊張しすぎ。

グラスを持つ手も震えちゃって、真っ赤なワインが波立っていて……あ、嫌な予感。

「よ、よろしくおねがいしますっ！」

オファちゃんが頭を下げた瞬間、手に持ったグラスも一緒に傾《かたむ》いた。

グラスに入ったワインは、不自然すぎる向きで俺のほうに飛んできて……この体勢では避けられないな。

避けると魔王さんにかかっちゃうし。

俺がこんな体勢にしちゃったから、魔王さんからは見えにくいうえに避けにくいよね。

責任とって俺がかかっておこう。

「わっ！」

せめて、かわいらしく魔王さんに抱きつきながら甘んじてワインを受ける。

左腕から腰辺りまでかかった感触があるな。銀色の服に赤いワインは絶対に目立つ。

「あ、あ、も、もうしわけございません！」

オファちゃんが泣きそうになりながら頭を下げた。

謝罪の言葉が早すぎるし、あまりにぎこちなかったから絶対にわざとだろうけど……オファちゃん、やらされたのかな？

他の人間もそうだけど、魔族に対して「怖い」って思っていそうだし、特に魔王さんに対してはこの中で一番偉《えら》いからか、特別畏怖《いふ》の対象っぽい。

でも、飼い主には逆らえないのかな？

飼い主に無理矢理させられたなら「怒り」より「同情」なんだけど……

「あぁ、すまない！　まだ本格的に飼いはじめて一カ月。礼儀作法がなっていなくて……国に帰ったらきちんと躾《しつ》けなおしておこう」

導王様もわざとらしいくらい大げさに謝りながら、頭を下げ続けるオファちゃんと共に、長い黒髪を揺《ゆ》らして頭を下げる。

王様自らが意地悪すると国際問題だし、人間好きの魔王さんはペットに対して怒りにくいのを知っていてペットにさせたんだろうな。

それに、先にこんな対応されたら怒りにくいよね？　策士というか、ズルいというか。

……でも、魔王さんは相手の言葉なんか耳に入っていないようだった。

「ライト！　ライト、大丈夫か!?　怪我は!?」

「ワインが服にかかっただけだよ。大丈夫」

「俺がついていながら、すまない！」

「なんで魔王さんが謝るの？　俺が膝《ひざ》に座りたいなんて我儘《わがまま》言っちゃったからだよ」

導王様のこともオファちゃんのこともまったく見ずに俺の両肩を掴み、ワインのかかった場所を確認している。

心配しすぎ。

愛されている感じがして嬉しいけど。

「それより魔王さん」

魔王さんに笑顔を向けてから、ゆっくりと王座から下りる。

音楽も話し声も止まっていて、来賓《らいひん》みんなの視線が俺に向いた。

いいな。これだけ注目されるのは気持ちいい。

「……」

正面の導王様へにこっと笑顔を向けた後、なるべくかわいく、くるっと振り返ってから、同じ笑顔を魔王さんに向ける。

「よかったね」

「え？」

「え？」

魔王さんも導王様も他の来賓《らいひん》たちも、目を瞬かせて驚いてくれる。いい反応だな。

「魔王さん、最後までこの服にするか、もう一つの服にするか迷っていたけど……汚れちゃったのを理由に、堂々ともう一着にお色直ししてみんなに見てもらえるね」

「あ……ライト……」

「魔王さんがこっちのほうが似合うって言ってくれたからコレにしたけど……俺、本当はもう一着のほうが気に入ってたんだ。ラッキー」

「あ……あぁ」

銀色の詰襟《つめえり》の胸元を軽く引っ張って肩をすくめると、魔王さんの表情が緩《ゆる》んだ。

うん。これなら魔王さんは大丈夫か。

あとは……

「オファちゃんは、汚れてない？　服大丈夫？」

「え？　あ、はい……」

戸惑いながらうなずくオファちゃんに一歩近づく。

身長は俺より三センチ高いくらいかな？

「……」

「え？　あの……」

笑顔のままじっと顔を覗《のぞ》き込み……ふーん。近くで見ると……なるほどね。

「汗かいているみたいだけど、化粧《けしょう》直ししなくて大丈夫？」

「……！」

「まぁいいや。俺、着替えてくるね」

オファちゃんの肩をポンと叩いて、出口に向かうために階段を下りる。

見られているなぁ……でも、嫌な視線じゃない。

「皆さん、次の衣装もお楽しみに……ね?」

ホスト時代の癖《くせ》で、ついつい格好をつけたウインクをしながら、手を振って入り口のドアをくぐった。手ごたえはあったと思うけど……

「おぉぉぉぉぉ!」

「うわぁっ!?」

「か、かっわいい!」

「かわいい……」

扉が閉まるか閉まらないかの瞬間、アイドルのコンサート会場のような唸《うな》り声が聞こえた。

よしよし。

これなら魔王さんもブチギレないし、俺の株も上がるし、いいんじゃないかな?

我ながら頑張った。後で魔王さんにたくさん褒《ほ》めてもらおう。

「ライト様! 大丈夫ですか!?」

「ライト様! お怪我はありませんか!?」

部屋を出た瞬間、奥のスタッフ用の出入り口から出てきたリリリさんとローズウェルさんが駆け寄ってくれる。

自分では緊張していないつもりだったけど、二人の顔を見ると思わずため息が出た。

「はぁー……うん。大丈夫そう。ほら、俺って契約もあるし」

「よかった～！　でも、念のために毒物の検査はしますね！　あと、シャワーと、着替えと……あ、毒物ではなさそうです！」

部屋へ向かって歩きながら、リリリさんがワインのかかった服に触れる。おそらく魔法で調べてくれているんだろうけど……そうか、そういう懸念《けねん》もあるんだ。

油断していた。今後は気をつけないと。

でも、ローズウェルさんはタオルを手渡しながら、俺の行動を手放しで褒《ほ》めてくれる。

「ライト様、素晴らしい機転《きてん》でした。さすがです」

「元の世界で仕事していた時に、ライバルにお酒をかけられた経験が活《い》きたかな」

ホスト時代にこんな感じで切り抜けたことがあったから、とっさに反応できた。

ホストやっていてよかったな。

「これで魔王さんが怒って関係悪化っていうのはないと思うんだけど……」

「はい、大丈夫だと思います！　ここで魔王様が攻撃魔法でも使ってしまったら、危うく国際問題でした！」

「ライト様のお陰ですよ～！　ありがとうございます！」

廊下を進みながら二人は笑顔で俺を褒《ほ》めてくれるけど……俺も安心してはいるんだけど……

「でも俺ね、そこそこ腹が立っているんだよね」

「「え？・」」

俺が笑顔で言った言葉に、二人はとても驚いた様子で固まった。まぁ、そうか。

この世界に来て初めて言ったかもね。「腹が立った」なんて。

「あ、それは……当然です。大勢の前で服を汚されて……」

「腹が立ちますよね！　でも、ライト様が怒るなんて珍しいですね」

「怒るよ。大事な魔王さんが馬鹿にされたみたいなものだから。それに、あの導王様の態度。ペットのこと……オファちゃんのことをなんだと思っているんだろうね？」

もう笑顔もいいや。

不機嫌《ふきげん》を隠さずにため息をつくと、なぜか二人は泣きそうな顔になる。

「ライト様……ご自身の尊厳《そんげん》よりも魔王様、さらには相手のペットにまで心を砕くなんて……」

「うぅ、ライト様ぁ！　怒る理由まで魔王様のためなんて……かわいいうえにお優しすぎっ！　こんな素晴らしいペット、みたことない……！」

泣きそうな顔で俺にそう言ってくれる二人のほうが優しいと思うけど……

「優しくないよ。ちょっとだけ意地悪したいし」

「意地悪、ですか？」

「大丈夫。相手に怪我させたり服を汚したりはしないよ。ちょっと、親切をしてあげるだけ」

俺の言葉に二人は首を傾《かし》げる。

「俺と魔王さんのほうが上だってわかってもらおうと思って」

仕返ししてやろう。

そう思うとちょっと機嫌《きげん》も直ってきた。

「手伝ってくれる？」

俺がいつもの笑顔に戻ると、二人も笑顔になって大きくうなずいてくれた。

「「はい、もちろんです！」」

へぇ……よい子な発言じゃないのに、俺のこと応援してくれるんだ？

◆

着替えとちょっとした用意にわざと時間をかけて、パーティーが終わる一〇分くらい前に広間に戻ることにした。遅れて登場するほうが、期待感が高まるからね。

「ライト様、遅いですね……」

「明るく振る舞ったものの、やはりショックだったのかも」

「あんなにかわいい顔して、健気《けなげ》な……」

「かわいそうに……」

スタッフ用の出入り口からこっそり中を覗《のぞ》くと、お客さんたちはそんな反応で俺を待ってくれていた。

よしよし。これならいけそう。

「ローズウェルさん、リリリさん、よろしくね」

「はい」

「お任せください」

正面の扉に戻り、リリリさんに首元のリボンを直してもらってから扉を開く。

「遅くなってごめんなさい」

お辞儀《じぎ》をして、俺が一番華やかに見える笑顔で顔を上げると……会場内の全員の視線が俺に向いていた。

「かわいい……」

「か、かわいい……」

ぼそぼそと呟《つぶや》いているのが聞こえる。

やっぱりかわいいよね？

白い光沢のある生地《きじ》に、俺の髪色に似た金色の糸で刺繍《ししゅう》が施された、王子様っぽいというか、アイドルっぽいジャケットに揃《そろ》いのベスト。白いスラックス。中のシャツもリボンタイも白で、あえてシンプルにしたのは……

「お城に咲いている自慢《じまん》のバラを用意していたら遅くなっちゃって」

騎士団長さんのお祖父《じい》さんにも協力してもらって揃《そろ》えた、真っ赤なバラの花束。

数カ月前に見せてもらった品種より小ぶりだけど、一つ一つの花が締まっていて、密度の高いゴージャスなバラの花束になっている。豪華なバラの花束を持っていると、男っぷりが上がって見えない？

「はぁ……バラの花が世界一似合う……！」

「花の妖精か？」

「自慢《じまん》のバラを見せたいなんて、かっわいいなぁ……」

反応いいなぁ。

ちょっとよすぎる気もするけど。

でも、このバラの役目は見た目のブーストだけじゃない。

「せっかく皆さんとお話しできる機会だったのに、長く離席してしまったから……このバラとお帰りの際のお土産を、俺が配らせてもらうね？」

「ペットが、直接？」

「なんてかわいいサービス……！」

「こんなに懐《なつ》くなんて、魔王様、いったいどんなお世話を……？」

お客さんたち、感動しすぎじゃないかな？　でも、もし、元の世界でペットのワンちゃんがパーティーの帰り際にプレゼントをくれたら「わぁ、かっわいい！　なんておりこうさん！」って感動するだろうから……喜ばれているようだし、このままいこう。

俺がパーティー会場を進むと、来賓《らいひん》に配るお土産の袋を両手に持ったローズウェルさんとリリさんが続く。

ちゃんとパーティーを仕切っているドーラルさんにも確認済みだし、中身も教えてもらっている。

来賓《らいひん》は全部で二〇人ほど。サクサク渡していくべきなんだけど……

「どうぞ」

「あ、あぁ」

まずは、入り口に近いところにいた、赤髪で赤い燕尾服《えんびふく》風の服で少し厳《いか》つい感じの魔族男性にお土産の袋を渡し、隣に立つ黒髪短髪で凛々《りり》しい感じのペットの男の子にはバラの花束から一本抜いて渡す。

「ふふっ。ご主人様とペットちゃんでお揃《そろ》いのタイだ。仲良しって一目でわかっていいなぁ。真似《まね》していい？」

「え？　あぁ、もちろん！」

俺の言葉にすごく驚いた魔族の男性は、厳《いか》つい顔をすぐに満面の笑顔に変えてうなずいた。

「魔王さん！　俺たちも今度はお揃《そろ》いのタイね？」

「あぁ、そうしよう」

少し離れた王座に座る魔王さんに手を振ると、魔王さんは嬉しそうにうなずいてくれた。

よし、次はその奥の……焦《こ》げ茶色の髪で軍服を着た、険《けわ》しい顔の魔族のおじさん。

「はい、どうぞ……あれ？　ご主人様のペンダント、ペットちゃんの瞳と同じ色の石だ」

「あ、あぁ、そうなんだ！　まったく同じ色のものを探して……やっと見つけたものなんだ！」

「ペットちゃんがキレイなエメラルドグリーンの瞳なのもいいよね。瞳がもうそのままで宝石っぽい。キレイ！」

「あ……ありがとうございます！　ご主人様が褒《ほ》めてくださる瞳に合わせて服も、髪飾りも選んでいるので……嬉しい」

ご主人様と儚《はかな》い感じのペットの男の子が顔を見合わせて笑ってから、俺に笑顔でお辞儀《じぎ》をしてくれた。

さて次は……深緑の髪に同じ色の、一際上等に見える燕尾服《えんびふく》を着た優しそうな年配の魔族と、おそらくこの中で一番幼い、小動物っぽい雰囲気でふわふわの茶色の巻き髪がかわいいペットの男の子。

「ペットちゃん、イチゴのタルト気に入ってくれた？」

「え？　あ、はい！　とても美味《おい》しかったです……とても！」

「俺もあれ好きだから、一番に食べる人誰かなって見てたんだ。同じお菓子好き仲間だね？」

「はい！　イチゴのお菓子はなんでも好きなのですが、あのケーキは今まで食べたお菓子の中で一番イチゴ味が濃くて生地《きじ》も美味《おい》しくて……初めて食べる形でしたが、とても美味《おい》しかったです！」

なんとなく目についたのを覚えていただけなんだけどね。いい顔していたからアタリだった。

あと、この国の、このお城のお菓子が美味《おい》しいお陰だよね。

「料理長さんと、今日は城下町のケーキ屋さんも手伝いに来てくれているみたいだから、感想伝えておくね」

「はい！　世界一のお菓子だとお伝えください！」

ペットの男の子が少し緊張していた顔をかわいらしい笑顔にした瞬間、俺たちの会話を柔《やわ》らかい笑顔で見守ってくれていた年配の魔族男性が、表情と同じく、柔《やわ》らかい声でペットちゃんに話しかけた。

「そうか。あの菓子が気に入ったのか。帰りに買って帰ろうな」

「あっ！　あの、そんな……申し訳ないです！」

「いいんだ。お前の嬉しそうな顔が見たい。たくさん買っていこう。……ライト様、この子は遠慮《えんりょ》がちな子なので、好物を知ることができてよかった。ありがとうございます」

「俺は同じお菓子が好きな友達ができて嬉しいだけだよ。イチゴのタルトは城下町で買えるし、お土産の中に入っている焼き菓子も俺と魔王さんのお気に入りだから、ぜひ食べてみて」

「はい！」

二人と笑顔で別れて、次は一番端《はし》の……あまり他の人と絡んでいなかったローブ？　ドレス？　白いゆったりした服を着た角がなくて耳が尖《とが》った、長い金髪の恐ろしく美形なお兄さん。これまでの来賓《らいひん》と同じようにお土産を渡し、隣に立つ切れ長の目が印象的な長い黒髪のクールビューティーなペットのお兄さんにバラを渡しながら声をかける。

「はい、どうぞ」

このお兄さん、年齢も少し上っぽいけど、ペットの中で一番背が高い。隣のご主人様と同じくらい？　二メートル近くありそう。色気もあるしバラが似合うな。ちょっと悔しいけど……

「あのさ、その目じりってつけまつげ？　切れ長のかっこいい目に色っぽいまつげ、すごく合っているね」

「あ……ありがとうございます。そうです、つけまつげです」

長い黒髪のお兄さんはすごく驚いた顔でうなずいた。

「あるんだ！　この国、つけまつげの習慣がないんだよね。いいなぁ。それすごくかっこいい！

リリリさん、ローズウェルさん、これだよ、これ。俺が欲しいって言っていたの！」

「なるほど！　ライト様が理想とおっしゃっていた目元のイメージがやっとわかりました！」

「ライト様はそのままで充分かわいらしいと思いますが……さらに磨《みが》きをかけるとはこういうことなのですね」

俺が二人を振り向くと、特に打ち合わせもしていないのに二人とも感心したようにうなずいてくれた。

「ではそちらの国から買いつけるようにしましょう」

「よろしくね？　俺の目の形だとこのペットちゃんほど似合わないかもしれないけど……魔王さんにもっとキレイな俺を見てもらいたい」

ま、すごく欲しかったわけではないんだけど。

リリリさんとこの国の化粧《けしょう》の話をしている時につけまつげの話になったことがあって……たまには違う雰囲気の顔にしても面白そうだし自分で使いたいのが半分、オシャレが好きなリリリさんに見せてみたいのが半分って感じ。

ほぼリップサービス。

でも、そのリップサービスは大成功だったようだ。

「……ライト様、買いつけは不要です。献上《けんじょう》しましょう」

ずっと黙っていた白いローブの美形のお兄さんが、静かに口を開いた。

「それは申し訳ないよ。いい物にはお金を払わなきゃ」

「いえ。お代なら今、イルズを褒《ほ》めていただいたお言葉で充分です。このような席で他国のペットからの褒《ほ》め言葉など、なかなか聞けませんから」

「イルズちゃんって言うんだ？　イルズちゃんがかっこよくて褒《ほ》めやすいお陰で、俺、得しちゃった。ありがとう」

「いえ。王のために手を抜かずに着飾ってきただけですので」

美形のお兄さんもペットちゃんも、ずっと冷めた顔だったのにふっと小さく笑って二人で視線を合わせると、肩を抱き寄せ合っていた。

よしよし。

つけまつげももらえるみたいだしラッキー。

この調子で、来賓《らいひん》やペットと仲良く話していって……最後の一組。

魔王さんの王座のすぐ下に立っていた導王様へお土産を渡す。

「はい、導王様。どうぞ」

「あ、あぁ……」

他の人たちへの笑顔とまったく同じ笑顔で渡すと、導王様のほうが気まずそうな顔をする。

まぁ、この人はどうでもいい。それよりも導王様に隠れるように立っているペットだ。

「あと、オファちゃんにはお花じゃなくて……特別にこれ」

「え？」

俺がオファちゃんにだけバラの花ではなく茶色い紙袋を渡すと、周囲がざわめいた。会話のきっかけと、みんなと差をつけるためのバラだったからね。計算通りの反応には気づかないふりをして続ける。

「化粧《けしょう》水とクリーム」

「……っ！」

オファちゃんが出しかけた手を止めてしまう。理由はわかるけど、ここもまだ気づかないふり。

「あ、疑ってる？　大丈夫、毒じゃないよ……ほら」

中の瓶《びん》を取り出し、目の前で自分の手に塗《ぬ》り込んでみせる。

実際に俺が使っているものの新品で、毒でもなんでもない。

「これ、使い心地いいんだよ？　見て、俺の肌キレイでしょう？　これでおしろいもなにも使っていない素肌なの、ちょっと自慢《じまん》」

「っ……！」

オファちゃんが唇を噛《か》んで下を向く。

……導王様は怪訝《けげん》そうな顔をしているけど、わかっていないな。

「ねぇオファちゃん。肌荒れしているところにおしろい塗《ぬ》りたくるの、よくないって知ってる？」

「……はい」

「なんで肌荒れするか、わかる？」

「……いいえ」

オファちゃんはうつむいたまま微《かす》かに首を振る。

「俺もプロじゃないけどね……」

前置きをしてからもう一歩オファちゃんに近づいて顔を覗《のぞ》き込んだ。

「まず食生活乱れすぎ。さっきから肉、しかも揚《あ》げ物ばかり食べてるよね？　油とりすぎ。あと、甘いものもクリームとか脂肪が多いもの選びすぎ。ニキビできるの当然」

「え？」

オファちゃんはそれを指摘《してき》されるとはまったく思っていなかったのか、驚いた表情で顔を上げる。

その顔は、おしろいで隠しているけど角度によっては若い男の子特有のニキビの凹凸《おうとつ》がたくさん見えた。

「あと、洗顔の時、ちゃんと石鹸《せっけん》泡立ててる？　ゴシゴシ力まかせに擦ってない？　荒れているからって汚れ落とそうとしてない？　石鹸《せっけん》でも、洗った後のタオルでもゴシゴシしたら余計に荒れるよ」

「え？　え？」

「あと、オイル系のもの顔に塗《ぬ》ってるでしょ？　テカリやばい。オイリー肌にオイル塗《ぬ》ってない？」

「えぇ……？」

「それと、手や髪が顔に当たるのもよくない。その長い前髪、切ったほうがいいよ」

「でも……」

「隠したい？」

「……はい」

オファちゃんが泣きそうな顔でまた下を向く。

ほら。

すぐ下を向くのもそうだよね？

「肌、荒れてるのがバレて導王様に嫌われるのが嫌？」

「っ……はい……」

「だから常に導王様のちょっと後ろにいるんだ？」

「……はい」

「導王様のこと、大好きなんだね？　ペットとしては尊敬するよ」

健気《けなげ》だなぁ……嫌われたくなくて一生懸命《いっしょうけんめい》なんだろうな。

それで、なんでも言うこと聞いて俺に意地悪するのはよくないと思うけど。

「オファちゃん……」

その場に片膝《かたひざ》をついて、オファちゃんの顔を覗《のぞ》き込む。

「肌荒れって辛いよね。よく頑張ったね」

優しく、恭《うやうや》しく、王子様っぽく手を握《にぎ》ってから……あまりしないようにしているんだけど、ホスト時代に女の子でも男の子でも本気で落としたい時にしていた、キメ顔をする。

目の前の子が愛しくてたまらないって感じの色っぽい笑顔。

この角度ならオファちゃんにしか見えていないはず。

「いい子だね」

「あ……」

……目の前のオファちゃんが顔を赤くして体を震わせる。

「……」

しばらくじっと見つめ合った後、ふっと優しい笑顔を向けてあげてから立ち上がった。

「あ、あの……」

オファちゃんがなにか言いかけた瞬間、ずっと黙って俺たちを見ていた導王様がオファちゃんに抱きついた。

「オファ！　そんなことを気にしていたのか!?」

「あ……」

「お前は、いてくれるだけでかわいいのだから……そんなこと、気にしなくていい！」

「導王様……」

「しかし、お前の悩みに気づいてやれなかった。飼い主失格だ。すまない。これからはお前の悩みにきちんと寄り添おう！」

導王様、嫌な人だけどペットを可愛がる気持ちは本物みたいだな。

「そうだよ、年齢や体質で仕方がない場合もあるけど、ストレスとか、不潔《ふけつ》な環境とか、服やリネンの素材とか、肌に悪いものはたくさんあるんだから、導王様がきちんとオファちゃんを可愛がってあげてよ？　魔王さんは俺の食事にも気を遣ってくれているし、俺に触れる時はきちんと手を洗ってハンドクリーム塗《ぬ》ってからにしてくれるよ」

俺が遠慮《えんりょ》なく声をかけると、導王様は素直に話を聞いてうなだれる。

「そ、そこまで……そうか……悔しいが、なんの反論もできない」

「導王様、オファちゃんがこんなに導王様を慕《した》っているってことは、導王様はすごく優しくてペットに愛情を与えてくれる素敵な飼い主さんなんだと思うよ。でも、可愛がるだけが飼い主の責任じゃない。きちんとオファちゃんを見てあげて？　導王様ほど愛情深い人ならできると思うから」

「……あぁ、そうだな。オファ、これからは一層お前のことを大切にするからな！」

導王様の言葉に、オファちゃんは曖昧《あいまい》な笑顔でうなずいた。

「それじゃあ、お幸せに」

二人に手を振って……オファちゃんが俺を見つめる瞳が熱っぽいのには気がついていたけど、あっさり背中を向けて魔王さんの王座めがけて階段を駆け上がった。

「魔王さん！」

「ライト……！」

わざわざ立ち上がってくれた魔王さんに抱きつくと、魔王さんもしっかりと俺を抱きしめてくれた。

「俺、皆さんにきちんと挨拶《あいさつ》できたよ。褒《ほ》めてくれる？」

「あぁ。えらいな、ライト」

「んっ。ふふっ。もっと」

「だめだ、せっかくかわいくした髪が乱れる」

「そっか……じゃあ、後でいっぱい褒《ほ》めてね？」

「あぁ」

大きくうなずいてくれた魔王さんの頬《ほお》にキスをすると、もう一度ぎゅっと抱きしめてくれた。

さて、離れがたいけど、これだけイチャイチャしたらもういいよね？　腕を離すと魔王さんが名《な》残惜《ごりお》しそうにしながらも王座に戻った。また膝《ひざ》でもいいんだけど、今は横に立っておくか。

「ふふっ、楽しみ」

「……」

あぁ、久しぶりだな。

目の前のたくさんの人、全員が俺を好きになっているって状況。俺のことを素敵だと思ってくれている視線。居場所があると感じられて心地いい。

でも、この会場の半分は来賓《らいひん》で半分はペット。みんな俺のことを好きになってくれたとは思うけど、それぞれの横にいる相手が一番好きなはず。

俺、一番じゃないんだよね……だけど……

「ん？」

不意に横から伸びた手が俺の手を握《にぎ》る。

「ライト、お前は本当に……誰よりもかわいい最高のペットだ」

「魔王さん……」

魔王さんの一番は俺なんだよね。

そう思うと、ここにいる全員からの視線よりも、魔王さん一人が向けてくれる視線がなによりも嬉しかった。

◆

パーティーから一週間ほど経った日、ローズウェルさんとリリさんが大量の荷物を俺の部屋に運び込んだ。

「ライト様、献上品《けんじょうひん》がたくさん届いていますよ」

「献上品《けんじょうひん》？　つけまつげくれるって言ってたやつ？」

それにしては箱が大きいし、色々な箱がある。

俺が首を傾《かし》げていると、リリさんが少し興奮した口調で小さめの箱を手に取った。

「つけまつげはこちらですが、それ以外にも、先日のパーティーにいらした様々な来賓《らいひん》の方がライト様へ贈り物をしてくださっています。パーティーの後、友好国から献上品《けんじょうひん》が届くことはありますが……ペット様宛て、しかもこんなにたくさん来るのは初めてです！」

「他国との友好が深まりました。ライト様、ありがとうございます」

好かれるように頑張った効果があったたってことか。

頑張った甲斐というか、これもホスト時代の経験が生きたな。

「国の……魔王さんの役に立てたならよかった。じゃあ、早速開けさせてもらおうかな」

「未開封の簡単な検査はしていますので、危険物はないはずです。ただ、食べ物など口に入れるものは再度検査をしますのでご了承ください」

「わかった。まずはつけまつげ……お、たくさん入れてくれてる！　リリリさん、今度一緒に使おう？」

ノートくらいのサイズの木箱を開けると、色々な形や長さのつけまつげと専用の糊《のり》かな？　ガラス瓶《びん》が入っていた。

「はい！　ライト様からお話を聞いて気になっていたんです！　でも……エルフの森の王が本当に物を送ってくださるなんて」

「確かに。これまでの交流といえば、祝いごとの短い手紙がせいぜいで、献上品《けんじょうひん》なんて異例中の異例ですね」

あぁ、やっぱりあの人「エルフ」か。それっぽい見た目だったよね。

「エルフの王様って、魔王さんと仲良くないの？」

「仲良くないといいますか……種族が違うので、最低限の付き合いと思われているのかと」

「そうなんだ？　あ、つけまつげ以外になにかある……これなに？」

瓶《びん》の下に封筒があって、手紙と……薄い木の板？　ハガキくらいの大きさで、読めないから文字ではなく文様《もんよう》？　図形？　が描いてあった。

「え？　は⁉　エルフの森の通行証……⁉」

ローズウェルさんが珍しく大きな声を上げる。

「手紙には……魔王さんとぜひ遊びに来てねって書いているよ」

「えぇぇぇぇぇ⁉　魔王様と⁉　あ、遊びに⁉」

「エルフがこちらへ来ることはあっても、いつも森には絶対に入れないのに……会議や視察でも数百年に一度入れるかどうかの森に……あ、遊びに……？」

「俺の読み間違いじゃないと思うけど？　そんなにレアなことなんだ？」

ローズウェルさんとリリリさんへ通行証と手紙を渡すと、二人は何度も何度もそれを確認する。なかなか事実だと受け入れられないみたいだ。

「確かに書いていますね！　す、すごい。信じられない。エルフの森へ遊びに行くなんてレアどころの話ではありません。奇跡です！　きっとライト様のお言葉が本当に本当に嬉しかったんですね！」

「……それにしても……これはなんとしてでも魔王様のご予定を調整《ちょうせい》しなければ」

ローズウェルさんがスケジュール帳を確認しだしたので、俺は次の箱へ手を伸ばした。

先ほどの箱より大きめで……デパ地下の菓子折りの一番大きな箱くらいのサイズだなと思いながら開けると、中身もソレっぽいものだった。

「お菓子だ。イチゴ味のパウンドケーキかな？　クッキーとかも色々……ジャムもある。全部美味《おい》しそう」

「そちらは国際商工ギルドのギルドマスターからですね」

ギルドのマスターって言われても、どの人だったか……？

「お連れのペット様がイチゴのタルトを気に入っていた方ですよ」

ローズウェルさんが執事らしくフォローしてくれる。さすが。

「あぁ、あの人！　でもなんで俺に？　……あ、手紙だ。えっと……へぇ……城下町で買ったケーキを気に入ったから、いいお菓子を知るきっかけになった俺にお礼だって」

「あ！　こちらのお菓子の包み紙、東の国の高級店のものです！　関税がかかって高いからあまり買えないけど、すっごく美味《おい》しいんですよ！」

「そうなんだ？　魔王さんの分はとっておかないとだけど、後でみんなでちょっと食べちゃおう？」

「いいんですか!?」

「パーティーの日、二人にも色々協力してもらったし……あ、手紙もう一枚あった。えっと……この国のお菓子協会にぜひ国際商工ギルドに入ってほしいから連絡してね……とか書いてる。これ、どうしたらいい？」

「え？」

「えぇっ!?」

キラキラした目で箱を覗《のぞ》き込んでいたリリリさんとローズウェルさんが、また驚いた顔になる。

俺は、この世界の国際情勢とか全然わからないんだけど……？

「す、すごいことですよ！　国際商工ギルドに入れれば、ギルドの流通網を使って外国でも自由に商売ができるようになるんです！」

「選ばれた名品しか入れないのに……！　急いで菓子協会の会長を呼んで……契約と取引の準備と……生産調整《ちょうせい》と……！」

「ごめん、俺のせいで仕事増えちゃった？」

「いいえ！　外貨獲得の大チャンスです！　ライト様、お手柄ですよ！」

「そう？　俺は仲良くおしゃべりしただけなんだけど……役に立てたなら嬉しいよ」

偶然ではあるけど……あのパーティー会場で一番上等な服を着ていたから、お金のある人だろうなと思って距離を詰めておいた自覚はある。ホスト時代の勘《かん》とクセ、使えるな。

やっぱりホストやっていてよかった。

「次はこれ開けようかな」

「ライト様！」

隣にあった小さめの箱に手を伸ばすと、急にローズウェルさんが俺の手を遮《さえぎ》った。

「これは導王様からです。他のものと同じく検査はしているので危険物ではないと思いますが……念のため私が開けましょうか？」

「気を遣ってくれてありがとう、ローズウェルさん。でも、検査しているなら大丈夫だと思うよ」

俺のことを心配してくれるの、嬉しいな。でも、パーティーの様子では、たぶん大丈夫。

元ナンバーワンホストの勘《かん》と……あの日、しっかり思い知らせたつもりだから。

「……承知致しました」

ローズウェルさんにまだ心配そうに見守られながら、箱を開けて、中のリボンや包装紙をはがすと……

「ハンカチ……スカーフかな？」

バラの花柄の赤いスカーフと、この金のリングはスカーフを留めるもの？

あまり使ったことのないファッションアイテムだけど……

「俺に似合いそうな柄だよね？」

「はい！　とてもよくお似合いです！　ライト様、赤色似合いますよね～」

「シルクも金も隣国の名産ですね。特に質のよいものに見えます。それに、赤だけでなく金も、ライト様によく似合いますし……」

「うん。きちんと俺に似合うように、俺が喜ぶように考えて選んでくれている気がする」

導王様、俺の言葉が響いたみたい。

「あ、手紙だ。えっと……オファちゃんと一緒にどれが一番俺に似合うか選びましたって」

「……感謝や謝罪の言葉は？」

「ないね。あとは俺の健康を祈ってくれているだけ」

「あの方は……でも、あの導王様から献上品《けんじょうひん》が届くだけでもすごいことです」

「これで国の関係も、少しくらいはよくなるかもしれないですね～」

隣国との関係、本当に微妙なんだな……俺にとっては、俺と魔王さんのほうがペットと飼い主としてレベルが上なんだぞって見せつけられて満足なだけだけど……あ。

「……」

「ライト様？」

「ん、なんでもない」

導王様の手紙の下に、オファちゃんからの手紙も入っていた。

あの日の俺の行動をこと細かく褒《ほ》めてくれている手紙で、まるでアイドルに宛てたファンレター
みたいだ。そして手紙の締めには……「ライト様に言われた言葉、あの時の笑顔が忘れられません。

またお会いできる日を心待ちにしています」か。

……うん。

ちゃんと俺のかけた「魔法」は効いていそう。

ごめんね、オファちゃん。俺、同情はするけど君たちに怒っているから。

どんなに導王様が向き合っても、オファちゃんはもう俺のファン。

オファちゃんは導王様のことも変わらず好きだとは思うけど……まぁ、頑張ってね？

「次の箱、開けようか」

二人のことはもう頭の隅に追いやって、いつもの笑顔で次の箱へ手を伸ばした。

◆

他の箱も、「ライト様に似合いそうだったので」とか「ライト様の瞳の色の石なので」とか「ペッ

ト を褒《ほ》めてくれてありがとう」なんてメッセージのついた素敵なプレゼントばかりだった。

この世界の物価というか、なにが高価とかわかっていないけど、ちょっとした菓子折りもあれば、高価そうなアクセサリーもあった。

「なんか申し訳ないなぁ。こういう時お礼ってどうしたらいいの?」

「献上品《けんじょうひん》なので、お返しは不要です。ライト様のご負担でなければ、お礼状を書いていただければ城からの受領書と共に送らせていただきます」

「お礼状ってあの送り方? 書いた文字だけがいくやつ」

「いえ、国際書簡になるので直筆《じきひつ》の書面をそのまま届けます」

「お、じゃあなんかオマケつけよう」

「オマケ?」

「気持ちだけだよ。……こういうの」

「……?」

最近テーブルに置いている正方形のメモパッドから一〇センチ角くらいの紙を一枚とって……久しぶりに作るから……あ、意外と指が覚えているな。

「最後にこう折って、これをこう開いて……鶴!」

いわゆる「折り鶴」を作って掌《てのひら》に載せると、ローズウェルさんもリリリさんも不思議そうに首をひねる。

「つ、る?」

「あ、いないか。えっと……首の長い、白い鳥？」

「白鳥……？」

「あぁ、それでいいや」

鳥のプロが見たら怒りそうだけど、白鳥もだいたいこんなフォルムだよね？

テキトーにうなずいておくと、リリリさんが体を屈《かが》めて俺の掌《てのひら》に載った鶴をマジマジと見つめる。

ローズウェルさんも一歩引いてはいるけど興味深そうで……

「え？　これ、紙……立体……？」

「折っただけですよね……しかも一枚の紙で、ハサミや糊《のり》も使わず……？」

めちゃくちゃ不思議そう。今どき外国の人でもこんな反応してくれないよね。

いいなぁ。新鮮《しんせん》。俺からすれば、この世界の魔法のほうが不思議なのに。

「結構上手でしょう？　色々作れるよ。これとか……こういうのとか」

さらにメモパッドから紙を取って朝顔、箱……

「わ！　このお花、かわいいですね！」

「こっちは、箱？　すごい。物が入れられる！　これは、ライト様のいらっしゃった世界では誰でもできる技術なのですか？」

「技術っていうか基本は遊びだよ。俺は施設育ちだから、年下の子たちに作ると喜ばれて……他の人よりはたくさん作っていたかもね」

懐《なつ》かしいな。近所に紙製品の工場があって、紙のオモチャはたくさん寄付《きふ》があったんだよね。

折り紙とか塗《ぬ》り絵とか、お絵描き用の画用紙もたくさんあって、そういう遊びはいくらでもできたな。絵にちょっとだけ自信があるのはそのお陰。

次の紙を手に取って、紙飛行機を折りながら思い出に浸《ひた》っていると、リリリさんがまた首を傾《かし》げた。

「施設……？」

「児童養護施設って言って、親のいない子供が生活するところ」

親がいない以外の理由もあるけど……あ。しまった。

「孤児院……？」

「あぁ、うん。だいたいそうかな」

「……そう、だったんですね……」

しまったな。本当に、しまった。うっかりしていた。

この世界でも、親がいなくて保護施設で育ったって言うと悲しい顔されちゃうのか。

リリリさんも、ローズウェルさんも、せっかく楽しそうにしてくれていたのに、今にも泣き出しそうな顔になってしまう。

優しいね。

でも、俺を見て悲しい気持ちになられるの、嫌なんだけどな……うっかり口が滑《すべ》ってしまった。

「二人ともそんな顔しないでよ。俺、親はいないけど施設では可愛がってもらっていたし、家族って言うならかわいい弟が二人もいたから」

「あ、すみません……」

「申し訳ございません」

俺ができるだけ明るく言うと、二人が慌てて頭を下げる。

謝られるのもあまり好きじゃない。

本当、失敗したな。こういうところでは気を遣われたくないし……それに、こんな話をすると……

「ね、お礼状ってどう書けばいいかな？　マナーとか教えて？」

二人には笑顔を向けるけど、だめだな。こういう話をするとどうしても思い出してしまう。

俺の大事な弟たち、どうしているかなぁ。

上の弟、就活どうなったんだろう。

下の弟、バイト続いているかな。大学の勉強、ついていけているかな。

急に俺がいなくなっても、住むところと学費は渡しているし大丈夫だと思うけど……それに……

「……」

帰れないんだから考えるだけ無駄だよね。

わかっている。

わかっているんだけど……

頭の中に浮かんだ弟たちの顔……と共に、白ご飯、寿司、みそ汁、上の弟が作ってくれるだし巻き玉子、たこ焼きもいいなぁ……お菓子なら甘じょっぱい系の粉をまぶしたお煎餅《せんべい》とか、タレ多めのみたらし団子……続きが出ているはずの漫画にファイナルシーズンが放送されているはずの海外ドラマ、課金もしていたオンラインゲーム……時々ライブに行っていた歌手の新曲も出ているかもなぁ……なんてことが色々と頭をよぎったけど……

記憶と気持ちに、そっと蓋《ふた》をした。

◆

会議の後処理があるとかで、パーティーの後も魔王さんは忙しい日々を過ごしていた。

そして今日、やっと！　準備期間から数えれば二〇日ぶりに、ゆっくり夕食から一緒に過ごすことができた。

「ライト……ライトはすごい……天才だ」

「魔王さん、褒《ほ》めすぎ」

今日は絶対に撫《な》でまくるだろうなと思って髪は結《ゆ》わずに下ろしていたら……大正解。

夕食後にソファに並んで座った魔王さんは、ずっと俺の頭を撫《な》でて、抱きしめて、たくさん褒《ほ》めてくれた。

「今回の会議は今までで一番の収穫《しゅうかく》だった。こんなに上手《うま》くいったことはない」

「俺、なにもしてないよ」

「なにもしていないわけがないだろう⁉　準備期間、ライトが癒《いや》してくれて、食事の差し入れまでしてくれたから、普段よりも入念に準備ができた」

「まぁ、それは俺もちょっと頑張ったかー」

「そうだ。それに、あのパーティー……エルフの森の王と関係が築《きず》けたうえに、国際商工ギルドに国内からの加盟団体を増やせるなんて……他の国や団体との関係も太くなった。ライトのお陰だ。なによりも……」

魔王さんが俺を抱きしめる腕の力が強くなる。

「俺が他の国の王を殺してしまうのを防いだ！」

導王様のことだよね？　殺す気だったか……危ない危ない。

「ライトがかわいいのはわかっていたが……世界一かわいいが……かわいいだけではこのような立ち回りや人心掌握《じんしんしょうあく》は無理だろう？　いったいライトはどんな人生を歩んできたんだ？」

「ふふっ。そんなにすごかった？　魔王さんの役に立てたなら嬉しい」

「ライト……」

腕の力が少し緩《ゆる》んだから顔を上げると……あれ？

口調からして笑顔だと思ったのに。魔王さんはすごく真剣な顔で俺を見つめていた。

「ん？」

「ずっと、目の前のライトのかわいさにばかり目がいっていたが……ライトに人間の個性のことを教えてもらって、だんだんライトの他の人間とは違う特別な部分を好きになって、今回のライトの素晴らしい機転《きてん》もあって……もっと、もっともっとライトのことを知りたくなった」

「魔王さん……」

「ライトのことを、もっと教えてくれないか？　ライトは、どんなことを考えて、どんな人間で、どんなことがあってこうなったのか……ライトのことを、全て知りたい！」

「俺のこと……知ってくれるのは嬉しいけど……」

俺って、ホストでもヒモでも、お客さんを楽しませるためにはキラキラしたいいところだけを他人に見せてきたから、俺をまるごと知ってくれている存在は唯一の家族である弟たちだけで……それも、俺はお兄ちゃんだからあまり弱い部分は見せていなくて……

「改めてそんなことを言われると、なにから話せばいいのか困るな。そんなに面白い人生でもないし」

「どんな人生でも、ライトの人生なら知りたい！」

「うーん……」

そう言ってくれるのは嬉しいけど、あまりいい話ではないからなぁ。

「特に、俺が知らない異世界でのことを知りたい。ライトがいた世界の人間は、皆お前のようにかわいくて優しい人間なのか？」

「それは……顔でいうと、俺は特別に美形だったよ」

「なるほど。元の世界でもそうなのか。納得した。ライトの家族も美形だったのか？」

そうだよね。俺のルーツっていうと、家族の話になるよね。正直に話すと、絶対に悲しい顔にさせちゃうから話したくないんだけど。

でも……そうだな。魔王さんなら……魔王さんには……

俺を全部知って、そのうえで、愛してもらいたい。

「俺の母親は美形だったよ。父親は知らない」

「え？」

「俺の母親、俺の父親とは結婚しなくて、俺を妊娠中に別の人と結婚したんだよね。詳しい事情は知らないけど。だから、本当の父親は知らない」

「そうか……」

魔王さんは重い声で呟《つぶや》くけど、真剣な顔のまま俺を見つめてくれる。

「俺ね、自分で言うのもなんだけど、愛されキャラでしょう？」

「そうだな」

「でもね、どんなに頑張っても俺を愛してくれない人がいたんだよね……一緒に住んでいたお父さんとお母さん」

「っ……」

魔王さんが言葉を詰まらせる。俺も口を開くのが重いけど……

「お父さんは当然だよね。自分と血の繋がりがないんだし。お母さんは……子供よりも夫が好きだったみたい。子供も好きだけど、それ以上に夫。だから、夫が嫌いと言えば、好きな子供も嫌いになっちゃうのかもね」

あ、ちょっとだめだな。

魔王さんの顔、見ていられない。視線を横に向けて、口調だけはなるべく明るく続ける。

「俺が四歳の時に上の弟が生まれて、六歳の時に下の弟が生まれて……弟は二人とも大好き。お兄ちゃんお兄ちゃんって俺のこと愛してくれるから」

「ライトの弟なら、さぞかわいいんだろうな」

「うん。すっごくかわいいよ。半分しか血は繋がっていないけど、結構似ているかも。上の弟は特に好き。努力家で、何事にも一生懸命《いっしょうけんめい》で、応援したくなる。下の弟は……ちょっと不器用でハラハラするからなぁ……そこがかわいいんだけど。好きっていうか、構いたくなる」

「弟のことを話す時は、兄らしい顔になるんだな」

「え？」

思わず視線を魔王さんに戻すと、慈《いつく》しむような笑顔で俺を見ていた。

「……そう？　自覚ないけど……俺、しっかりお兄ちゃんしたからかな……」

ここからだ。

ここからは、両親に捨てられた話。事実としてサラッと話すことは今までもあったけど。

魔王さんには、ちゃんと話すか……

「俺の両親、俺が八歳の時にいなくなっちゃったんだよね。四歳と二歳の弟と一緒に、児童養護施設っていう孤児院みたいな場所の前で車から降ろされて……そのまま両親はどっか行っちゃった」

「なっ……」

魔王さんは悲しみよりも怒りのような表情を浮かべる。

同情じゃなくて、俺に共感してくれているんだ？

そっか。じゃあ、うん。このまま話せる。

「八歳だともう、『捨てられた』って事実はわかるから辛かった。理由を言ってくれなかったのも……辛かった。理由がわかれば、子供なりにもっと頑張ったし、無理やり納得もできたんだけどね。……それも教えてもらえないくらい、俺っていらない子だったみたい」

誰かに愛してもらえなかった話をするのはすごく疲れる。

自分が、欠陥品《けっかんひん》みたいな気がするから。

せめて「お金に困っていた」「やりたいことがあって子供が邪魔だった」「どうしても父親が違うことを認められなかった」でいいから、理由があれば納得できるのに……理由がわからないから、ただただ、俺に欠陥《けっかん》があるのか、不用品なのか、全部なのか、そう思えて……辛い。

「だから……両親のことは……好きになれなくて……」

人を嫌いになるのは苦手なんだけど、両親だけは……

一番好きになるべき人のはずなのに、両親だけは……

好きじゃない。

好きじゃないどころか……

「そんな親は好きになれなくて当然だ。こんなにもかわいいライトを捨てるなんて……人間、いや、生物としておかしい！」

俺が言葉を濁《にご》すと、魔王さんはきっぱりと俺に寄り添ってくれた。

「魔王さん……」

どうしようもなく魔王さんの体温を感じたくて、膝《ひざ》の上でぎゅっと握《にぎ》られていた拳に手を重ねると、魔王さんはすぐに向きを変えて優しく握《にぎ》り返してくれた。

あぁ……いいな。嬉しい。

「……たぶん、この両親のせいで俺ね、俺のこと愛してくれる人は好きだけど、愛してくれない人は嫌い。だから、他人を嫌いにならないように、なるべく愛されるように生きているつもり」

「ライト……親に捨てられた幼いライトの姿を想像すると、胸が苦しい。ライトの心に愛が足りないなら、俺がいくらでも与えてやりたい」

魔王さんは、掌《てのひら》は優しく握《にぎ》ったまま、反対の手で自分の胸元をぎゅっと苦しそうに掴む。

……俺はむしろ、俺のせいで苦しい顔をさせてしまうのが、苦しい。

「俺のために胸を痛めてくれてありがとう。でも、施設での生活は悪くなかったよ。親以外にはモテたから、みんな俺のことを愛してくれた」

「……そうか」

「うん。贅沢《ぜいたく》はできないし、自由は少なかったけど……愛されないよりはずっと幸せだった」

俺は嫌われた子供だったから、施設に入る前も贅沢《ぜいたく》はさせてもらっていなかったし……なんて言うと魔王さんは余計に苦しみそうだから黙っておこう。

「それから、高校っていう学校を卒業して、ホストクラブで働きはじめて……接客業って言えばいいかな？　お酒を提供するところ」

「酒場のようなところか？」

「この世界の酒場を知らないけど、ソファとテーブルがたくさんあって、一席に一人給仕がついてお酒を楽しむ、ちょっと高級な感じのお店」

「あぁ、貴族向けのクラブのようなところか」

それがどんなところかはわからないけど、ホストクラブがなさそうだから、完璧にニュアンスを伝えるのは難しいだろうし、いいかな。

「そこで頑張って稼いで、弟二人の大学の学費を稼いだんだ」

「大学……？　先ほど卒業したと言った学校とは別の学び舎か？」

「そう。小学校、中学校までが義務教育で、その次の高校は義務ではないけどあまりお金もかからないから、だいたいの人が通いたければ通える学校。大学は、高校の次に通う学校で……頭がいい人か、お金がある人だけが行ける学校」

説明が雑すぎるかな……？

まぁいいか。俺にとっての大学はそうだったから。

「貴族の子息や大きな商家の子供が通う上級学校のようなものか。ライトは行かなかったのだろう？　それなのに弟は行かせてやったのか？」

「上の弟のナイトは、努力家でいっぱい勉強する子だったから行かないともったいないと思ったし、下の弟のカイトは……ちょっと頼りないからもっと勉強したほうがいいかなと思って」

「しかし、自分が行けないだけでなく、学費を稼いでやるなんて……」

改めて考えると、俺、頑張りすぎかな？

施設育ちということもあって、専用の基金や奨学金という選択肢もあったんだけど、俺は弟に学費を出してあげたかったんだよね。

お兄ちゃんだから。それに……

「俺はさ、辛かったけど、ある程度は……納得はできないけど、捨てられても仕方がないんだよ？本当のお父さんじゃないから愛してもらえなくて当然。でも弟二人は、血の繋がったお父さんなのに、お母さんの好きな人の子供なのに、捨てられたんだよ？　愛してもらえないんだよ？　二人のほうが辛かったと思うんだよね」

実際捨てられてすぐは、弟たちのほうが幼いということもあって、かわいそうなほど泣き続けていた。今思い出しても、あの顔は辛い。

自分が捨てられたことよりも、大事な弟まで捨てられたことがショックだったな。

家族という形は……親子の愛情は……こんなにもろいんだって。

「だから俺が、親がくれるような愛情とか、安心とか、金銭的なこととか、できるだけしてあげたかった」

「そうか。そんなに頑張って大切にしていた弟と引き離してしまったんだな……」

魔王さんが申し訳なさそうにする。実際、魔王さんのペットになるために離れ離れになっちゃったんだけど……

「あ……まぁ、寂しいよ？　俺にとっては唯一の家族だから。でもさ……」

魔王さんを安心させるため……でもないか。自然と自嘲《じちょう》気味に笑ってしまった。

「弟のナイトとカイトは同じ両親から生まれているけど、俺は半分違うって、ずっと嫌……というか……寂しい？　上手《うま》く言えないな。とにかく引っかかっていて、俺が二人にきちんと家族として愛されるには、お兄ちゃんらしく二人の面倒を見ないといけないって一生懸命《いっしょうけんめい》だったから……そう、学費を出したのも、そういう気持ちもあったかな」

学費だけじゃない。住む場所も、マンションを買って渡している。

そうやって、俺が二人にわかりやすい、形のある愛情を与えないと……って勝手に焦《あせ》っている部分がずっとあった。

俺、愛されたがりだな。

自分の人生を振り返ると、上手《うま》くやっているとは思うけど、必死すぎだなとは感じる。

「だから……寂しいけど、距離を置いてちょっとほっとしたかな」

「だが……」

魔王さんがぎゅっと唇を噛《か》む。優しいなぁ。

「魔王さん、すまないって思うなら……弟たちの分も俺のこといっぱい愛して？」

握《にぎ》り合った手にもう片方の手を重ねると、魔王さんももう片方の手を重ねてくれた。

「もちろんだ！」

「ふふっ、よろしくね」

俺が笑顔になれば、魔王さんももう笑顔だった。よかった。悲しい気持ちをいつまでも引きずられたくないから。

さぁ、これで面白くない話は終わり……

「それで、その後はなにをしていたんだ？　ずっとホストクラブという仕事か？」

あ、流されてくれないか。ここからはヒモ生活なんだけど、どう説明するのがいいか悩ましい。

「そこからは……ある程度お金が貯まったから、のんびり仕事をしようと思って」

「なるほど。弟たちのために一生懸命《いっしょうけんめい》働いたものな。なにをしたんだ？」

別に「家政夫」なんて微妙にずらしたことを言ってもいいのかもしれないけど……

「あー……ヒモ……」

「ひ……も？」

頑張って正直に言ったけど、通じないか。この世界に概念がないんだな。

「色々な人の家に行って、癒《いや》してあげる……出張ペットみたいな？」

「あぁ、なるほど。この国にもそういうサービスはある」

たぶん違うな。

いや、違わない？　もういいや、そういうことにしておこう。

「今の素晴らしいペットぶりも納得だ。ライトはきっと人気だったのだろう」

「そうだね。五人の飼い主さんのところに日替わりでペットしていたけど、飼い主に加わりたいって人は何人も……ん？　魔王さん？」

「五人……」

俺にペット経験があるといっても穏《おだ》やかにうなずいていた魔王さんが、急に険《けわ》しい顔で黙り込んでしまう。なにに引っかかっているんだろう？

「不特定多数のペットだったと思うと、なんとも思わなかったのに……五人が独占していたのだと思うと、嫉妬心《しっとしん》が芽生《めば》える」

「……え？」

逆に？　たくさんの人のペットって言うほうが、嫌だと思ったけど？

「ライトは、その五人のものだったということだろう？　みんなのペットではなく、ライトが誰かの……五人だとしても、独占契約の……」

魔王さんが悔しそうに顔を歪《ゆが》ませる。

「嫌だ」

「……」

嫌、か……

過去に人のものだったペットなんて嫌か。そうか。

俺、勝手に魔王さんはなんでも受け入れてくれそうと思って……配慮《はいりょ》、足りなかったかな……

「ごめん……こんな経歴の俺……嫌だよね」

俺が頭を下げると、魔王さんはハッと目を見開いてから慌てて首を振る。

「ちがう！　過去の話ではない……確かに過去に嫉妬《しっと》はしたが……嫌なのは、未来の話だ！」

「未来？」

え？

俺、経歴の……今までの話をしていたのに？

「俺の後、三年の契約が終わったら……ライトがその職に戻るかもしれないと考えたら……俺以外のペットになるのかもしれないと考えたら……反射的に嫌だと、思ってしまった。すまない。ライトの未来なのだから、俺が口出しをするようなことではないのに！」

あ……

そうか。

三年の契約だった。

あまりに毎日幸せで、魔王さんが俺を特別に愛してくれて、魔王さん以外の人も俺を愛してくれて……俺、勝手にここが居場所だと思っていた。

三年後のことなんて、なにも考えていなかった。

最初は、三年なんて短くてラッキーと思ったのに……

「魔王さん……」

でもさ、魔王さんがそう思ってくれているなら簡単な話じゃない？

「そう思うなら、契約延長しようよ」

「あ……」

魔王さんは一瞬だけ笑顔になって……

「いいのか？　いや、しかし……」

また表情を曇《くも》らせる。

えぇ？「しかし」、なに？　俺のこと、離したくないんじゃないの？

「しかし、ライトの人生を俺が縛《しば》りたくはない……」

「……っ」

……優しい。優しいけど、さ。

「は？　今さらだよ。なに言ってるの？　魔王さん」

「え？」

わざと拗《す》ねたように言うと、魔王さんはあからさまに困った顔をする。

「俺、魔王さんのせいで異世界まで来ちゃったんだよ？　充分人生縛《しば》られているけど？」

「あ、まぁ、そうだが……」

「うん。だったらさ……」

魔王さんと握《にぎ》り合っていた手をほどいて、隣に座る魔王さんの膝《ひざ》に乗る。

向かい合って、首に腕を回して……耳元で囁《ささや》いた。

「責任とって？」

「責任……？」

「可愛がるために俺を連れてきたなら、俺が死ぬまでずっと可愛がる。そういう責任のとり方して」

「そんな……」

「さっき、弟の分も愛してくれるって言ったよね？」

「言った……が……」

責任なんて言い方、重いかな？　真面目で優しい人だから響くと思ったけど？

耳元から唇を離して、顔を上げると……魔王さんはまだ戸惑った顔だった。なにが心配？


「俺に……俺に、都合がよすぎる！」


そういう心配か！

「んー？　俺がいた世界では、ペットを飼いはじめたら最後まできちんと責任を持って飼いなさいって言われていたよ」

「そう……なのか？」

「それに、三年契約って魔王さんが勝手に決めたんだよね？　ニマちゃんの体が弱ったから」

「あ、あぁ……」

「人間を健康に飼う方法はもうわかったよね？」

「あぁ」

「じゃあ、三年にする意味はないよね」

「ないな……」

これだけ言ってもまだ魔王さんは歯切れが悪い。

「なにを怖がってるの？」

「俺は……」

続く言葉を待つけど、魔王さんの口はなかなか開かない。なんでだめなんだろう。

なんで？

俺は……いや、そうか。

俺も、ちゃんと言わないといけないいか。

「魔王さん、俺は、この世界に住み慣れた家も、仲良しの家族も、続けたい仕事も、なにもないよ」

「あ……」

「このお城から追い出されるほうが、怖い」

「そうだな……ライト……俺のせいで」

そうだけど、そうじゃない。

そんなもの、元の世界でも……本当の意味では、ないに等しかった。

「そうだよ、魔王さんのせいだよ」

「っ……」

「魔王さんのせいで……俺がこの世界で大事なの、魔王さんだけなのに……」

「……あ……ライト？」

魔王さんの顔を掴んでしっかりと俺のほうを向かせる。

俺も、真っ直ぐ、魔王さんから視線を逸らさない。

「魔王さん、いつもこんなの初めてとか、ライトだけだって言ってくれるけど、俺だって……俺だって、こんなに俺一人をいっぱい愛してもらうのも、誰よりも俺が一番なのも、魔王さんが初めてで……」

口に出すと、そうだ……そうなんだ。

あぁ、今、失うかもしれないと思うと、ハッキリ自覚してしまった。

こんなに愛されるの、一人と向き合うの……魔王さんだけなのに……

「こ、こんなの知ったら……魔王さんのペットじゃなくなるの、嫌だ……」

しまった……泣くつもりじゃなかったのに。

泣くほどなのか、俺。

そうか……

俺……泣くほど……思っていたよりも……

思っていたよりも、魔王さんのペットでいたい。

魔王さんが……好き。

「あ……ライト？　ライト！」

魔王さんの両腕が、俺の体を痛いほどに強く抱きしめる。

「すまない。確かに、俺が無責任だった。俺が怖がっているせいで……臆病《おくびょう》なせいで……また、本当の意味でライトのことを考えられていなかった」

「っ……魔王さん」

俺が泣いたせいだ。

魔王さんも切羽《せっぱ》詰まった声で……別に、追い詰めたかったわけではないのに。

「ライト……俺もお前だけなんだ。ライトしかいないんだ」

「ふっ……っ……魔王さん？」

魔王さんの手が少し緩《ゆる》んで、俺の背中をあやすように撫《な》でてくれる。

……ん……少し、落ち着いてきたかも。

「ライト、少しだけ俺の話を聞いてくれ」

「うん」

俺がうなずくと、今度はポンポンと優しく頭を撫《な》でてくれる。

魔王さんはいつも、ちゃんと俺が言ったことや俺が好きなことを覚えてくれて、ちゃんとしてくれて……嬉しい。離したくない。

魔王さんに回した腕に力を込めた。

「ライト……俺は、生まれた瞬間に魔王候補としてこの城に連れてこられた」

「……うん」

ローズウェルさんから聞いた。黒髪だったからだよね？

「親の顔も、名前も知らない。生まれた土地も知らない」

「あ……」

そこまで知らされていないのか。

辛そうなことではあるけど、魔王さんは淡々と、きちんと俺の頭や背中を優しく撫《な》でながら続けてくれる。

「魔王は、力を与えられた特別な存在であるがゆえに、国のために生きなければいけない。これは使命だ。不満はない。自分の力で多くの民が守れること、国を発展させられることは嬉しいし、やりがいがある。ただ……」

魔王さんの手が止まる。

「寂しかった」

止まった手が、俺の体を強く、一ミリでも近くそばにいようとするように抱きしめる。

「ずっと、寂しかった……！」

「魔王さん……」

「魔王は、家庭を持つことができない決まりだ。結婚はできないし、子供を作ってはいけないから、抱けるのは男だけと決まっている。国民全てが等しく魔王の家族だからだ。だから……城の者も、国民も、皆、俺を尊敬してくれる。愛してくれる。だがそれは……それぞれの親や、子供、恋人への愛とは違う。見返りのない無償《むしょう》の愛ではない」

わかるよ。

俺だって、ホストをしている時もヒモをしている時も、みんな愛してくれたけど……実家の親より愛してくれた？　家族に対するような無償《むしょう》の愛だった？

俺のお客さんへの愛が「仕事」としての愛なんだから当然だけど、無償《むしょう》の愛ではなかったと思う。

「心から愛する相手がいない。心から愛してくれる相手がいない。それが……ずっと寂しかった」

魔王さんの絞り出すような言葉に腕の中でうなずくと、魔王さんは俺の体をまさぐるように抱きしめなおす。

「っ……ペットを愛することで、やっと誰かを特別に愛することができて楽しかった。だが、俺がいくら愛しても距離が縮まらないことがもどかしかった。自業自得だな。俺がペットをひとくくりにしていたんだから」

魔王さんの腕が緩《ゆる》む。

「だが……」

俺の両肩に、震える手が置かれた。

「ライトが、たくさんのことを教えてくれた」

至近距離で見つめ合う魔王さんの表情は、泣きそうで……でも、笑顔で……

「ライトのお陰で、本当の愛し方がわかった。ライトのお陰で、愛される喜びがわかった」

魔王さん、手も、声も、震えている……

「ライト……俺にも、お前だけなんだ。今まで……誰かが手に入ることなんてなかったから……怖かった。自分に、こんな大切な存在ができたことがなかったから……怖かった」

魔王さんの瞳からも涙が一筋流れた。

拭《ぬぐ》ってあげたい……けど、体が動かない。

「ライトは、三年の契約だから俺を愛してくれているのだと、三年後、きちんと自由にしてやらないといけないのだと……自分に言い聞かせていた。愛しすぎて、束縛《そくばく》しすぎて、ライトを……不幸にしてしまうんじゃないかと、怖かった」

「あ……」

そんなこと、思ってくれていたんだ。

ちゃんと、俺のこと考えてくれていたんだ。

「でも、決めた。腹をくくった」

魔王さんが自分の手で涙を拭《ぬぐ》う。

「もう逃げない。ライト一人にしっかり向き合う。ライトの幸せを一番に考える。だから……」

まだ少し潤《うる》んだ瞳が真っ直ぐ俺に向いて、懇願《こんがん》するのでもなく、縋《すが》りつくのでもなく、ただただ真摯《しんし》に俺を見つめる。

「ずっとそばにいてほしい」

あ……

俺の欲しい言葉、言ってくれた。

嬉しい。

嬉しい、嬉しい、嬉しい！

「ん、うん。……いる」

もっと、かっこいい返事がしたいのに。

喜びそうな言葉を言ってあげたいのに。

涙が止まらない。

「俺、っ、ずっと、魔王さんのそばに、いる……」

泣くならせめてかわいく色っぽく泣きたいのに、もうぐずぐずで……でも……

「ライト……ありがとう」

魔王さんは、こんなぐずぐずの顔にも、キスしてくれるんだ……

◆

魔王さんに「ずっとそばにいてほしい」と言ってもらって三日後。ローズウェルさんやリリリさん、ファイさん、ドーラルさん、騎士団長さん、他にもお城の人が何人かと、髪の色を変えた時に立ち会ってくれたエンラキさん、さらに人間の村の村長さんにも立ち会ってもらって、ペット契約書の変更手続きをした。

魔王さんと最初に会った謁見《えっけん》の間で、王座の前に置かれたテーブルの上でサインをしなおす。

……内容的には婚姻届を記入するような感覚に近いはずなんだけど、厳《おごそ》かな雰囲気と見守る人たちの真剣な視線を受けていると、国の重要書類にサインしている気分だ。

「……これで契約変更、完了だ」

ペンを置くと同時に、魔王さんがほっとしたのがわかる。

ちょっと文字を書き換えてサインをするだけのことだったけど……これで、期限の「三年」は無期限になった。

再度変更するには、俺と魔王さん、双方の承諾《しょうだく》が必要だ。一方的には破棄できない。

やっぱり婚姻届っぽいな。

「おめでとうございます、魔王様！」

「おめでとうございます、ライト様！」

完了した瞬間、厳《おごそ》かな雰囲気からお祝いムードになって、周りが祝ってくれるのもそれっぽい。

あ、ついでに……

「今までよりもお城のみんなと仲良くできるようになったから。どうぞよろしくね」

期限の変更と共に、「お城の敷地《しきち》内は自由に移動できる」という内容を条件に加えることになった。

さすがに何十年も部屋の中だけなのは、ちょっとね。

「こちらこそ、よろしくお願い致します！」

「ぜひ私どものお部屋にも遊びに来てください！」

お城の人たちも、俺が三年ではなくこれからずっといることをとても喜んでくれた。よかった。魔王さんに好かれるのが一番だけど、毎日顔を合わせるお城の人たちにもやっぱり好かれたいよね。

そして……

「ライト様、ありがとうございます！　誠に、誠にありがとうございます！」

人間の村の村長さんが深々と、床に膝《ひざ》をついてまで頭を下げる。

「大げさだよ。村長さんも色々考えてくれているし。これからも困った時は相談させてね？」

「もちろんです！」

村長さんとは昨日、魔王さんも交えて話をした。

最初は何度も何度も謝られた。

村長さんたちとしては、魔王さんへの感謝の気持ちを表すためにペットを献上《けんじょう》していたのに、自分たちが力不足だったこと。俺一人に重役を任せてしまうこと。「情けない」と泣きながら謝ってくれた。

謝られても困るから、それよりも感謝してほしいって言うと、その後一〇〇回くらいお礼を言われたけど。

あと、俺がいる間は村からペットを献上《けんじょう》しなくていい分、税金を払わせてほしいとか、俺に当初約束していた報酬《ほうしゅう》を払わせてほしいとか。そういう話も。

税金はともかく、報酬《ほうしゅう》をもらうことはビジネスっぽくなって魔王さんが嫌がるかなと思ったんだけど……

「ライトにはもらう権利がある。もらえるものはもらっておいたほうがいい。なにかやりたいことができるかもしれないだろう？　もちろん、その時には俺もいくらでも援助をするが……ライトも自分の資産があるほうが気が楽じゃないか？」

「……じゃあ、お言葉に甘えようかな」

魔王さん、ちゃんと俺を個人として尊重してくれているんだってわかって嬉しかった。

俺のここでやりたいことの一番は魔王さんと愛し合うことだけど、それ以外に……いや、もっと魔王さんと二人で楽しく暮らすためにやりたいことが見つかるかもしれない。

だって、俺と魔王さんの時間はこれからたっぷりあるんだから。

「魔王さん、これからいっぱい楽しく過ごそうね」

「あぁ」

みんなの前で魔王さんの頬《ほお》にキスをすると、自然と周りから拍手が湧《わ》き起こった。

俺も魔王さんも普段着だし、祝いの歌も披露宴も指輪の交換もなにもなくても……なんか、やっぱり結婚式みたいだな。

俺、こんな生き方だから結婚式には一生縁《えん》がないだろうなって諦めと憧《あこが》れがあったんだけど……

「……」

まだやまない拍手の中、ちょっとだけでも憧《あこが》れが体験できたみたいで嬉しかった。

◆

三年ではなく一生、魔王さんのペットでいると決めてからは、ますます魔王さんに愛されること、魔王さんを愛することに遠慮《えんりょ》がなくなった。

……まぁ、今までも遠慮《えんりょ》をしていたつもりはないんだけど。「積極的になった」というほうが正しいかな？

とにかく、いっぱい愛されて、いっぱい愛して、「ラブラブ」という言葉通りの関係だと思う。

そんな関係で約五カ月。このお城で魔王さんのペットになってから、もうすぐ一年。

ずっと、大好きな魔王さんのためにやってみたいことがあった。

でも、なかなかそれをする環境が整《ととの》わなくて、チャンスがなくて、できないでいたんだけど……

「ライト様、今夜は魔王様に会食のご予定が入っていますので、お夕食は一人で召し上がっていただきます」

「本当!?」

昼食の時にローズウェルさんに言われた言葉に、思わず喜んでしまった。

「え、あ、はい……」

ローズウェルさんが戸惑いながらうなずく。

そうだよね、いつもなら「夕食は一人」って聞くと残念がるよね、俺。

「夕食が一人なのは寂しいけど……実は、ちょっとサプライズしたくて」

「サプライズ、ですか？」

「そう。少し前に契約を変更して、この部屋から出られるようになって、魔王さんの部屋にも出入り自由になったから」

「あぁ、魔王様のお部屋で待ち伏せをされるのですね」

ローズウェルさんが「微笑《ほほえ》ましいなぁ」と心の声が聞こえてきそうな顔を向けてくれる。

半分正解だけど……

「だいたいそういうことかな。ね、魔王さんには『ライト様が寂しがっていたので、会食後はライト様のお部屋に直行してあげてください』って言っておいて」

「なるほど。ライト様がお部屋にいないと思ったら……ということですね？　お伝えしておきます」

「よろしくね」

よし、昼食後に魔王さんの部屋に行って準備しないと。

ちょうどいいの、あるといいな。

◆

夕食後、シャワーを浴びて体を拭《ふ》いた後、ちょっと行儀《ぎょうぎ》は悪いけど、服を抱えて全裸《ぜんら》のまま部屋に戻る。

「この辺りから、かな……」

部屋の真ん中辺りに靴を片方置く。

そこから数歩歩いて、もう片方。さらに歩いて靴下を片方、もう片方。

ここで魔王さんの部屋に繋がるドアだ。

「お邪魔しまーす」

魔王さんの部屋に入って一歩進んだところにベルト、もう少し先にズボン、寝室の入り口にシャツ、最後に、ベッドの横にパンツ。

この世界のパンツ、白いトランクスとボクサーパンツの中間みたいなのしかないから、そのうちどうにかしたいよね。まぁ、今日はとりあえずこれで……

「昼に選んでおいたやつ……これだったかな？」

寝室奥のウォークインクローゼットに入ってすぐ、たくさんぶら下がっている魔王さんのシャツから一枚選んで全裸《ぜんら》の上に羽織《はお》る。

魔王さんがいつも、黒い詰襟《つめえり》の軍服風ジャケットの下に着ている、白いスタンドカラーの長袖《ながそで》シャツは、俺と魔王さんの体格差を考えれば……ほら、想像通り。

裾《すそ》は俺の尻のふくらみやペニスがすっぽり隠れる長さ。袖《そで》は指先まで。肩も落ちているし、全体的にぶかぶか。

「絵に描いたような彼シャツだな」

俺の身長で、ここまで見事な彼シャツができるなんて。

魔王さんが大きいお陰だ。

「魔王さん、喜んでくれるかな……」

最近エッチできてなかったし、たまらなくなって襲《おそ》ってくれるかも？

シャツの前、閉めたけど……胸元もう少し開けておくほうがエロい？

寝転んで……仰向《あおむ》けかうつ伏せか横向きか……横向きかな？

そうだ、枕持っておこう。

「……あ」

ベッドに横になって魔王さんの大きな枕に抱きつくと……これは、ちょっとクる。

魔王さんの匂いがして……っていうか、このベッド魔王さんの匂いする。

「ん……」

抱きついた枕に顔を埋めると、さらに魔王さんの匂いを感じるし、このシャツも、ベッドも、魔王さんのだと思うと……

「ふっ……んー……」

これはちょっと……

「魔王さん……」

声に出すとまた……やばい。

「魔王さん……ん……魔王さん……」

顔が熱い。下半身が重い。

これだけで？

魔王さんを喜ばせるつもりだったのに、俺のほうが……たったこれだけで、なんか……あれ？

魔王さんが好きな自覚はあるし、ずっと一緒にいられることになってからは、家族みたいな気持ちでもあるんだけど……俺、ちょっと思ったよりも……エッチな意味でも……

「魔王さん……好き……」

呟《つぶや》きながら、もどかしい腰をくねらせ、枕を一層強く抱きしめる。

「ん、魔王さん……っ、好き……魔王さん……」

好き。

だから魔王さんが欲しくてたまらない。

早くエッチしたい。

このままじゃオナニーしちゃいそう。

……枕に股間を押し当ててしまっている時点で、ほぼオナニーなのかもしれないけど……

「魔王さん……ん、好き……はやく……魔王さん、欲しい……」

「ライト？」

…………!?

寝室とリビングの境目辺りから魔王さんの声が聞こえて……枕から手を離しながらおそるおそる体を起こすと、声がしたんだから当然だけど……魔王さんが立っていた。

「あ……ま、魔王さん……？」

やばい。

俺、たぶん今、顔真っ赤。

寝転んで枕に擦りついていたから髪が乱れて、服もぐちゃぐちゃで……あ、裾《すそ》捲れて……勃《た》ちかけてるの、見えてる？

やばい。ここまでするつもりじゃなくて……もう少し、エッチにかわいく、悪戯《いたずら》っぽくするつもりだったのに。

「あ……の……」

「……」

うわ、固まってる。ドン引きされた？

やりすぎた。完全にやりすぎた。魔王さんただでさえエッチな耐性ないのに。

「あ、ご、ごめん。俺……その……」

裾《すそ》を引っ張って下半身を隠すけど、もう意味がない。

素直に言うしかない。

「今日、すごく魔王さんが恋しくて……服とか、ベッドの匂いに包まれたら、我慢《がまん》できなくて……」

どうしよう。

どうするつもりだっけ？

「えっと……」

こういう煽《あお》りとか駆け引きみたいなことは得意のはずなのに。

自分でもここまでなってしまったのが意外で、それを見られたのが恥ずかしくて……次の言葉が出てこない。

魔王さんも呆然《ぼうぜん》と俺を見ている。

そうだよね。自分からこんなにエッチな感じで待っているペット、初めてでどうしたらいいかわからないんだよね？　困らせている。

俺がなんとかしないと……

「ライト……間違っていたら、すまない」

「……？」

俺が慌てている間に、魔王さんはまだ驚いた顔をしながらも口を開いた。

「これは、その……セックスのお誘いということで、あっているか？」

え……それ、聞く……？

そうといえば、そうだけど……

「う……うん」

俺がぎこちなくうなずくと、魔王さんは両手で顔を覆《おお》って天を仰《あお》ぐ。

「っ！　ライトから、誘ってくれるなんて……！」

あれ、喜ぶのそこ？

「しかも、こんなにもかわいい誘い方……かわいい……天才か……かわいい……」

かわいい？　魔王さん喜んでる？

引かれてないならよかったけど……

「シャツ、勝手に借りちゃった」

今さら遅いかもしれないけど、シャツの襟《えり》や裾《すそ》を直して、萌え袖《そで》を強調するように掴んで胸元に手を置く媚《こ》びたポーズをすると、顔から手を離した魔王さんは「うっ」と顔をしかめた後、心臓の辺りを押さえながらも嬉しそうに笑ってくれた。

あ、やっとその顔見られた。

「あ、あぁ。構わない。その、俺のシャツを着ているのがすごく、すごくすごくかわいい！　今日は、それを着たままましてほしい」

「……うん」

俺がうなずくと、魔王さんはゆっくりベッドにやってきて、俺のすぐそばに腰掛けながら頭を撫《な》でてくれた。

「ライト……ライトも、俺としたいと思ってくれていたんだな……嬉しい」

「あ……」

そういえば、俺から誘うことはなかったか。

いつも魔王さんが「したい」って言って、俺が「いいよ」だった。

きっと、これまでのペットの時からずっと。

そっか……

俺、相手に「したい」って言われるのがすごく好き。愛されているって実感するから。

だから……今まで言ってもらえなかった魔王さんの寂しさも、言われる嬉しさも、わかる。

言ってあげたい。

喜ばせてあげたい。

「魔王さん……俺、魔王さんとエッチしたい」

魔王さんの服の裾《すそ》を引っ張ってきちんと言葉にすると、俺を撫《な》でる手が止まり、魔王さんが息を詰まらせながらじっと俺を見つめる。

「しよ？」

「あ……あぁ！」

俺が首を傾《かし》げると、魔王さんが勢いよく俺の体をベッドに押し倒した。

「んっ……んん！」

いきなり激しいキスをされて、体中をまさぐられて……こんな激しい魔王さん初めて。

そんなに嬉しい？

嬉しいな。

「ふふっ、魔王さん」

「ん、ライト……ライト！」

思っていたのとは違うけど、魔王さんが喜んでいるから大成功かな。

◆

「んっ……魔王さん、入れるの、ちょっと待って」

いつもより少し性急に、でもたくさん体に触れながら愛撫《あいぶ》をし合って、俺の中をほぐしてくれて、魔王さんの大きく膨《ふく》らんだペニスにはコンドームも装着された。

いよいよ挿入……という一番気分が盛り上がっている時に俺が制止すると、魔王さんはちゃんと覆《おお》いかぶさっていた体を起こして待ってくれた。

「どう、した？」

声、上擦《うわず》っちゃっているのに。

待ってくれるの、優しい。かわいい。

「魔王さん、仰向《あおむ》けに寝転んで」

「……？」

挿入したくて仕方がないってペニスなのに、ふぅふぅ言いながらもちゃんと俺が言う通りにしてくれる。

「ふふっ。寝転んでも、重力に負けない上向きペニス、すごい」

「……っ、ライト？」

俺はシャツを着たままだけど、魔王さんは全裸《ぜんら》。

筋肉がしっかりついた、厚みのあるすごくかっこいい体に思わず触れたくなるけど……俺ももう我慢《がまん》できないから……。

大きなペニスに手を添えながら、魔王さんの逞《たくま》しい体を跨《また》ぐ。

彼シャツのままだけど、俺も勃起しているから、ペニスが裾《すそ》を持ち上げていて、際どい場所がチラチラ見えているはず。

「今日は俺が上」

「え？　……えぇぇぇぇ⁉」

声、大きい。

ちょっと驚きすぎじゃない？

「魔王さん、いつも俺のこと気持ちよくしてくれるけど……俺も魔王さんを気持ちよくさせたい」

「え？　え⁉　あ、そんな……俺も、いつも、すごく……すごくすごく、天に昇るほどの気持ちよさで……だから、無理は……その……！」

エッチなムードを壊さないように色っぽく言っているつもりなんだけど、魔王さんは驚いているのか焦《あせ》っているのか……萎《な》えてはいないけど。

「魔王さん」

慌てる様子はかわいいけど、俺ももう限界。

片手は魔王さんのペニスに添えて、先端をお尻に触れさせる。

反対の手は萌え袖《そで》にして口元に寄せて……魔王さんに思い切り媚《こ》びる。

「嫌？」

「うっ……嫌なわけ、ないだろう？」

あ、ペニスまた大きくなった。

じゃあ、いいよね？

「んっ……入れるね？　ちょうだい。魔王さん」

「うっ……あ、あぁ……？」

膝立《ひざだ》ちになって、アナルの入り口と先端を何度か擦り合わせて……大きいから、慎重に……

「んっ……う、く！」

軽くいきみながら腰を落とす。

すごい……

知っているけど、この太さ、硬さ、熱さ、全部知っているけど……

「う……ん！」

自分で入れるとなると、体はどうしても強張《こわば》ってしまう。

でも、大丈夫。もう少しでいいところに当たるから、そうすれば気持ちよくなって、体の拒否反応も薄れるはず。

「あ……く……う……」

「はぁ……ライト……」

魔王さんが繋がった場所を「信じられない」という顔で凝視《ぎょうし》する。

やっぱり騎乗位初めて？

俺、魔王さんの初めてもらっちゃってる？

「ん、あ……ん」

苦しいけど楽しい。

魔王さん、童貞の男の子みたいに慌てていて、でも、すっごく気持ちよさそうで……もっと気持ちよくしてあげたい。

「ん……ん、んっ、ん！」

頑張って腰を落として……やった、太いところ全部入った！

これで動きやすくなるし、もうすぐ……

「あぁッん！」

「おっ、く!?」

前立腺！

きた。あー……やっぱりすごい。

人間離れした大きいペニスが気持ちいいところに当たるの、すごい。

いつも、ここですぐにとろとろにされて、アナル緩《ゆる》んじゃうもんなぁ。

あ、ほら。ほら、ほら、すごい！

「あ、あぁ、あ、ここ、あ！」

「あ……ラ、ライト……っ！」

前立腺に魔王さんの先端を思い切り当てて腰を振る。

魔王さんがいつもしてくれる角度、こう？　硬い腹筋に手をついて、腰をくねらせて……

「あぁ！　あ、いい、魔王さん、きもち、あ！」

「おっ……あ、はぁ……はぁ……」

魔王さん、息荒い。

ここで擦るの、魔王さんもそれなりに気持ちいいとは思うけど、もっと奥のほうがいいはずなのに。

すごく興奮してくれている。

気持ちいい？

それとも、俺がエッチだから？

「はぁ、ライト……か、かわいい……なんて……かわいいんだ……はぁ……かわいい……」

「ん、魔王さん……」

いつも俺のことを愛おしくてたまらないって顔で見てくれるけど、今日は、すっごい顔しているの自覚ある？

とろんとした、俺に魂抜かれているみたいな顔。

やばい。嬉しい。

セックス、楽しすぎる。

「魔王さん、ん……魔王さん、もっと、奥、好きだよね？　ちょっと、待ってね、ん……ん！」

「あ……あ、ライト……そんな……うっ、お？」

自分で深く入れるのは苦しい……けど、魔王さんの反応がよくて……もうちょっと、もうちょっと……奥に……

「ん、んぐっ……ん……」

「あ、っ、……ライト……はぁ……ライト」

んんん！　魔王さん、イイ顔！

いつもの雄《おす》みが強いかっこいい色気もいいけど、俺に翻弄《ほんろう》されて慌てながらもとろんと溶けているのもすごくいい。

苦しいけど、こんな顔が見られちゃうと、たまんないな……胸もアナルもきゅんきゅんする。

もっと。

もっともっと気持ちよくしてあげたい。

だから、もっと奥……

「んっ……う、ぐ……くっ……」

あ、さすがに深いところは苦しい……いや、でも、いつも入れているし、入る……入る……体重かけて……あ？

「んんぐっ、ぅ、くッ――――!?」

「うっ……!」

……!?

え?

あ。

頭が飛びそうに真っ白になった。

やばい。深すぎ。

ちょっと体重をかけたつもりが、俺の足腰はもう快感でまともに力が調整《ちょうせい》できなくなっていて……俺の尻が魔王さんの腰に密着する。

魔王さんの大きなペニスの先端が奥の、奥の、結腸を突き上げる。

一番深いとこまで……入っちゃだめなところまで、入る。

「あ、ぐっ……ぅ」

すっごく苦しぃ。

でも、すっごく気持ちいい。

ここは、何度ヤってもまだ……なんていうか、なんか……すごい。

気持ちいいけど、苦しい。

初めて入った時よりは慣れてきたけど、でも、慣れたからって、いや、慣れたから。

「あ……あぁ……やっ、すご……あ」

「ぅっ……あ、ライト……おぉ……くっ……ぅ」

苦しいよりも、すぐに気持ちいいが大きくなる。

ここの快感、体が覚えちゃっているから、気持ちよくて、体の強張《こわば》りもとけちゃって……

「あ、あ、あ、だめ……あ……？」

快感で力が抜ける。足がもう体重を支えられなくなる。

体が、力が、だから、これ……

「あ、だめ、あ、や、あ、あ、あぁ⁉」

「っ……く！」

「あ……ふっ……あ、あ……？」

やばい。

まずい。

やばい。

「はぁ……ライト、最高だ……すごく締まって……ふっ……ぅ」

魔王さんが気持ちよさそうで、嬉しいけど、でも、まずい。

「っ……ん……」

「ライト？」

「あ、はぁ……っ、う、ぐ、ご、ごめ、ん……はっ……ぁ」

喘《あえ》ぎ声なのか荒い息なのかうめき声なのか、よくわからない声だけが口から出て、動きを完全に止めた俺の顔を魔王さんが心配そうに覗《のぞ》き込む。

せっかく盛り上がってきていたのに。

「うまく、うごけな……奥、こんな……はぁ……いれる、つもりじゃ……なくてぇ……」

情けないくらい声が震えて、体も震えて、でもやっぱり足腰に力が入らない。

ちょっと動こうとすると、奥が気持ちよく擦れて体が跳《は》ねる。

「あぁ！　だめ、だめになるとこ、はい、って、て……」

魔王さんの腹筋に置いた手で必死に体を支えるけど、この手ももうやばい。力抜ける。

「こし、だめ、だめ、なってる」

「あぁ」

魔王さんの両手が俺の腰に触れる。

支えてくれてる。

優しい……優しいけど……

「うまく、できなっ、ん！　……ごめん、おれ……おれが、してあげたかった、のに」

「……痛いのか？」

俺が謝っているのに、魔王さんのほうが申し訳なさそうな顔をする。

違う。そうじゃない。

首を横に振る。

「苦しいのか？」

「ちが、う」

もう一度首を横に振る。

「……いいのか？」

「……ん」

俺が首を縦に振ると、魔王さんの視線が熱っぽくなった。

「そうか、いいか……」

魔王さんは嬉しそうだけど、違う。

そうじゃないのに。

「まおうさんを……きもちく、ふっ、うぅ、したい……のに」

悔しい。

「よすぎて、こし、とけちゃって……うまくできない、くやしい」

腰を振るどころか、しゃべるのも上手《うま》くできないし、快感が大きすぎるし悔しいしで涙まで出てきて、彼シャツの萌え袖《そで》で拭《ぬぐ》……おうと思ったけど、腹筋から手を離すと体が倒れそうでそれもできなくて……パタパタと俺の瞳からこぼれた涙が魔王さんの腹筋に落ちる。

「ライト……」

「かわいい」

魔王さんの顔を見ていられなくなってしまって、うつむいていると……

「え？」

急に魔王さんの上半身が起き上がって、ぎゅっと強く抱きしめてくる。

「あ！　ま、まおうさん？」

「俺の上で、俺の服を着て、健気《けなげ》に頑張るライトが……いじらしくて、かわいくて……かわいい。すごく、かわいい」

「あ、あ、え？」

「すまない。かわいくて、もう我慢《がまん》できないんだ。せっかくライトが頑張ってくれているのに……」

「あ、まおう、さ、あ、あ！」

「ライト、ふっ、ライト！」

対面座位で、強く抱きしめられたまま下から思い切り突き上げられる。

「うっぐ、あ、あぁ！」

奥、やばい。

自分の体重、重力、下からの強い腰使い、上から下から両方の力が重なって、奥への衝撃がスゴい！

「あ、あぁ、あ、や、い、いい、きもち、あ、おれ、が、きもちい、いぃぃぃ！」

「はぁ……ライト……ライト！」

魔王さんはもう夢中で俺の体を貪《むさぼ》るように、かき抱きながら奥へ向かって何度も何度も腰を突き上げる。

めちゃくちゃ気持ちよくしてくれる。

ペニスも、しっかり扱《しご》いてくれる。

俺がしてあげたかったのに、俺が、俺が……！

「まおうさん、きもちい、いい、おれ、きもちいい！　やだ、おれ、おれより、まおうさん……まおうさん、きもちく、なってほし、のに……ぃ！」

「はぁ……あぁ、かわいいな……安心しろ、ライト……」

俺が快感と、やっぱり悔しいのとでまだボロボロ涙をこぼしてしまっていると、魔王さんは目元にキスをしてくれながら、めちゃくちゃ幸せそうで……めちゃくちゃ気持ちよさそうな笑顔を向けてくれた。

「俺も、気持ちよくておかしくなりそうだ……っ！」

「あ……ま、まおうさん……魔王さん！」

俺からも魔王さんに抱きつくと、魔王さんは俺を抱きしめなおして二人でぴったりくっついて……腰の突き上げが激しくなった。

「あ、あぁ、あ、イ、いい、イ、っちゃ、すごい、いい、いい！」

「あぁ、ライト、俺も、もう……ライト！」

奥がすごい。ペニスもすごい。

いっぱい奥に強い刺激が来て、密着しているから先走りで濡《ぬ》れた彼シャツと魔王さんの硬い腹筋でペニスが擦れて……すごい！　すごいすごいすごい！

「あ、あ、あ、あ、あ、あ、す、ご、あ、こし、あ、すごっ！」

絶対にいつもより激しい！

もうだめだ、これ、こんなの、もう、もう……！

「あぁ、おく、すご、おく、あ、だめ、もう、イ、いく、いく、イくっ！」

「ぐっ……！」

俺がもうイくって瞬間に、魔王さんが一番深く、ゴリッと奥をえぐってくれて……

「イッあ、あぁッ……！」

背中を反らして思い切り、飛びそうなくらい、気持ちよくイった。

「うっ……ライト……っ、あ、あぁっ！」

魔王さんもいつになく気持ちよさそうな声で……そんな声、あぁ、しかもそのとろとろの顔、ずるい。

イっている途中なのに、嬉しすぎて頭が痺《しび》れるようにまたイった。

気持ちいい。

あーあ……俺が、気持ちよくなっちゃった……

◆

セックス後、もう足腰が全然だめで、魔王さんに抱きしめられたままベッドに横になった。

「はぁ……ライト、大丈夫か？」

コンドームの処理をした魔王さんが、優しく俺の腰を撫《な》でて労《ねぎら》ってくれるけど……エッチはめちゃくちゃ気持ちよかったけど……

「ごめん」

「ん？」

「俺から言い出したのに、上手《うま》くできなくてごめん」

今日の自分を振り返ると、彼シャツの時点から上手《うま》くいっていなくて、自信満々で上に乗ったのに上手《うま》くいかなくて、それなのにセックスではキッチリ気持ちよくしてもらって……色々と恥ずかしくて、いたたまれなくて、顔を隠すようにぎゅっと魔王さんに抱きついた。

「なぜ謝るんだ？　俺は、すごく楽しかった」

魔王さんの言葉に嘘がないのはわかる。実際、すごく楽しそうだったし。

「だが、そうだな。ライトはいつも完璧で一点の隙《すき》もない素晴らしいペットだが……今日の、焦《あせ》ったり悔しそうにしたりするライトも、新鮮《しんせん》で、いじらしくて、とてもかわいかった。こんなライトが見られることも幸せだなと思った」

「……魔王さん……でも……」

失敗は失敗なのに。

失敗もかわいいとか……上手《うま》くできないのもかわいいとか……

「ライト、完璧でなくていいんだ。お前が俺を想ってしてくれることなら、なんでも嬉しい」

「魔王さん……」

うぅ、魔王さんの愛情大きすぎる。

考えてみたら、深く繋がりすぎて上手《うま》くできないなんて、普段の魔王さんがとても気を遣ってセックスしてくれているということでもあって……悔しかったのに。反省しているのに。

嬉しくなってしまう。

「それにしても、上手《うま》くできなくて泣いてしまう姿はかわいかったな。いつもより幼く見えて……」

「ん……もう、恥ずかしい。忘れてよ」

照れ隠しにわざとらしく頬《ほお》を膨《ふく》らませて怒った顔をすると、魔王さんは声まで出して笑う。

「ははっ、その反応も拗《す》ねた子供のようでかわいいな……いや、そうか。ライトはいつも完璧で美しくて忘れそうになるが……」

ん？

「まだ、たったの二六歳だものなぁ」

あれ？

なんか……

魔王さんはにこにこと笑顔のままだし、甘ったるいただのピロートークの流れとして言ったようだけど……

「え？　うん。そういえば、魔王さんって何歳？」

「俺か？　俺は六三四……五になったか」

「六……ぴゃく……」

「俺も、魔族の中ではまだ若いほうだな」

ここは誕生日を祝う習慣があまりないようで気がつかなかった……いや、薄々気づいていて考えないようにしていた。

魔王さんの見た目は三〇代半ばくらいだから、勝手に少し年上くらいの気持ちでいた。

違うんだよね……六〇〇歳以上年上なんだよね……

そんな人から見たら、確かに俺は子供……寿命の違う犬や猫、小鳥なんかに対する時の感覚に近いかもしれない。

俺と魔王さん、思っていたよりも時間の流れが違う。

「……」

俺が黙っていると、魔王さんは俺がまだ失敗を気にしていると思ったのか、優しく頭を撫《な》でてくれる。

「……なぁライト、また挑戦してくれるか？」

「あ、うん。また挑戦して……練習して、上手《うま》くできるように頑張るよ」

「あぁ。三年ではなく、ずっと一緒にいられるんだ。少しずつ、色々なことができるようになるのも楽しいな」

「……うん」

魔王さんの言う通りだけど。

せっかくずっと一緒なら、そうやって成長していきたいけど。

成長だけじゃないよね？　これから俺が老いていく間も、魔王さんは目の前のかっこいい若い姿とそう変わらないんだよね？　そうなったら、俺……

「それに、ライトの全てが見られると思うと楽しみで仕方がない」

「全て？」

「あぁ。人間は変化が早いというのに、今までのペットでは見られなかった、三年後のその先……ライトの一生を全て俺の目で見られるんだ。こんな楽しみなことはない」

「魔王さん……」

俺が老いること、楽しみなんだ？

いつも俺の容姿を褒《ほ》めてくれるから、若いほうがいいと思うのに。いいんだ？

でも、そうか。俺、ペットなんだった。

ペットの犬や猫に対して、「歳をとったから、かわいくなくなった」とは言わないか。俺の周りでペットを飼っていた人たちは「子犬の頃は格別にかわいかったけど、老犬は老犬で一緒に過ごしてきた時間の積み重ねも踏まえて、かわいくて仕方がない！」とか「大人の猫にしかないかわいさがある！」って言っていたな。おじいちゃん犬、おばあちゃん猫になっても、飼い主の愛情は変わらないように見えた。

「ねぇ魔王さん、俺が歳をとって……たとえば、自分の足で歩くのがしんどくなっちゃったとしたら、どうする？」

「俺が抱えて移動する口実ができるな。ライトがしんどいのに申し訳ないが、いっぱい抱っこしてやれるのは嬉しい」

「そっかぁ……」

あぁ、口元が緩《ゆる》む。ニヤニヤしちゃう。

俺、一生まるごと愛されちゃうんだ。だってペットだから。

「ライト？」

締まりのない顔を隠すように、魔王さんの分厚い胸板に顔を埋めた。

俺と魔王さん、種族の時間が違うのは悲しいことだけど、魔王さんはそんな部分も愛してくれるんだ。一緒の時間を、大切にしてくれるんだ。

あぁ、もう！　そんなこと知っちゃったら、一秒でも悲しむなんてもったいない！

「魔王さん」

「ん？」

胸元に埋めていた顔を上げると、魔王さんは穏《おだ》やかな笑みで俺を見つめてくれる。

この顔を見ると、自然に俺も穏《おだ》やかな笑顔になって、伝えたい言葉が口から出る。


「大好き」


「っ！　あ、あぁ……俺も大好きだ、ライト！」

「ふふっ」

俺の言葉で、魔王さんの穏《おだ》やかな笑顔が満面の笑みに変わる。
抱きしめる腕の力が強くなる。
愛されているなぁ。好きだなぁ。幸せだなぁ。
これが一生続くのか。

俺、魔王さんのペットになれてよかったな。

番外編　飼い主の幸せ

ライトがペットとして献上された日。俺は朝から執務室で何度もため息をついていた。

三年間可愛がったペットが数日前に村へ帰り、たった数日とはいえかわいいペットがいない生活は彩《いろど》りがなく憂鬱《ゆううつ》。そして、新しいペットは嬉しいが……

「また、一からか」

やっと慣れてきたのに。

体に触れた瞬間にビクッと震えなくなったのに。

目を見て話してくれるようになったのに。

笑顔が増えたのに。

また一から、距離を詰めなおさなければいけないのか。

毎回のこととはいえ、この「慣れていなくて怖がる」期間が憂鬱《ゆううつ》で仕方がない。

「ニマ……」

思えば最初のニマは特別だった。

一歩引いて控《ひか》えめではあったが、触れても震えない、目を見て話してくれる、いつも穏《おだ》やかな笑顔でいてくれて、少し促《うなが》すだけで膝《ひざ》にだって乗ってくれた。

その後のペットたちも、頼めばなんでもしてくれたし、「嫌われている」のではなく「畏《おそ》れ多い」と思われているのはよくわかった。しかし、反射的に俺を怖がり、その緊張を三年でほぐしてやるのは難しいことだった。

……見た目は等しくかわいくて癒《いや》されたが。

また、最初のニマがくれた温かい気持ちが欲しい。生まれて初めて感じた「この子を大切にしたい」という気持ちを持ちたい。

しかし、そんな気持ちが持てることはなかったし、少し、持てそうなこともあったが……「この子もどうせ、三年で手放さないといけないのか」と思うと、もう一歩踏み込むことはできなかった。

ペットだけのせいではない。俺が、一歩踏み出せないから距離は縮まない。

「……はぁ……」

臆病《おくびょう》で不器用な自分が嫌になる。

――コンコン

「魔王様、新しいペット様が到着されました」

執務室のドアをノックする音と執事の声に、重い腰を上げ、マントを羽織《はお》った。

期待はしない。

新しいペットにも。

自分にも。

◆

「……？」

新しいペットとの面会を終え、執務室に戻ってきたが……正直、混乱していた。

「は？　え？」

新しいペットは、今までのどの人間よりも早く、最初のニマよりも深い笑顔を向けてくれた。

ペットのほうから話しかけてくれた。

俺のことを「魔王さん」と親しい間柄のように呼んでくれた。

人間から見れば大きく怖いはずの体を「でっかくてカッコイイ」と言ってくれた。

顔が特別にかわいかったが、その顔が一度も恐怖に歪《ゆが》まず、緊張すらせず、ずっとにこにことご機嫌《きげん》だった。それがかわいさに拍車をかけて……かわいかった。

まるで、三年……いや、一〇年、二〇年かけて築《きず》く関係を、たった一秒で築《きず》いてくれた気がした。

遠慮《えんりょ》せずに、俺からも距離を詰めていいのだと、愛していいのだと言われているようで嬉しかった。

「ライト……ライト……ライト、ライト、ライト！」

ニマではなくライトと呼んでほしいと言われた時は戸惑ったし、今までペットに対する時は「ニマ」と声をかけていたから、すぐに習慣を変えるのは難しいと思ったが……

「ライト……！」

もう、頭の中はライトでいっぱいで、ニマのことは記憶の片隅に追いやってしまっていた。

ニマのかわいいところも……ニマへの後悔も。

◆

初日の「混乱」は、次第に「幸せ」に変わっていった。

一つ一つとり上げるときりがないほど、ライトはかわいかった。

まだライトが城にやってきて四日だが、ライトのかわいいところを一〇〇〇は言える。

これが俺だけならただの一目惚《ひとめぼ》れのようなものだが……

「最初は心配だったんです。『ライト様』など呼び慣れないですし、いつも通り金髪のかわいい人間なので、間違ってニマ様とお呼びしてしまわないか不安で……しかし、不要な心配でした」

執務室で仕事の話のついでにファイが蕩《とろ》けそうな笑顔で話しはじめた。ファイは特別人間好きではないはずなのにこれだ。

やはりライトは特別なのだと感じた。

「あぁ、それは俺も心配だった。だが、ライトはあまりにもライトだったな」

たとえば後ろ姿。ライトの人懐《ひとなつ》っこい顔が見えなければ、ニマと同じはずなのに。不思議と「ライト」と思えた。それに「ライト」と呼びかけるだけですぐに笑顔になってくれるから、普段のペットたちよりも名前を呼ぶ回数は多いかもしれない。

「次のペットには、ニマではなくライトと名づけてもいいな」

「ええ、私どもも三年で『ライト様』と呼び慣れてしまいそうです」

ライトと三年で別れるのは今からもう寂しいが、ライトのような人間がいるとわかったんだ。これからは数回に一人でいいから、ライトのような子が来てくれればいいな。

この時はまだ、そんな馬鹿なことを考えていた。

ライトの本当の素晴らしさも……ニマのことを忘れてしまっている怖さも、気がついていなかった。俺は、人間に対して無知で……本当の意味で可愛がることができていない飼い主だった。

◆

ライトが城に来て五日目の夜、久しぶりに寝室とリビングの境目辺りに飾っている大きな絵の前に立った。

「ニマ……」

最初のニマの、等身大の写実画。これを描かせたのは、ニマが亡くなってからだ。

ニマという素晴らしい、理想のペットを忘れないように。

もう二度と、ペットを縛《しば》りつけないように。

俺の心にニマがいればいい、この絵があればいい、だから、どのペットもただのニマの代わり。

いつでも手放せる。三年だけでいい。愛してくれなくてもいい。

そうやって、ニマに執着していた。

いや……違うな。

ペットと上手《うま》く関われない自分への予防線。臆病《おくびょう》な言い訳だ。

また心を許して、裏切られるのが怖かった。

愛情を向けて、壊してしまうのが怖かった。

そのことに、ずっと向き合えていなかった。

「ニマ……なぜ、言ってくれなかったんだ？」

今日、ライトが教えてくれた。

人間は、太陽の光に当たらないと健康でいられないと。他にも、人間には必要な食べ物があること、一部の人間にだけ毒になるものがあることも教えてくれた。

きっと他にもたくさんある。

俺は……三〇〇年もペットを飼っているくせに、人間に対して無知だった。

「ライトのように言ってくれれば俺だって……」

いや、これも言い訳だな。

言えるような信頼関係を築《きず》けていなかった。特に最初のニマは、「献上《けんじょう》」と言えば聞こえはいいが、実際には「生贄《いけにえ》」としてやってきたようなものだ。

大きな戦争が終わってすぐの疲弊《ひへい》し、混乱した国内で、弱い立場の人間の村は物資が滞《とどこお》り、荒《すさ》んだ魔族の心を癒《いや》すために……詳しくは聞かされていないが、悲しい事件が多く起きていた。

だからどうか助けてほしいと、護ってほしいと、そうやって人間たちから差し出されたのがニマだった。

儚《はかな》げに見えて強い子だった。

自分が魔王に気に入られないと村人を護ってもらえない、と必死なのはわかっていた。

必死に媚《こ》びて、俺が喜ぶように頑張っていた。

笑顔も視線も、俺に向いているようで、俺の後ろに見える自分の故郷の村へ向いていることは気づいていた。

それは寂しく、空《むな》しくもあったが……嫌ではなかった。

村を護るためならなんでもする、そういうところも……芯の強いところも……

「好きだった。だから……」

そういうところが好きだったから、許せなかった。村のために覚悟を決めて俺のそばにいるはずなのに、「外に、出していただけないでしょうか?」と頭を下げられた瞬間、それまで抑えていた寂しさも空《むな》しさも愛しい気持ちも、爆発してしまったんだ。

信念はどうした?

そんなに俺のそばが嫌か?

俺だって、お前の心が向いていなくても我慢《がまん》していたのに!

もうなにも聞きたくない。これ以上ニマに幻滅《げんめつ》したくない。

そして……「ペットという立場をわかっているのか？　そばを離れることは許さない」と言ってしまった。ニマに、「大変無礼なことを言いました。申し訳ございません。もう二度と言いません」と言わせてしまった。

きっと、ライトが言うように体調のために外に出たかっただけなのに、勇気を振り絞って俺と話し合おうとしてくれたのに。

勝手に勘違《かんちが》いをして、無知で、幻想を抱いて……拒絶してしまった。

それから一層従順になったニマは、息を引き取る瞬間まで俺になにかを頼むことはなかった。ただ、そばにいて、ただ、笑顔を向けてくれた。

俺が喜ぶように。

俺が好むペットで居続けてくれた。

最初のニマにすら、俺が勝手に思う「ニマ」を押しつけていたんだ。

俺は、ペットを飼う資格なんかない。きっとライトにも俺の理想を押しつけてしまう。上手に話を聞いてやることができない。愛してもらえない。愛し方がわからない。

親子の愛も、恋人同士の愛も、友愛すらも知らないんだ。ペットの愛し方なんてわからない。

こんなに、かわいいと、愛しいと思うのに。

「ニマ……ライト……」

ニマの写実画を見上げながら、溢れ出る涙がボタボタと重い音を立てて床に落ちていった。

こんなに泣いたのは、ニマの葬儀《そうぎ》以来だった。

◆

「……」

深夜、バスローブだけを羽織《はお》ってニマの写実画の前に立った。

絨毯《じゅうたん》にシミが残っているわけでもないが、この場所だな……一年前、一晩中泣き続けたのは。

あの晩のことを思うと、今の状況は奇跡としか思えない。

もう、この絵を見ても涙は出てこない。ライトが俺の後悔を「半分」にしてくれたからだ。

残りの半分も、無理に忘れずに持っていていいと言ってくれた。ずっと、ニマへの感謝を忘れなくていいと。反省するのもよいことだと。

そして……

「んー……」

少し離れたベッドのほうから、かわいらしい寝息のような寝言のような声が聞こえる。

俺の寝室の、俺のベッドで寝ているのは、かわいいかわいいライトだ。

「スー……スー……」

心地よさそうに、安心しきって眠る姿がかわいくて仕方がない。

毎日かわいいが、今日は特別にかわいい。

「まさか、こんな日が来るとはな」

ライトは知らないだろうな。

この部屋で……俺の部屋のベッドで、ペットとセックスをすることが初めてだとは。

今まで、ペットと体を重ねる時は俺が抱かせてもらいに行くばかりで、ここに来てくれる、待っていてくれるペットなんていなかった。

「はぁ……ライト、かわいくて天才で、かわいい……」

部屋で待っていてくれるだけでかわいいのに、ライトは、もう、かわいすぎた。

あれはずるい。

まず、執事から「寂しがっている」と聞いてライトの部屋に駆けつけたら、靴や靴下が落ちていて、どうやら順に脱ぎながら俺の部屋に向かい……服を全て脱いで俺のベッドに入ってくれているのだと察した。この時点で「来てくれた」とか「待ち切れない感じ」とか「裸《はだか》」とか、かわいいが渋滞しているのに……さらに、裸《はだか》になったところに俺のシャツを……俺の存在を感じたくて、俺のシャツを着て、俺の枕を抱いているなんて、もう、この、この……気持ちがデカすぎて言葉では表せない。

なんかもうすごいんだ。

すごい。かわいい。すごい！

一年前、「ライトにも理想を押しつけてしまう」なんて悩んだが、杞憂《きゆう》だった。

ライトは俺が「理想」と思っていることなんて、すぐに上回ってしまうんだ。

今日だってそうだ。ただ、俺の部屋で待っていてくれるだけで嬉しいのに、こんな……こんな天才的な、ものすごくかわいい待ち方をしてくれた。

こんなにもかわいく嬉しいこと、俺には想像すらできない。

ライトはすごい。俺を喜ばせようといつも考えてくれている。

どうすれば俺が喜ぶか、どう言えば俺がライトをもっと好きになるか、ライトの頭の中が常に俺でいっぱいだと思うと……はぁ、かわいい。かわいすぎる。

それに……

「かわいかったなぁ……」

今日のライトは全部かわいかったが、途中、上手《うま》くできなくて子供のように泣いてしまったのは……ライトには申し訳ないがかわいかった。たまに見せる、短命種らしい幼さがかわいい。考えて、考えて、俺のために行動するのに、俺への気持ちが上回って空回りしてしまうところが……くぅぅぅぅぅたまらない！　俺のために一生懸命《いっしょうけんめい》考えて計算するお利口なライト、俺のことが好きすぎて感情のまま泣いたり笑ったりするライト、どちらもかわいい。全部好きだ。

「好きすぎる……」

この一年でライトのことをどれほど好きになっただろう。

特にこの数カ月は……我ながらすごかった。

ずっと自分に言い聞かせていた「三年で帰ってしまうのだから、深い関係になっても寂しいだけだ」「ペットが城を出た後の未来のためにも執着はできない」がいらなくなったからだ。

ライトが、三年ではなく、一生いてくれることになったからだ。

短命種の一生なんて魔族からすれば短いが……その短い人生の全てを、俺にくれるんだ。

ライトの未来を全てくれるんだ。

責任重大だと思った。ライトには俺しかいないなら、俺が一生分の愛を与えないといけない。

今まで、まともに誰かを愛したことがないのに。愛してもらったことがないのに。

こんな俺が、上手《うま》くライトを愛せるのか？

不安がないといえばウソだった。

しかし……

その不安を乗り越えて、臆病《おくびょう》な俺が、ペットとの関係に一歩踏み出せた。

その一歩を踏み出せたのは、ずっとわからなかった「愛し方」をライトが教えてくれたからだ。

「んー……ん？」

ライトがベッドの上で微《かす》かに唸《うな》ったと思うと、衣擦《きぬず》れの音が聞こえて……

「あれ？」

先ほどまで俺が寝転んでいた場所に腕を伸ばし、不思議そうな声を上げた。

「まおうさん……？　え？」

不思議そうな声が、寂しそうな声になる。俺がいなくて寂しくなってしまったのか？

うっわ。かっわいい！

「ライト！」

「あ……魔王さん」

短命種の一生なんて魔族からすれば短いが……その短い人生の全てを、俺にくれるんだ。

ライトの未来を全てくれるんだ。

責任重大だと思った。ライトには俺しかいないなら、俺が一生分の愛を与えないといけない。

今まで、まともに誰かを愛したことがないのに。愛してもらったことがないのに。

こんな俺が、上手《うま》くライトを愛せるのか？

不安がないといえばウソだった。

しかし……

その不安を乗り越えて、臆病《おくびょう》な俺が、ペットとの関係に一歩踏み出せた。

その一歩を踏み出せたのは、ずっとわからなかった「愛し方」をライトが教えてくれたからだ。

「んー……ん？」

ライトがベッドの上で微《かす》かに唸《うな》ったと思うと、衣擦《きぬず》れの音が聞こえて……

「あれ？」

先ほどまで俺が寝転んでいた場所に腕を伸ばし、不思議そうな声を上げた。

「まおうさん……？　え？」

不思議そうな声が、寂しそうな声になる。俺がいなくて寂しくなってしまったのか？

うっわ。かっわいい！

「ライト！」

「あ……魔王さん」

上半身を起こしていたライトが、自分が裸《はだか》だったことを思い出して布団にもぐり込む。

大胆なのに、時々こうやって恥じらいを見せるのもかわいい。

それに、ここにいるのは俺と……ベッドからは少し離れているニマの絵だけなのに。

いや、しかし……

「ライト」

ニマの絵の前から、左に数歩歩いてベッドに戻る。

絵が飾られている壁はベッドと平行で、ここまで戻ってきてしまうとニマの顔は少し見えにくいのだが……

「ん？　なに？」

一度ニマを振り返ってから、ライトの隣に寝転んだ。

「もし……今後も、もし、この部屋で俺を待っていてくれることがあるのなら……ニマの絵は別の場所に移してもいいんだぞ？　リビングや、執務室など」

ライトは俺がニマを忘れないことを許容してくれているが、ペットの気持ちに疎《うと》い俺でも、過去のペットの絵に見られながらのセックスが落ち着かないことは想像できる。

しかし……

「……魔王さん、ニマちゃんに見られていると思うと緊張する？　勃《た》ちにくくなる？」

「それは……おそらくない。セックスがはじまればライトしか見えないから、他のことはなにも気にならない」

俺はそうだ。だってライトがかわいすぎるから。

だが、ライトはそうではないだろう？　俺の心配を先にしてくれるのはかわいいが。

「そっか。だったらこのままでいいよ。それに……」

ライトが俺の首に手を回してくれて、かわいい顔が近づく。

ベッドだと身長差がなく、かわいい顔を近くで見られるから最高だ。

「それに、リビングや執務室に移動させても……リビングのソファでしたくなった時はどうする？」

は？

え？　今、かわいい顔でなんと言った？

「え？　リビング……いや、それは……寝室へ移動……」

「移動する時間も惜《お》しいくらい、もう今すぐエッチしたい、我慢《がまん》できない、って時もあるかもしれないよ？」

「あ……あぁ？」

ベッド以外で？

リビングで、ソファで、たまらなくなったら押し倒していいのか？

「執務室も、仕事中の魔王さんって真剣な顔でかっこいいからなぁ……」

なっ……

「いつか、我慢《がまん》できずに甘えに行っちゃうかも」

なっ、な、な、な……！

「な、なんて、かわいい発想なんだ！」

「あ、いいの？　やった。行こう」

うぅ、少し色気のある笑顔から、パァッとかわいらしい輝く笑顔になるライト、かわいすぎる！

思わず、ライトの体を強く抱き寄せた。

「ふふっ。だから、ニマちゃんの絵はここでいいよ」

「あ……」

あ、そうだ。その話だった。ライトがかわいすぎて……

「大事なニマちゃんの絵なのに、俺の気持ちを優先しようと考えてくれたんだよね？　その気持ちがすっごく嬉しい！　魔王さん優しい！　惚《ほ》れなおしちゃった」

あ……

これだ。

ライトは、俺がライトのことを想えば、愛すれば、ライトからも気持ちを、愛を、返してくれる。

こうやって、愛し方を教えてくれる。愛され方を教えてくれる。

だから俺は、一歩踏み出せたんだ。

そして……

「ライト……大好きだ」

「あれ？　この流れでなんで魔王さんが先に言うの？」

ライトの顔を見ると、自然と「好き」と言える。

俺は、ニマに……歴代のニマたちに、「好き」と言ったことはあっただろうか。

受け入れられなかったらと思うと怖くて、口に出したことなんてなかった。「かわいい」「いい子だ」で済ませていた。

口に出すのが怖かった。

だが、もう怖くない。

「魔王さん、俺も大好きだよ」

ライトが受け入れてくれるからだ。

愛されることを教えてもらって、愛し方も教えてもらって、ライトのお陰で、ずっと後悔していたニマを改めて愛することができた。

そして、それ以上に、ライトを愛することができた。

「ありがとう、ライト」


俺の人生には親も、恋人も、伴侶《はんりょ》も、子供もいない。

だが、一つだけ、心が震えるほど大事な宝物が手に入った。

親よりも、恋人よりも、伴侶《はんりょ》よりも、子供よりも最高の……


最愛のペットが。

この作品に対する皆様のご意見・ご感想をお待ちしております。

おハガキ・お手紙は以下の宛先にお送りください。

【宛先】

〒150-6019 東京都渋谷区恵比寿 4-20-3 恵比寿ｶﾞｰﾃﾞﾝﾌﾟﾚｲｽﾀﾜｰ 19F
（株）アルファポリス　書籍感想係

メールフォームでのご意見・ご感想は右のＱＲコードから、
あるいは以下のワードで検索をかけてください。

アルファポリス　書籍の感想　検索

ご感想はこちらから

本書は、「アルファポリス」（https://www.alphapolis.co.jp/）に掲載されていたものを、
改稿、加筆のうえ、書籍化したものです。

魔王《まおう》さんのガチペット

回路メグル（かいろ めぐる）

2025年 2月 20日初版発行

編集－渡邉和音・森 順子
編集長－倉持真理
発行者－梶本雄介
発行所－株式会社アルファポリス
〒150-6019 東京都渋谷区恵比寿4-20-3 恵比寿ｶﾞｰﾃﾞﾝﾌﾟﾚｲｽﾀﾜｰ19F
TEL 03-6277-1601（営業） 03-6277-1602（編集）
URL https://www.alphapolis.co.jp/
発売元－株式会社星雲社（共同出版社・流通責任出版社）
〒112-0005 東京都文京区水道1-3-30
TEL 03-3868-3275
装丁イラスト－星名あんじ
装丁デザイン－AFTERGLOW
（レーベルフォーマットデザイン－円と球）
印刷－中央精版印刷株式会社

価格はカバーに表示されてあります。

落丁乱丁の場合はアルファポリスまでご連絡ください。

送料は小社負担でお取り替えします。


ISBN978-4-434-35321-5 C0093